BODY GUARDS

Image de couverture :
© LUMEZIA – iStock
© Zen Rial – Getty Images
Couverture : Camille Decoster

Collection créée par Hugues de Saint-Vincent et dirigée par Arthur de Saint-Vincent
Ouvrage dirigé par Camille Léonard
© 2022, New Romance, Département de Hugo Publishing
34-36, rue La Pérouse
75116 Paris
www.hugopublishing.fr

Dépôt légal : décembre 2022
ISBN : 9782755662962
Imprimé en France par CPI Brodard et Taupin
N° d'impression : 3048151

NEW ROMANCE®

TOME 3 *Sawyer*

BODY GUARDS

LAURA S. WILD

Hugo Roman

« Quand le premier amour devient
le seul amour, c'est une belle vie. »
André Maurois

PLAYLIST

Taylor Swift – *Out Of The Woods*
Paloma Faith – *Only Love Can Hurt Like This*
The Weeknd – *Call Out My Name*
Katy Perry – *Teenage Dream*
Ed Sheeran – *Thinking Out Loud*
Harry Styles – *Sign Of The Times*
Billie Eilish – *When The Party's Over*
Taylor Swift – *Afterglow*

INSTITUT ET AGENCE WESTWOOD

Protéger et défendre, quoi qu'il en coûte

SAWYER

Bodyguard
Missions à risque
Instructeur de combat

Cape Cod, Massachusetts
214-444-444

PROLOGUE

Cape Cod, manoir des Westwood

Je peux la sentir… L'adrénaline qui parcourt mon corps et se répand dans mes veines.

Mes mains en tremblent.

Après tant d'années à ruminer ma colère, après tout ce temps passé enfermé dans une cellule de moins de dix mètres carrés, à imaginer une façon efficace d'exorciser la douleur et la rage qui m'ont possédé pendant vingt-six ans, le jour est enfin arrivé. L'heure du face à face a sonné.

Lentement, j'enjambe le corps du majordome qui gît dans l'entrée. La mare de sang qui l'entoure contraste avec le blanc immaculé du marbre sur lequel il repose. Sur mes gardes, je pénètre dans la luxueuse pièce de vie, dans laquelle se tient l'homme qui a hanté mes cauchemars et nourri mes envies de vengeance durant près de trois décennies.

Pendant un instant, nous nous dévisageons. Dans le regard d'Oscar Westwood, je vois le bonheur qu'il a connu à ma place, les années qu'il m'a dérobées. Ma haine se décuple.

– Je me demandais quand tu te montrerais, dit-il.

– J'ai un peu de retard, c'est vrai. Vingt-six ans, pour être exact.

– Vingt-sept aujourd'hui, précise Oscar froidement.

Je fais un autre pas dans sa direction en resserrant ma main sur mon flingue. Il aperçoit mon geste et lève lentement les bras.

– Tu ne trouves pas que le combat est déloyal ? me lance-t-il. Tu es armé, moi non, ta victoire semble assurée.

– C'est toi qui parles de loyauté ? je crache en m'approchant encore. Après ce que tu m'as volé ? Après t'être approprié ma vie ?

Oscar Westwood secoue lentement la tête en ricanant. Malgré la menace de mon pistolet, cet enfoiré trouve encore le moyen de se la jouer arrogant.

– Je ne t'ai rien volé, c'est toi qui as tout perdu en te comportant comme le dernier des connards, et tu le sais aussi bien que moi.

Sans crier gare, je me jette sur lui. Il m'esquive sans mal et réussit à me plaquer violemment au sol. Malgré son âge, ses réflexes de bodyguard sont toujours présents. Je reconnais qu'il sait se battre ; ses gestes n'ont qu'un seul but, me désarmer et me neutraliser. Mais tout bon garde du corps qu'il ait été, de mon côté, je suis un homme que la colère enflamme. Je suis obnubilé par mon objectif : le faire souffrir comme j'ai souffert, l'éradiquer de la surface de la planète pour reprendre ce que j'ai perdu par sa faute.

– Tu n'aurais jamais dû venir ici, grogne-t-il en passant son bras autour de mon cou en une prise d'étranglement.

Sauf que je parviens à passer ma main derrière moi et à appuyer sur la gâchette de mon pistolet. Oscar reçoit la balle en plein dans la jambe. Il me lâche immédiatement et retombe en arrière. Je me redresse, passe ma main sur ma gorge, puis je me plante au-dessus de lui en le toisant avec tout le mépris qu'il m'inspire.

– Tu penses que me tuer va tout arranger ? halète-t-il, la main sur sa cuisse d'où du sang s'échappe.

– J'en suis sûr !

À ma grande surprise, Oscar éclate de rire.

– Tu peux faire ce que tu veux, Jensen. Tu peux me liquider et brûler cette baraque, mais ça ne changera rien au fait que tu es une ordure et que tu ne seras jamais rien pour eux… Ils sont à moi, que tu le veuilles ou non, ils sont *ma* chair et *mon* sang.

– Putain de menteur !

– Ils sont tellement plus intelligents que toi, tellement meilleurs que tu ne le seras jamais. Ils sont ma famille… et tu n'es personne. Tu ne pourras jamais changer ça, Jensen. Tu ne les récupéreras jamais !

Incapable d'en supporter davantage, je lève mon arme. Dans un sursaut de préservation, Oscar se retourne, cherchant certainement à s'échapper. Mais je vise son dos et je tire.

Il s'écroule alors face contre terre.

Mort.

1
Sawyer

Cape Cod, manoir des Westwood, quelques heures plus tard

Je ne suis pas quelqu'un qui se considère comme particulièrement envieux des autres. Je n'ai jamais cherché à regarder ailleurs ce que je pourrais avoir ou ressassé les choses que je n'ai pas eues. En revanche, j'ai très souvent pensé à ce que j'aurais pu faire de différent dans ma vie, à ce que j'aurais *dû* faire pour que mon existence prenne une autre voie.

L'accident de voiture dans lequel ma mère et moi avons été pris, et qui a bouleversé toute notre famille, fait partie des drames qui ont déclenché une telle remise en question. J'ai passé tellement de temps à me flageller pour ne pas avoir réussi à éviter ça, passé tellement de temps à me refaire le chemin complet que nous avons emprunté, à revoir chaque détail, à repenser à tous les gestes que j'ai eus pour tenter de maîtriser la voiture dans laquelle nous nous trouvions et l'empêcher de quitter la route…

Cet accident a sans aucun doute été le plus gros choc, la plus grande épreuve de ma vie… jusqu'à aujourd'hui.

Les dernières heures se sont écoulées comme dans un brouillard. J'ai encore du mal à véritablement comprendre ce qui s'est passé, à accepter ce que j'ai vu… Ce qu'on a tous vu.

– C'est impossible, chuchote une voix derrière moi. S'il vous plaît, que quelqu'un me dise que c'est un cauchemar, un affreux cauchemar, et qu'on va tous se réveiller…

Je me tourne vers Billie qui, retranchée dans un coin de la chambre d'hôpital, tient ses mains jointes contre sa poitrine. Jaxon s'approche d'elle pour passer un bras autour de ses épaules et tenter de lui apporter un peu de réconfort. Mon regard balaie la pièce et tombe sur Dovie, qui pleure en silence. Elle tient Lennon dans ses bras, lui caressant doucement le dos. À ma droite, Cruz et Eve sont assis, paume contre paume. La mannequin chuchote je ne sais quoi à l'oreille de mon frère qui l'écoute, les yeux fermés.

Quant à moi… j'attends et je fais lentement bouger mes doigts dans le vide. J'aimerais tant pouvoir sentir une main se glisser autour de la mienne, parce que, plus que jamais, j'ai besoin de soutien.

Mon regard se fixe à nouveau sur la personne la plus importante de cette pièce : notre père. Les images de la mare de sang dans laquelle mes frères et moi l'avons trouvé ne quittent pas mon esprit.

Ses yeux fermés.

L'impact de balle dans son dos.

Puis le chaos qui s'est ensuivi.

Le cri déchirant de Billie.

L'appel passé aux secours.

La police, les ambulances.

Michel déclaré mort. Son corps enveloppé dans une housse noire et emporté par un légiste.

Les secouristes qui nous informent qu'ils sentent un pouls chez notre père… Il est extrêmement faible, mais il est là.

Son transport à l'hôpital le plus proche.

Les examens.

L'attente… L'angoisse.

Un coup sec est frappé contre la porte de la chambre d'hôpital, m'arrachant à mes pensées moroses. Ce ne sont pas moins de trois médecins qui pénètrent à l'intérieur, l'air grave. Mes frères et Billie se lèvent immédiatement et nous nous tenons côte à côte, prêts à affronter ce qui nous sera annoncé.

– Nous aimerions nous adresser exclusivement aux membres de la famille de monsieur Westwood, s'il vous plaît, commence un homme proche de la soixantaine, qui tient un dossier entre ses mains.

En silence, Eve et Dovie quittent la pièce. Du coin de l'œil, j'aperçois Jaxon qui hésite, mais il suffit d'un regard de la part de Cruz, Lennon et moi pour qu'il comprenne que sa place est avec nous.

C'est un Westwood, lui aussi. Même s'il ne porte pas officiellement ce nom.

– Nous sommes ses enfants, indique Lennon.

Le médecin nous dévisage tous les cinq un instant, avant de déclarer en ouvrant son dossier :

– Je n'ai malheureusement pas de bonnes nouvelles à vous annoncer. Après les premiers examens, nous en sommes venus à la conclusion que, lorsqu'il est tombé après le coup de feu, le corps de votre père a effectué malgré lui un point de compression au niveau de l'impact de la balle, ce qui a permis de ralentir l'hémorragie. Malgré tout, à l'arrivée des secours, il était en hypothermie, sa température corporelle étant descendue à 30 °C. De plus, sa tension artérielle était très basse et c'est sans compter l'arrêt cardiaque qu'il a fait pendant son transport jusqu'ici, avant de pouvoir être réanimé.

Les pleurs étouffés de Billie me serrent le cœur.

– L'opération nous a permis de localiser la balle… Cependant, nous ne pouvons pas prendre le risque de la lui retirer.

– Pourquoi ça ? je demande.

– Parce qu'elle comprime une artère et que son extraction déclencherait une hémorragie beaucoup trop importante, qui entraînerait la mort immédiate de votre père.

– Quelle est la solution, alors ? s'enquiert Cruz.

Les médecins font grise mine. Je pose une main sur le bord du lit sur lequel repose le pilier de notre famille, puis je lâche d'une voix rauque :

– Répondez !

– Je suis désolé, mais il n'y a aucune solution, annonce un autre médecin. Le corps de votre père fonctionne encore, mais le manque d'oxygène a considérablement endommagé ses fonctions cérébrales.

Ses collègues et lui nous dévisagent, comme s'ils espéraient que nous comprenions ce qu'ils tentent de nous dire. Devant notre silence, le troisième médecin explique finalement :

– Nous devons encore effectuer des examens, mais monsieur Westwood est plongé dans un coma et ses chances d'en sortir sont très faibles…

Billie s'accroche à mon bras et éclate en sanglots. Je l'attire contre moi et la serre de toutes mes forces.

– Il reste une chance ! s'exclame Jaxon. Il y a toujours une possibilité. Avec un coma, rien n'est définitif.

– Même si votre père se réveille, comme je vous le disais, ses fonctions cérébrales ont été beaucoup trop touchées pour que…

– Il y a un espoir ! martèle Jax. Oscar est l'homme le plus fort que je connaisse… Il va s'en sortir.

– Laissez-nous, s'il vous plaît, demande Lennon, avant d'aller s'asseoir près de notre père.

– Comme vous voulez, abdique le médecin le plus âgé. Nous sommes là si vous avez la moindre question.

Ils quittent tous les trois la chambre, dans laquelle Dovie et Eve reviennent bien vite. Dès qu'elles aperçoivent les larmes de Billie, elles la serrent dans leurs bras.

– Il va se réveiller, assure Cruz, les mains serrées autour des barreaux du lit. C'est une force de la nature, il peut le faire.

– C'est vrai, il peut le faire, je l'appuie en venant me poster près de lui. Je suis sûr qu'il peut nous entendre et qu'il sait à quel point on a besoin de lui. Accroche-toi, papa.

S'il te plaît, accroche-toi…

2

Sawyer

Je déteste la sensation de déjà vu qui nous paralyse tous. Il y a un peu plus de trois ans, c'est devant le corps inanimé de notre mère que nous nous tenions tous, terrorisés à l'idée de la perdre. C'est comme si le sort s'acharnait, comme si notre famille était destinée à traverser des épreuves de ce genre. Mes frères, ma sœur et moi n'espérons qu'une chose : que les yeux de notre père s'ouvrent enfin, alors même que la vision de son corps immobile sur ce lit d'hôpital laisse présager le pire.

Il s'est déjà passé trois jours, et rien n'a changé…

Une sonnerie discrète retentit. Lennon tire son smartphone de sa poche, en fixe l'écran, puis le range avant d'annoncer d'un air grave :

– L'autopsie sur le corps de Michel est terminée, et elle confirme les conclusions de la police : tué d'une balle dans le dos. Son enterrement aura lieu dans quelques jours.

Nous encaissons le coup sans rien dire. Michel était à notre service depuis plus de quinze ans. Nous avons vécu, grandi près de lui. Sa bonté, son optimisme et sa dévotion envers nous en faisaient un membre à part entière de la famille Westwood. Il nous est encore difficile de réaliser qu'il est mort, qu'il est définitivement parti... La situation entière paraît irréelle, sordide.

– J'ai engagé un nouvel agent de sécurité pour le manoir, nous informe Lennon. Avec ce qui vient de se passer, on ne peut pas rester sans protection. Et je l'ai recruté dans une autre entreprise... Hors de question de continuer à travailler avec l'ancienne quand on sait que l'employé qu'ils nous avaient envoyé s'est tout simplement volatilisé.

– Des nouvelles de lui, d'ailleurs ? je demande.

J'ai besoin de parler, de remplir mon cerveau d'informations, parce que si je continue à fixer mon père, je risque de devenir fou.

– Il n'a toujours pas été retrouvé, m'indique Lennon. Les traces de sang laissent penser qu'il a lui aussi été attaqué, mais...

Mon frère se tait, ce qui nous pousse, Cruz et moi, à porter notre attention sur lui. Nous ne prononçons pas un mot, mais malgré ça, nous entretenons une communication claire.

Depuis toujours, mes frères et moi possédons un lien unique au monde : celui des triplés. D'aussi loin que je me souvienne, je n'ai jamais expérimenté la solitude, même lorsque j'étais loin d'eux. Mes frères sont une partie de moi et, où que j'aille, nous sommes ensemble. Rien au monde n'est plus fort que ce que nous partageons, et c'est en partie grâce à cela que nous parvenons aujourd'hui à tenir debout malgré la situation dramatique.

Dans les yeux verts de Lennon, identiques aux miens et à ceux de Cruz, passent une multitude de questionnements mais aussi de conclusions, que nous captons sans aucun problème.

– Tu penses que c'est l'agent de sécurité qui a fait le coup ? demande Cruz en croisant les bras.

– Ça, ou alors il est le complice du vrai coupable, répond Lennon.

– Les traces de sang retrouvées dans la cabine sont peut-être une façon de nous tromper, j'ajoute. Je ne crois pas qu'il soit mort. Celui ou celle qui a pénétré dans le manoir n'a eu aucun scrupule à abattre Michel et à tirer sur notre père puis à les laisser là, exsangues, alors pourquoi aurait-il pris le temps de cacher le corps d'un simple agent de sécurité ?

– Quelque chose cloche, lâche Jaxon.

Je hoche la tête en me tournant vers Billie, qui est toujours retranchée dans un coin de la chambre. Elle n'ose pas s'approcher du lit et je comprends que la vision de notre père la choque, lui brise le cœur. Mes frères et moi avons tenté de l'inciter à rentrer au manoir, sans succès. Billie veut être là, malgré l'angoisse qui la ronge, qui nous ronge tous.

– Il faut qu'on trouve qui a fait ça, je déclare soudain.

– Ça va de soi, m'approuve Cruz.

– On ne laissera pas tomber, renchérit Lennon.

– Jamais, conclut Jax.

Les heures passent, le soir tombe lentement et une nouvelle journée se termine sans qu'un début d'amélioration ait pu être observé chez notre père. Dovie et Eve prennent la décision d'aller chercher à dîner pour tout le monde et d'emmener Billie avec elles, histoire de la sortir de cette pièce. Après leur départ, Lennon émet le besoin de prendre l'air quelques minutes, et il ne tarde pas à être suivi par Jaxon et Cruz.

– Tu viens ? me demande ce dernier.

Je secoue la tête en silence. Mes frères n'insistent pas et me laissent en tête à tête avec notre père. Dès que nous nous retrouvons seuls tous les deux, je m'assieds sur une chaise et prends sa main dans la mienne. La vue de sa peau, qui a commencé à se plisser il y a quelques années déjà, déclenche une vague de tristesse en moi.

Oscar Westwood n'est pas un homme comme les autres, il ne l'a jamais été. Ici, à Cape Cod, tout le monde le connaît. Je me souviens de nombreuses fois où des inconnus nous ont arrêtés dans la rue juste pour le saluer et pouvoir échanger quelques mots avec lui, attirés par son aura lumineuse et son charisme tranquille. Avoir grandi avec cet homme comme modèle a été un véritable bonheur, un privilège, mais il y a eu aussi des moments où le poids de sa réussite a failli nous écraser. Heureusement, il nous a toujours rassurés quant au fait qu'il nous aimait de manière inconditionnelle, et ce peu importe nos choix de vie ou de carrière.

Si un jour mes frères et moi devenons la moitié de l'homme incroyable qu'il était – qu'il est ! –, alors nous aurons tout gagné.

– Papa… je murmure tout en secouant doucement sa main.

J'espère qu'il m'entend, qu'il va reconnaître ma voix et qu'il aura envie d'ouvrir les yeux pour me voir.

– Tu sais qu'on a besoin de toi, je poursuis, toujours à voix basse. Tu ne peux pas nous laisser… Tu ne peux pas…

Sentant les larmes affluer, je pose mon front contre ses doigts et je ferme les yeux.

Imaginer que mon père puisse nous quitter est inenvisageable. Après plus de trois ans, je n'arrive toujours pas à accepter le coma dans lequel ma mère est plongée, alors je ne supporterai pas de devoir pleurer mes deux parents à la fois.

– Je ne sais pas si tu m'entends, je reprends, mais si c'est le cas, il faut que tu reviennes. Tu as encore tellement de choses à nous apprendre, à nous dire… Billie a besoin de son père, et nous aussi. Alors, s'il te plaît…

Je ne parviens pas à formuler ma requête, ma gorge est si serrée que même reprendre mon souffle m'est douloureux.

La porte de la chambre se rouvre à cet instant, me faisant sursauter. Je me redresse et croise le regard de Lennon, avant de m'en détourner et de reposer mon visage contre la main de notre père.

Plus tard, Dovie, Eve, Jax et Cruz reviennent. La petite amie de Lennon distribue des sandwichs à la ronde, mais je n'ai aucun appétit, pas plus que Billie ou Jaxon, d'ailleurs.

Quelques minutes après, deux coups sont frappés contre la porte, et le médecin qui était venu nous faire ses premières conclusions il y a trois jours nous rejoint. À nouveau, il demande à ne s'entretenir qu'avec la famille, mais cette fois, Lennon et Cruz refusent que leurs petites amies quittent les lieux. Je me tends. Si le courant est immédiatement passé entre Dovie et moi – il faut dire que sa capacité à se faire aimer est assez remarquable –, avec Eve, les choses ont été moins naturelles. À cause de cette femme, j'ai failli perdre l'un de mes frères, et même si aujourd'hui Cruz et elle sont fous amoureux, il reste en moi de la rancœur à son égard que je n'arrive pas à évacuer. Sa présence m'agace, bien que je m'applique en général à le cacher.

– Nous avons fini d'effectuer tous les examens, commence le médecin d'une voix où pointe la compassion. Je suis vraiment désolé, mais votre père est en état de mort cérébrale.

Le silence dans la chambre est si assourdissant que mes oreilles en bourdonnent.

– Qu'est-ce que… bafouille Billie.

– Cela signifie que son cerveau a cessé toute activité, compromettant y compris ses fonctions vitales.

– Mais il respire, j'objecte, en montrant la poitrine de mon père qui se soulève. Il est en vie, il…

– Ce sont les machines qui le maintiennent parmi nous, explique le médecin. Si nous les lui retirons…

Il mourra immédiatement…

– Écoutez, je sais que ce n'est pas le bon moment pour vous en parler, mais je suis dans l'obligation de vous demander ce que vous souhaitez faire, enchaîne le docteur.

– À quel propos ? lui répond Lennon.

– Eh bien, malheureusement, nous pouvons déjà affirmer que l'état de santé de votre père ne s'améliorera pas…

– Venez-en au fait, je grogne, tout en espérant que le médecin n'insinue pas ce que je pense.

– Je pense qu'il vous faudra envisager d'arrêter les machines, termine-t-il pourtant.

Pendant une poignée de secondes, personne ne bouge. Puis, sans nous être concertés, Cruz et moi nous jetons en direction du doc. Notre réaction est aussi violente qu'inattendue, si bien qu'il faut toute la force que Lennon et Jax ont en stock pour nous empêcher de commettre un acte irréparable.

– Taisez-vous, crache Cruz, hors de lui. Comment osez-vous venir ici et insinuer que nous devrions nous débarrasser de notre père ? Vous n'avez donc aucune morale ?

– Je sais que c'est quelque chose de difficile à envisager mais c'est malheureusement une décision que vous finirez par devoir prendre, tôt ou tard, déclare le médecin en tirant sur sa blouse.

Ma rage est telle que je parviens à me défaire de la prise de Lennon pour attraper son col.

– Si vous tenez à garder vos membres intacts, je vous conseille de ne plus prononcer un mot, je m'écrie. Notre père ira mieux ! Et puisque vous l'avez déjà condamné, il est hors de question qu'il reste une seconde de plus dans votre établissement.

– Sawyer ! gronde Lenny en me tirant brusquement en arrière.

Il se tourne ensuite vers le médecin, dont le visage est maintenant aussi pâle que les murs de la chambre.

– Vous allez bien ? lui demande mon frère.

Visiblement choqué, l'homme acquiesce d'un hochement de tête raide.

– Alors partez, reprend Lennon. Il est clair que vous auriez pu attendre encore un peu avant de nous demander de tuer notre père.

Le doc a le cou ployé tant il doit lever la tête pour croiser le regard de Lenny. Nous sommes grands tous les trois, très grands, et notre carrure est facilement intimidante. À cet instant, j'en suis heureux. Parce que le médecin n'ose plus l'ouvrir et c'est tant mieux. S'il prononce un mot de plus, je vais vriller.

– La clinique, dis-je soudain à voix haute.

Le reste de ma famille se tourne vers moi.

– Être près de maman ne pourra qu'aider papa à aller mieux, j'explique. Il doit être soigné là-bas.

Il ne faut pas longtemps à mes frères et à ma sœur pour valider mon idée, et je ressens un étrange soulagement à la perspective de ce transfert. Je refuse de croire que ce que ce médecin nous a dit est vrai. Je refuse d'abandonner tout espoir, je refuse d'accepter que l'heure des adieux soit arrivée pour Oscar Westwood.

Nous ne l'abandonnerons pas, nous nous battrons pour lui.

Face à l'adversité, ensemble, toujours.

3
Sawyer

Le manoir est silencieux.

Beaucoup trop.

Plus tôt dans la soirée, nous avons tous quitté la clinique dans laquelle mon père est désormais installé, dans la chambre voisine de celle de notre mère. Une pièce est en train d'être aménagée pour pouvoir les accueillir tous les deux, mais quelques jours de préparation sont encore nécessaires avant qu'elle soit prête à les recevoir.

Billie, Jaxon et moi souhaitions rester auprès de papa, mais Lennon nous a fait réaliser que, aussi terrible que cela puisse paraître, nous ne pouvions désormais rien faire d'autre qu'attendre. Nous nous sommes donc résignés à rentrer… Sauf que maintenant, alors que la nuit est bien avancée et que tout le monde est endormi, moi, je suis réveillé, préoccupé, torturé… Debout dans la cuisine, seul dans le noir.

Peu importe où je regarde, je n'arrive pas à voir autre chose que le corps de Michel gisant dans une mare de sang, et mon père lui aussi étendu un peu plus loin.

Mes mains se crispent sur le rebord du plan de travail. Je ferme les yeux et je tente de faire le vide dans mon esprit, mais j'en suis incapable.

Soudain, un cri déchirant me parvient depuis l'étage, suivi par des aboiements apeurés. La brume de mes pensées moroses se dissipe brusquement : je m'élance sans réfléchir et grimpe les marches de l'escalier trois par trois, pénétrant dans la chambre de Billie en même temps que mes frères. Allongée sur son lit, recroquevillée sur elle-même, notre sœur sanglote violemment et hurle de douleur.

– Billie ! je m'écrie pour couvrir sa voix.

Lennon grimpe sur le matelas tandis que je m'agenouille par terre, près du visage de ma sœur. Elle remue dans tous les sens et cela me déchire le cœur de voir ses joues noyées par les larmes.

– BILLIE !

La voix de Jaxon tonne dans la chambre, et Billie ouvre les yeux sur-le-champ. D'abord, elle reste figée, complètement perdue, puis elle réalise où elle se trouve, que nous sommes là et qu'il est arrivé quelque chose. Le visage déformé par la tristesse, les joues écarlates, les yeux et les lèvres gonflées, elle nous regarde tour à tour avant de s'asseoir et de se passer une main dans les cheveux.

– Pardon… dit-elle d'une voix cassée. Je dormais et… des images n'arrêtaient pas de me revenir à l'esprit.

Elle renifle et pousse un soupir tremblant. Je tends mon bras pour la serrer contre moi. La voir souffrir me fait un mal de chien.

– Ça va aller, reprend-elle en carrant faiblement ses épaules. C'était juste un cauchemar, ça va aller…

La façon dont elle veut paraître forte me blesse. Billie n'avait que dix-huit ans lors de l'accident qui nous a pris notre mère. Elle était si jeune… C'est injuste que, trois ans plus tard, elle doive en passer par là une seconde fois. Ça l'est pour nous tous, évidemment, mais Billie avait ce lien particulier avec notre mère : elles étaient fusionnelles, un peu comme deux meilleures amies, et en tant que seule fille de la fratrie, elle était choyée comme elle le méritait. Je sais que cette nouvelle épreuve va l'obliger à devenir adulte un peu plus vite, et j'aurais préféré que ce ne soit pas le cas.

– Ne t'excuse pas, ma puce, lui murmure Lennon en s'installant à sa gauche.

J'aperçois alors rapidement les visages inquiets d'Eve et de Dovie – son bouledogue dans les bras – debout dans le couloir. Heureusement, elles ont la présence d'esprit de se retirer en voyant que nous maîtrisons la situation, nous laissant en famille.

– On est là pour toi, Billie, affirme Cruz, apaisant. On sait à quel point cette tragédie est difficile à gérer. On comprend ce que tu ressens, tu sais.

– Je vais rester auprès de toi, dis-je à ma sœur en posant ma joue contre le haut de sa tête.

– Non, ce n'est pas la peine. Je suis désolée de vous avoir réveillés, mais ça va aller mieux, promis.

C'est faux : ça n'ira pas mieux, ni pour elle, ni pour aucun de nous. En tout cas, pas avant un long moment.

– Allez vous reposer, insiste Billie en nous regardant un par un, un faible sourire plaqué sur ses lèvres.

Mes frères et moi nous jetons de rapides coups d'œil. Aucun d'entre nous n'a envie de laisser notre sœur seule, mais nous ne pouvons décemment pas lui imposer notre présence. Lennon, Cruz et moi l'embrassons tous les trois avant de nous lever, prêts à quitter la chambre… mais Jaxon ne nous suit pas. Il reste debout au pied du lit, les sourcils froncés, à dévisager Billie.

– Je vais rester près d'elle cette nuit, dit-il lorsqu'il remarque que nous l'attendons.

– Jaxon, ce n'est pas la peine, je t'assure que je… tente Billie.

– Je reste ! Allez, fais-moi une place, insiste-t-il sur un ton plus doux.

Notre sœur n'essaye pas de négocier plus longtemps. Elle accepte Jax et, en toute honnêteté, ça ne me surprend pas. Ces deux-là ont tissé un lien particulier qui semble se renforcer au fil des ans. Si, après une crise pareille, Jaxon est le seul à même d'apaiser Billie, alors je ne vois aucune objection à ce qu'il dorme dans son lit.

Lorsque mes frères et moi fermons la porte de la chambre et commençons à remonter le couloir, je tente de cacher à quel point le cauchemar de ma sœur, ajouté à tout ce qui s'est récemment produit, me torture. Je jure que si je vois un autre membre de ma famille en souffrance, je vais imploser.

– … peut-être lui dire d'aller voir quelqu'un si c'est quelque chose qui devient récurrent… Sawyer ! me hèle Lennon. Tu nous écoutes ?

– Pas maintenant, je réponds en me dirigeant vers l'escalier à grandes enjambées.

– Hé, attends, Sawyer ! m'appelle Cruz.

Mais je dévale les marches à toute vitesse et je fonce en direction de l'entrée pour enfiler mes chaussures et m'emparer de mes clés de voiture.

– Stop… Stop ! Qu'est-ce que tu fais ? me lance Lennon en se plantant devant la porte d'entrée.

– Laisse-moi passer, Lenny, je lui ordonne, la voix rauque.

– Pas avant que tu m'aies dit où tu as l'intention d'aller, me renvoie-t-il sur le même ton.

– Il est hors de question qu'on te laisse prendre la voiture dans cet état, ajoute Cruz derrière moi.

– Vous ne comprenez pas… Je ne peux pas rester ici pour l'instant. Je vais péter les plombs si je ne me défoule pas.

– Te défouler ? répète Lennon. Si tu veux aller régler leur compte à chacun des punching-balls de ton dojo, alors d'accord. Mais si tu comptes picoler et te battre avec le premier type qui te provoquera, il en est hors de question.

L'enfoiré !

Lennon sait parfaitement que je ne suis pas fier de cette période de ma vie, de mon comportement à une époque bien précise. Au cours des jours qui ont suivi l'accident de notre mère, je souffrais tant, étouffé par les remords et la culpabilité, que j'allais traîner dans les bars, buvant jusqu'à frôler le coma éthylique, puis je déclenchais une bagarre de laquelle mes frères venaient toujours me tirer. J'avais besoin qu'on me frappe, qu'on me fasse mal, qu'on me punisse pour ce que j'avais fait à ma mère, parce que la compassion et l'amour dont m'inondait le reste de ma famille me rendaient malade.

– Je voulais me rendre à l'institut pour frapper dans des sacs, ça vous va ? je grince entre mes dents.

J'ai envie de hurler en les voyant échanger un regard.

– Bon, y'en a marre !

Je bouscule Lennon, mais ma montagne de frère reste bien droit. Cruz le rejoint bientôt, et à eux deux, ils forment un véritable rempart.

– Laissez-moi sortir d'ici, putain. Vous voulez que je pète les plombs et que Billie, Eve et Dovie en soient témoins ?

Je sais qu'en évoquant les filles, je vais gagner. La preuve, Lennon hésite, et me demande :

– Tu me jures que tu ne t'en prendras à personne à l'institut ?

– Il est presque trois heures du matin ! Les recrues sont toutes en train de dormir à cette heure-là, je réplique, las.

– C'est faux. Tu sais très bien que certains aiment s'entraîner un peu la nuit. Alors, si tu veux frapper ou balancer des trucs, concentre-toi sur le matos. Pas les gens ! Sawyer, je jure que si demain j'entends qu'il y a eu le moindre incident, c'est moi qui t'en collerai une.

J'ai presque envie de sourire. Quand il s'agit des intérêts de l'institut, Lennon ressemble tant à notre père…

Cette pensée me soulève l'estomac. Il est temps que je parte d'ici.

– Fais attention à toi, mon frère, souffle Cruz lorsque je passe devant lui.

Lui comme Lennon savent que, dans les moments où la colère et la douleur se mélangent dans mon corps et dans mon esprit, il ne faut pas essayer de me retenir.

••••

Je manque de souffle, je suis trempé de sueur et les rayons du soleil commencent à apparaître dans le ciel. Une nouvelle journée débute, la vie continue à Cape Cod et partout ailleurs… C'est inévitable. Peu importent les tragédies, les victimes, les drames, les injustices, il y a toujours un lendemain.

C'est rassurant de savoir que, malgré les bouleversements que connaît notre famille, le monde dans lequel nous vivons reste le même, mais c'est aussi révoltant. L'univers devrait se mettre sur pause et pleurer le sort d'Ellen et Oscar Westwood, ces êtres hors du commun.

Mes parents.

Lessivé, le corps rempli d'endorphines, je quitte le premier étage de l'institut. Sur mon chemin, je croise certaines recrues lève-tôt, qui me saluent. Je leur réponds du bout des lèvres.

Je ne sais pas si j'aurai le courage de venir bosser aujourd'hui. Je n'aspire qu'à me doucher et à dormir des heures, peut-être même des jours pour échapper à la réalité. L'un des bodyguards de l'agence pourra me remplacer pour les cours que je dois donner. Je suis sûr que Zya sera ravie de me rendre ce service, elle m'a déjà dépanné une ou deux fois quand j'en ai eu besoin.

– Salut, Sawyer.

J'adresse un signe de tête à Hassan, garde du corps chez nous depuis un an, et je poursuis ma route. Mais il m'emboîte le pas, visiblement pas rebuté par mon air fermé.

– J'aimerais te parler de quelque chose, si ça ne t'embête pas, déclare-t-il en marchant à côté de moi.

– Je n'ai pas trop le temps, là, Hassan. Je dois rentrer.

– Ça ne prendra que cinq minutes. Dans d'autres circonstances, je ne te dérangerais pas, mais il y a peu de spécialistes des missions dont tu étais chargé et j'aurais vraiment besoin de te poser une question.

Je m'arrête brusquement et me tourne vers lui.

« Dont tu étais chargé ».

Cela fait plus de trois ans que je ne suis pas retourné sur le terrain… et pourtant, cette petite phrase fait mal. Autrefois, j'adorais les missions à risque, celles qui demandaient une expertise et une formation spéciale : prendre en charge des civils qui avaient été témoins de crimes, protéger les femmes battues dont les maris avaient obtenu une libération de prison anticipée, veiller sur les enfants de parents influents sous le coup d'une menace de kidnapping… Je l'admets, plus le contrat était sensible, plus je prenais de plaisir à effectuer ma mission. Me confronter directement au danger avait quelque chose d'exaltant, qui me permettait chaque fois de me sentir… vivant. Utile. Voir la confiance et la sérénité se refléter dans les yeux de clients qui avaient perdu espoir de retrouver un jour une vie normale était ma plus belle récompense. J'adorais ça, et on me disait bon dans ce que je faisais, très bon, même… jusqu'à ce que je m'aperçoive que c'était faux.

Être capable de garantir la sécurité d'inconnus, mais pas de ma propre mère ? Ça fait de moi un garde du corps médiocre.

– Je t'écoute, dis-je en soupirant.

– Alors voilà, il se trouve qu'Oscar m'a confié une mission il y a quelques mois…

Je déglutis péniblement à la mention de mon père.

– C'est ma première mission à risque, poursuit Hassan, qui n'a rien remarqué, et pour l'instant tout se passe bien. La cliente est formée aux techniques de combat, mais je me demandais s'il était possible de lui donner des cours de tir ?

Je hausse les sourcils.

– Des cours de tir ? On ne met pas d'armes à feu dans les mains des civils, Hassan.

– Oui, je le sais, cela peut les mettre en danger, tout comme leur entourage… mais la cliente vit seule et elle aimerait apprendre à tirer pour bénéficier d'une protection supplémentaire.

Je croise les bras en réfléchissant à ce qu'il m'expose.

– Tu me dis que c'est une mission à risque… je commence.

– Exact.

– Est-ce que tu sens un danger imminent ?

– Non, mais…

– Y a-t-il des signes qui montrent que la cliente n'est plus en sécurité et que tu pourrais te retrouver débordé par la menace ?

– Pas vraiment, mais…

– Alors c'est non.

– Sawyer…

– Écoute, Hassan, si un jour tu viens me voir en me disant que tu sens qu'il va se passer quelque chose, alors j'envisagerai de t'accorder une dérogation. Mais si rien n'a changé depuis que tu as débuté cette mission, si tu n'as remarqué aucun détail suspect, alors je ne vois pas de raison de le faire.

Je donne une petite tape sur son bras puis je me dirige vers le parking de l'institut, pour rejoindre mon véhicule. En passant les grilles de l'établissement, je remarque une berline garée sur le bas-côté. Meredith, penchée du côté de la vitre passager, discute avec la personne qui se trouve à l'intérieur de la voiture. J'attends qu'elle me confirme d'un signe de tête qu'elle gère la situation avant de m'engager sur la route. Après quoi je parcours le trajet jusqu'au manoir en pilote automatique.

Lorsque j'entre dans la maison, ma famille est réunie autour de la table du salon… ce qui ne présage rien de bon.

– Qu'est-ce qui se passe ? je demande en m'approchant d'eux.

Lennon me montre une enveloppe kraft devant lui.

– Le nouvel agent de sécurité du manoir est venu m'apporter le courrier qui s'était entassé ces derniers jours, m'indique-t-il. Cette lettre en faisait partie.

Je hausse les épaules en attendant que quelqu'un poursuive.

– Elle nous a été envoyée par le cabinet d'avocats Weber, m'annonce Cruz. Ils voudraient nous voir tous ici dans trois jours, pour…

Mon frère se tait. J'inspire et déglutis péniblement avant de redresser la tête. Enfin, Lennon trouve la force de terminer :

– Pour la lecture du testament de papa.

4
Sawyer

– Chaque personne qui a un jour croisé la route de Michel Langsdorff se souvient de lui comme d'un homme généreux. Il était foncièrement bon et dévoué, aussi bien à sa famille qu'à ses amis. Il nous manquera beaucoup.

Assister à un enterrement est évidemment l'une des choses les plus éprouvantes qui soient. Mes frères, ma sœur et moi sommes aujourd'hui réunis autour de la tombe de Michel, notre majordome, qui était en réalité bien plus que seulement cela. Il était comme un oncle pour nous, un ange gardien qui veillait à notre bien-être.

À mes côtés, Lennon, Cruz et Jaxon gardent la tête baissée. Billie, elle, sanglote contre mon épaule, et je tente de la soutenir comme je le peux. Je ne sais pas vraiment quoi dire ou quoi faire pour lui remonter le moral, en sachant que je suis moi-même dévasté par toute cette histoire.

Après la cérémonie, nous nous dirigeons vers les proches de Michel. Puisqu'il n'était pas marié ni père, c'est devant sa sœur et ses deux neveux que nous nous arrêtons.

– Sara, nous vous présentons nos condoléances, commence Lennon en prenant les mains de la femme dans les siennes. Michel était un être exceptionnel. Il faisait partie de notre famille et nous l'aimions tous beaucoup.

– Et il vous aimait aussi, comme si vous aviez été ses propres enfants, répond Sara, les yeux embués de larmes. Il parlait sans cesse de vous.

Je déglutis et tourne mon regard vers les deux garçons de huit et onze ans qui l'accompagnent. Ils observent ce qui les entoure, un peu déstabilisés par le nombre de personnes qui se sont réunies ici et par le fait que, désormais, la seule façon pour eux de voir leur oncle sera de se rendre dans ce cimetière.

– Nous sommes dévastés par ce qui s'est passé, reprend Lennon.

Puis il se rapproche de la sœur de Michel et lui dit plus bas :

– Sara, je vous promets que, peu importe le temps que ça prendra, nous mettrons la main sur l'ordure qui a fait ça et nous lui ferons payer.

Elle ouvre ses bras et attire mon frère dans une longue accolade, avant de faire de même avec nous tous. Désireux de ne pas l'accaparer trop longtemps, nous la laissons avec ses enfants et quittons les abords du cimetière en silence.

– Combien va-t-on leur donner ? je demande à Lennon.

– Assez pour qu'ils n'aient plus à se faire de souci pour l'avenir, répond-il du tac au tac.

Nous sommes sur la même longueur d'onde. Même si rien ne fera jamais revenir Michel, même si sa perte causera à sa famille une souffrance éternelle, un dédommagement financier de notre part est selon moi indispensable. D'abord parce que Michel a été tué chez nous, dans notre maison, alors qu'il y travaillait. Et ensuite, parce que je sais qu'il aurait été heureux de savoir sa famille à l'abri du besoin.

– Qu'on paye à ces gosses leurs études, ajoute Cruz.

– Ce sera fait, affirme Lenny.

– Et qu'on pulvérise le fils de pute qui s'en est pris à nous, lâche Jaxon avant de resserrer son bras autour des épaules de Billie.

– Ça aussi, ce sera fait, dis-je.

Nous nous dirigeons tous les cinq vers nos voitures, lorsqu'un détail attire soudain mon attention. Comme je ne veux pas alarmer ma famille pour rien, je leur annonce :

– Partez devant, je dois aller faire une course. Je vous rejoindrai plus tard.

Dès qu'ils ont quitté le cimetière, je fais marche arrière et je longe le trottoir d'en face sur quelques mètres. De nombreux véhicules appartenant aux personnes présentes à l'enterrement sont garés là, mais il y en a un qui m'intéresse particulièrement. Parce qu'il m'a suffi d'un coup d'œil pour me souvenir de l'avoir déjà vu quelque part… C'est la berline qui était à l'arrêt devant l'institut lorsque j'en suis sorti il y a deux jours. Je me souviens que le conducteur était en pleine conversation avec Meredith et si, sur le moment, je ne m'en suis pas plus préoccupé que ça, revoir cette voiture aujourd'hui m'interpelle.

Je m'en approche un peu plus. Les vitres teintées m'empêchent d'en détailler l'intérieur, mais à travers le pare-brise, je parviens tout de même à distinguer qu'elle est vide.

Est-ce que le conducteur a assisté à l'enterrement de Michel ?

Optant pour la prudence, je relève la plaque d'immatriculation et je l'envoie par message à Dimitri, en espérant qu'il pourra trouver des renseignements sur le propriétaire du véhicule.

Les coïncidences existent, mais apercevoir cette voiture deux fois en deux jours n'en est pas une. Mon instinct me crie que quelque chose cloche.

••••

Manoir des Westwood, le lendemain

– Je ne comprends toujours pas pourquoi les avocats de papa nous ont convoqués, proteste Billie, dont l'humeur s'assombrit de jour en jour.

– Pour la dernière fois, ils veulent nous lire son testament, je lui rappelle.

– Sauf que notre père n'est pas mort ! Vous vous en rendez tous compte, quand même ?

Elle a beau souffrir, Billie reste Billie et, lorsqu'elle élève la voix ou s'énerve contre l'un d'entre nous, elle finit toujours par s'en vouloir. Lentement, elle s'approche de moi et je lui ouvre mes bras d'instinct. Je la serre doucement contre mon torse en lui frottant le dos dans un geste rassurant.

– Attention, chaud devant ! s'écrie alors Dovie en arrivant depuis la cuisine les bras chargés d'un plateau rempli de tout ce qu'elle a pu trouver dans les placards.

Sentant l'odeur de nourriture, Voldemort se précipite vers sa maîtresse en jappant d'excitation et fonce dans ses jambes, manquant de la faire tomber. Heureusement, Lennon a le réflexe de retenir sa petite amie d'une main et d'attraper le bouledogue de l'autre. Le chien en profite d'ailleurs pour gober quelques saucisses cocktail, avant que mon frère ne lui ouvre la porte-fenêtre pour l'inciter à aller prendre l'air sur la terrasse, et referme derrière lui.

Doucement, à notre rythme, nous reprenons nos marques, nos habitudes, même si l'horreur de ce qui s'est passé pèse encore entre les murs de notre foyer.

– Des nouvelles de l'enquête ? demande Cruz en s'installant à la table de la salle à manger.

– Pas pour l'instant, répond Lenny.

Dans notre famille, et ce depuis un moment déjà, Lennon a naturellement pris un rôle de leader, marchant dans les pas de notre père. Cruz et moi nous en sommes fait la remarque plusieurs fois, sans que cela nous dérange. Même si mes frères et moi nous ressemblons physiquement, nous avons chacun notre propre personnalité. Ainsi, je suis le pragmatique, le sérieux – et parfois le casseur d'ambiance, je l'avoue. Cruz, lui, prend souvent la vie avec légèreté, souffre d'un ego surdimensionné et n'aspire qu'à une chose : profiter de l'existence et de tout ce qu'elle a à lui offrir. Lennon est notre arbitre lors de nos innombrables passes d'armes : il est mature et l'incarnation de la détermination. Une main de fer dans un gant de velours. Jaxon, quant à lui, est passionné par tout ce qu'il entreprend, ambitieux sans être obnubilé par sa carrière, altruiste avec un caractère affirmé.

J'aime à penser qu'à nous quatre nous formons un équilibre parfait.

– La police scientifique a fini de relever les empreintes, poursuit Lennon. Ils vont devoir analyser tout ce qu'ils ont récupéré : ils nous recontacteront dès qu'ils auront avancé.

– Tenez, servez-vous, le coupe Dovie en plaçant un plat au centre de la table. Je n'ai pas le talent de Michel, mais je ne crois pas qu'on puisse rater une omelette, alors… bon appétit.

L'évocation de notre majordome assombrit nos visages. Son absence se fait déjà tellement ressentir… Il avait l'habitude de toujours nous accueillir quand nous rentrions au manoir, de courir à travers la maison, toujours prêt à satisfaire nos désirs même lorsque nous ne lui demandions rien, d'être attentif, à l'écoute…

– C'est très bien, ne t'inquiète pas, déclare Lennon à la jolie rousse en embrassant son front.

Elle s'assied près de lui et prend sa main dans la sienne. Elle ne l'a pas lâché une seconde depuis des jours…

– Où est… Eve ? je demande.

Cruz redresse la tête en haussant les sourcils. Il est rare que je prononce le prénom de sa petite amie. Mais ces derniers jours, je les ai passés à me défouler dans mon dojo, alors j'ai quelques petites choses à rattraper.

– Elle avait rendez-vous à New York avec son nouvel agent, m'indique mon frère.

– Et tu l'as laissée y aller seule, sans protection ? je ricane.

– April et Tony se chargent d'elle pendant que je suis occupé ici. Elle sera de retour dans quelques jours, heureusement. C'est toujours plus simple quand elle est près de moi.

Je lève discrètement les yeux au ciel, mais mon geste n'échappe tout de même pas à Cruz.

– Abruti ! me lance-t-il en me faisant un doigt d'honneur.

– Relax, je tempère. Je n'en reviens pas que tu aies décidé d'être son garde du corps, à elle exclusivement. Les missions ne vont pas te manquer ?

Il hausse les épaules.

– Je pense que vous ne vous rendez pas compte de la renommée d'Eve. Peu importe où elle va, elle risque d'être reconnue et les choses peuvent vite dégénérer. Alors je ne vais pas m'ennuyer auprès d'elle. Et puis, si elle décide vraiment de lever le pied comme elle l'a prévu, peut-être que je pourrai prendre quelques missions supplémentaires de temps en temps. Pour l'instant, je profite d'exercer le job que j'aime tout en étant avec Eve. C'est gagnant-gagnant.

Avant qu'il ne rencontre sa petite amie, je crois qu'aucun de nous ne s'était imaginé que Cruz pourrait non seulement entamer une relation sérieuse, mais aussi ralentir le rythme dans son travail. Il a toujours adoré partir en mission… Il faut croire qu'il a trouvé son équilibre avec Eve, même si j'ai encore du mal à pleinement m'y faire.

– Hé, vous faites quoi tous les deux ? Venez déjeuner avec nous ! enchaîne Cruz à l'attention de Billie et Jaxon, restés dans la cuisine.

– On n'a pas faim pour l'instant, répond Jax.

Autour de la table, nous nous jetons un regard entendu. C'est surtout Billie qui n'a pas d'appétit, et mon frère ne fait que lui apporter un soutien total.

Je pique un morceau d'omelette, le porte à ma bouche et croque dedans…

Nom de Dieu !

– Tu aimes ? me demande immédiatement Dovie, ses yeux vairons brillants d'espoir. Je crois que ça manque un peu de sel, non ?

Ça manque surtout d'un goût d'omelette. Qu'est-ce qu'elle a bien pu mettre là-dedans ?

– Non, c'est… enfin, c'est assez salé, je trouve, bredouille Cruz.

– Bordel, mais c'est quoi ce t…

Le coup de pied de Lennon lancé sous la table droit dans mon tibia m'empêche de poursuivre.

– C'est délicieux, affirme mon lèche-bottes de frère. Merci d'avoir pris le temps de nous préparer quelque chose, Dovie.

– C'est normal, lui répond-elle.

Elle dévisage Lenny comme s'il était la plus belle chose qu'elle ait jamais vue… Un peu comme si elle était éblouie par le soleil en personne. J'ai toujours trouvé que le regard amoureux qu'elle pose sur mon frère a quelque chose de légèrement psychopathe, mais enfin, ce n'est que mon avis.

– Je pourrais préparer tous vos repas, ajoute-t-elle. Mon boss m'a autorisée à prendre quelques congés anticipés, alors je suis avec vous jusqu'à la fin de la semaine.

Oh, merde…

Il me suffit d'un coup d'œil pour mettre silencieusement Lennon en garde. Je veux bien qu'il soit complètement mordu de sa copine, mais il y a des limites à la connerie. J'ai beau apprécier Dovie, frôler l'intoxication alimentaire tous les jours est un risque que je refuse de prendre.

– Hors de question que tu cuisines pour tout le monde, tu as toi aussi le droit de te reposer, intervient Cruz.

– Exactement, l'approuve Lennon. On se fera livrer, ne t'inquiète pas pour ça.

Il embrasse la rouquine pour atténuer sa déception, et elle en oublie immédiatement comment respirer. À cet instant, Jaxon et Billie quittent la cuisine pour nous rejoindre.

– Les voilà, annonce Jax, et nous comprenons qu'il fait référence aux avocats.

Nous nous levons tous d'un même mouvement. Le semblant de légèreté qui planait dans la pièce s'évapore presque instantanément.

– Je me demande toujours ce que je fais là, poursuit Jaxon. C'est vous, les enfants d'Oscar, pas moi. Pourquoi est-ce que je suis convoqué ?

– Tu fais partie de la famille, tu devrais le savoir depuis le temps, répond Lennon.

– Pas officiellement… Je n'ai aucun lien de sang avec vous. Je… Je ne suis pas des vôtres.

– Tu l'es ! On le pense et notre père aussi, alors ressaisis-toi, je lâche avant de me diriger vers la lourde porte d'entrée en fer forgé.

Je l'ouvre avant que les avocats aient pu y toquer. Ils sont en train de monter les marches du perron : deux femmes et un homme. Leurs visages ne me sont pas inconnus : ce n'est pas la première fois que nous nous rencontrons. Mon père a rapidement compris que s'entourer de personnes compétentes était la clé d'une entreprise qui marche : il fait appel au cabinet depuis longtemps pour la gestion de l'institut et de l'agence, aussi bien que pour la protection de ses possessions personnelles. Légalement comme dans tous les autres domaines, Oscar Westwood voulait se sentir protégé par les meilleurs.

– Monsieur Westwood, me salue maître Weber, l'avocate principale avec laquelle mon père traitait le plus souvent.

Je lui réponds d'un hochement de tête avant de la conduire avec ses collègues dans la salle à manger, où attendent les autres. Tout en rejoignant le reste du clan, je louche sur l'épais dossier que tient l'avocate. Je me demande bien ce qu'il peut contenir… Quelles ont pu être les dernières volontés de notre père.

– Tout d'abord, débute maître Weber, je tiens à vous assurer, au nom de tout le cabinet, de notre soutien le plus total. L'épreuve que vous traversez est extrêmement difficile, et Oscar, votre père, était un homme incroyable.

– *Est!* rectifie Billie. Il *est* incroyable. Notre père est toujours parmi nous.

Jusqu'à maintenant, c'est moi qui avais le monopole de la mauvaise humeur… J'espère sincèrement que cette épreuve ne changera pas ma sœur en une boule de rancœur. Être sans cesse en colère, triste, se sentir coupable, je ne le souhaite à personne, encore moins à un membre de ma famille.

– Oh, bien sûr. Pardonnez-moi si j'ai été maladroite. Nous espérons évidemment tous une guérison rapide pour votre père.

– Merci, maître, intervient Lennon. Nous avons d'ailleurs prévu d'aller lui rendre visite après notre rendez-vous. Pourrions-nous commencer?

– Évidemment.

L'avocate ainsi que ses deux acolytes s'installent en bout de table. Mes frères, Billie, Dovie et moi prenons place également, et lorsque l'épais dossier est enfin ouvert, mon estomac se serre.

– En premier lieu, je tiens à vous dire que lorsque nous avons appris la tragédie qui était survenue, après l'émotion, bien sûr, notre première préoccupation a été de protéger au mieux les biens de votre père, annonce maître Weber. Vous le savez, la lecture d'un testament se fait généralement lorsque le décès de la personne concernée a été établi, ce qui, comme vous l'avez précisé, n'est pas le cas. Cependant, votre père avait envisagé tous les cas de figure possibles et sa requête était très claire : en cas d'incapacité physique de sa part à endosser ses fonctions concernant l'institut et l'agence Westwood, nous devions vous ouvrir son testament. C'est pourquoi nous sommes là aujourd'hui.

En cas d'incapacité physique de sa part…

Pourquoi est-ce que cela ne me surprend pas que mon père ait pensé à tout ? Il a toujours eu à cœur de protéger son dur labeur et sa famille autant que possible.

– Pour commencer, je dois vous remettre ceci en main propre.

L'avocate fait glisser une enveloppe dans notre direction. Sur le papier blanc, « Mes enfants » est inscrit de l'écriture fine de notre père.

Autour de la table, personne n'ose tendre la main pour s'en emparer.

– Remis ce jour à 13 h 45, récite l'homme à la gauche de maître Weber, en griffonnant quelque chose sur un document.

– Si vous le voulez bien, reprend l'avocate principale, je vais d'abord lire les clauses qui vous concernent en globalité, puis je passerai au cas par cas. « Je, soussigné, Oscar Robert Westwood, déclare, en pleine possession de mes capacités, léguer 90 % de ma fortune, ce qui revient à trente-trois millions et trois cent mille dollars, à mes quatre enfants :

Lennon, Sawyer, Cruz et Billie Westwood. Il est à préciser que la somme devra être équitablement répartie entre eux. Je déclare également léguer à Jaxon Perry les 10 % restants, soit trois millions sept cent mille dollars. »

Le silence s'abat sur la pièce. Instinctivement, nous nous tournons tous vers Jax, qui est figé sur sa chaise. Après tant d'années passées à vivre au manoir, avec nous, après tout ce temps à travailler à l'institut, après avoir su se faire une place si importante au sein de notre clan, je ne comprends pas comment il peut encore être surpris de figurer sur le testament de notre père…

Mais si nous sommes tous aussi ébahis, c'est aussi parce que, bien que nous ayons toujours été conscients du luxe qui nous entoure, nous ne savions pas précisément à combien s'élevait la fortune familiale… jusqu'à aujourd'hui. Notre part, combinée à celle de Jaxon, avoisine les quarante millions de dollars…

C'est impressionnant, évidemment, mais je sais sans aucun doute que mes frères, ma sœur et moi serions prêts à sacrifier chaque centime si cela pouvait faire revenir nos parents parmi nous.

Tout ce protocole est d'un glauque… Je sais que c'était la volonté de notre père et que lorsqu'il est question d'héritage et d'entreprises, il faut que des décisions soient prises rapidement, mais il y a tout de même quelque chose de foncièrement gênant à déjà se répartir les biens appartenant à nos parents, alors même qu'ils respirent encore.

« Le manoir restera un foyer pour tous, reprend l'avocate, c'est pour cela que j'ai pris la décision de le léguer à mes quatre enfants. Jaxon Perry pourra continuer à y vivre à titre gracieux, comme c'est le cas depuis bientôt neuf ans maintenant. Le reste de mes biens personnels sera également redistribué équitablement entre mes enfants. Je compte sur leur bon sens pour rendre le partage le plus facile et respectueux possible. »

Nous nous esclaffons tous. Comme si nous avions besoin de cette précision… Là, tous réunis autour de la table, et sans même que nous nous soyons rendu compte que nous nous étions rapprochés les uns des autres, nous nous tenons la main. S'il y a bien une chose que nos parents nous ont apprise, c'est que dans une famille, aucun membre n'est plus important qu'un autre. Tout ce que le clan Westwood possède appartient à chacun d'entre nous.

« Je cède également à Cruz, Sawyer et Jaxon 30 % de mes parts de l'institut et de l'agence, soit 10 % chacun. »

Je jette un rapide coup d'œil au reste de ma fratrie. Je ne suis pas le seul surpris par le fait que Lennon n'ait pas été cité…

Maître Weber ajoute :

« De plus, je crée dès aujourd'hui un nouveau poste au sein des entreprises Westwood, celui de consultante, et j'y nomme ma fille Billie qui, je le sais, saura apporter la douceur et le recul dont manqueront parfois mes fils lorsque des décisions difficiles seront à prendre. Je tiens cependant à la rassurer quant au fait que ce nouveau statut ne l'empêchera pas de poursuivre sa voie, elle qui a toujours manifesté son besoin d'indépendance professionnelle. »

L'avocate redresse la tête et nous précise :

– Voilà ce qu'Oscar vous lègue en tant que groupe d'héritiers. Nous allons désormais passer au cas par cas, si vous le voulez bien.

Ses collaborateurs lui font glisser de nouveaux documents, et elle poursuit :

« À mon fils Lennon, je cède 70 % de mes parts de l'institut et de l'agence Westwood, faisant ainsi de lui l'actionnaire majoritaire. Je sais qu'il continuera à faire prospérer l'entreprise familiale et à poursuivre son excellent travail en étroite collaboration avec ses frères et sa sœur, qui se joindront sans aucun doute à moi pour admettre que Lennon mérite sans conteste de prendre ma relève. »

Sans crier gare et d'un même mouvement, nous nous levons tous pour entourer Lennon, qui reste immobile sur sa chaise. Bien sûr, nous aurions aimé que cette décision soit prise dans un contexte plus joyeux, si notre père avait choisi de partir à la retraite, par exemple. Mais nous sommes heureux pour notre frère malgré tout, parce que notre père a raison : son investissement, son travail acharné et l'amour sans bornes qu'il porte à l'agence et à l'institut font de lui le meilleur gestionnaire dont ils auraient pu rêver.

Lennon est ému, en attestent ses yeux qui rougissent. Cependant, fidèle à lui-même, il s'empresse de reprendre contenance.

L'avocate continue sa lecture pendant de longues minutes encore. Jaxon et Cruz reçoivent chacun une voiture de collection de notre père et deviennent, en plus de leurs fonctions de bodyguards, responsables de la gestion du parc automobile. De mon côté, j'hérite de la dernière voiture et suis nommé recruteur principal au sein de l'agence. Mon père s'est toujours fié à mon jugement en ce qui concerne nos postulants et je l'avoue, j'ai souvent eu le dernier mot lors des décisions finales. D'un regard, je vois que mes frères approuvent et je suis touché de leur confiance.

Enfin, Billie, qui ne travaille pas avec nous – même si elle joue désormais un rôle dans l'entreprise –, hérite du voilier *Ellen*, que notre père avait offert à notre mère en guise de cadeau pour leur dixième anniversaire de mariage. Ce bateau de douze mètres est malheureusement resté à quai depuis l'accident d'il y a trois ans… Ma sœur, les yeux humides, accepte ce cadeau le cœur serré.

À la fin de la lecture du testament, nous sommes vidés émotionnellement. Les avocats nous font signer une tonne de documents puis, alors que j'espère qu'ils en aient enfin terminé, maître Weber se tourne dans ma direction.

– Il me reste une dernière chose à vous donner.

Elle sort du dossier une enveloppe blanche ainsi qu'une pochette cartonnée, qu'elle fait glisser dans ma direction.

– Quatre jours avant son agression, votre père est venu me demander de vous remettre ceci s'il lui arrivait quoi que ce soit, précise-t-elle d'une voix douce. Il a ajouté : « Ce n'est pas quelque chose que je lègue à Sawyer, c'est un cadeau que j'aurais dû lui faire depuis longtemps. »

5
Sawyer

Je ne peux pas.

Dans ma main, l'enveloppe que m'a donnée l'avocate pèse une tonne, mais je ne peux pas l'ouvrir… J'en suis incapable.

Pourquoi suis-je le seul à qui mon père a décidé d'écrire une lettre ? Et que signifie le message qu'il a chargé Weber de me faire passer : *« Ce n'est pas quelque chose que je lègue à Sawyer, c'est un cadeau que j'aurais dû lui faire depuis longtemps »* ?

Tout se mélange dans ma tête. D'abord, la lecture éprouvante du testament, et maintenant, ça ?

Dans la pièce de vie, tout le monde garde le silence. Je suis conscient que mes frères et Billie sont intrigués par cette chemise cartonnée et cette lettre. Eux aussi aimeraient comprendre ce que cela signifie. Sauf que pour l'instant, quelque chose d'autre les préoccupe. La première enveloppe, celle sur laquelle est inscrit « Mes enfants », trône dans les mains de Lennon. Nous avons là les derniers mots de notre père et je ne crois pas être prêt à les entendre.

Pourtant, il le faudra bien.

– Je me lance ? nous demande Lenny.

Billie est la première à hocher la tête. S'ensuivent les accords de Jax et de Cruz. Enfin, quatre paires d'yeux se tournent vers moi.

– Je…

Ma voix meurt dans ma gorge. Me voyant paralysé, Dovie, qui s'était mise en retrait, vient soudain s'installer près de moi. Sans un mot, elle prend ma main dans la sienne et la serre en guise de soutien. Je ne m'attendais pas à ce qu'elle m'affiche ainsi sa solidarité. C'est comme si elle avait su ce dont j'avais besoin sans que je le sache moi-même, et juste comme ça, un lien se crée entre nous.

Je croise ses yeux uniques et je me laisse convaincre par son doux sourire.

– D'accord, dis-je d'une voix rauque.

Lennon, dont le regard ému était rivé sur sa petite amie, s'éclaircit la gorge et déplie la lettre écrite par notre père.

Mes chers enfants,

Si malheureusement vous me lisez aujourd'hui, c'est que je vous ai quittés plus tôt que prévu. Sachez que j'en suis profondément désolé, que vous me manquerez terriblement et que je vous aime tous infiniment.

Vous me connaissez, j'ai toujours été un père prévoyant. Après l'accident qui nous a enlevé votre mère, j'ai décidé de faire rédiger un testament pour que, peu importe ce qui arrive dans le futur, vous soyez à l'abri.

J'ai la chance d'avoir vécu une vie magnifique : d'abord en exerçant un métier que j'ai adoré, puis en faisant la rencontre de votre mère, et enfin, en ayant la possibilité de créer deux entreprises dont je suis très fier. Mais vous tous, vous serez pour toujours ma plus grande joie et ma fierté absolue.

J'espère que je me serai montré à la hauteur de mon rôle de père et que vous n'aurez que des bons souvenirs en tête quand vous repenserez à moi. Je suis loin d'avoir été un homme parfait et j'ai commis des erreurs tout au long de mon existence. Il y en a certaines que je regrette et que j'aurais aimé pouvoir réparer, mais soyez sûrs d'une chose, c'est que chaque décision, chaque choix et chaque risque que j'ai pris, c'était en pensant à vous et à votre sécurité.

Rien ne m'a jamais plus importé au monde que votre bien-être et j'aurais été prêt à tous les sacrifices pour votre bonheur, j'espère que vous le savez.

Mon plus grand désir est que, peu importe les épreuves qui se dresseront sur votre chemin, vous restiez toujours unis et présents les uns pour les autres.

Vous êtes une famille.

Vous êtes les Westwood.

Tant que vous êtes ensemble, rien ne peut vous arrêter, ne l'oubliez jamais.

Je vous souhaite de mener la plus merveilleuse et exaltante des vies. En ce qui me concerne, je vous attendrai patiemment de l'autre côté.

Merci d'avoir été mes enfants.

Je vous embrasse,

Papa.

La voix de Lennon meurt doucement sur ces derniers mots. Dans la salle à manger règne un silence de cathédrale. Chacun de nous emmagasine les paroles de notre père, en essayant, j'en suis sûr, de les analyser.

Je ne sais pas ce qu'en pensent mes frères et ma sœur, mais pour ma part, je trouve que cette lettre a quelque chose d'étrange. C'est comme si notre père essayait de nous dire quelque chose, de nous faire passer un message… de s'excuser, presque. Mais de quoi ?

– C'est moi ou cette lettre est bizarre ? demande Cruz.

J'acquiesce immédiatement.

– Je ressens la même chose, je réponds. Il y a un message caché là-dedans, j'en suis sûr.

– J'ai l'impression qu'il essaye de demander pardon, non ? ajoute Jax.

À nouveau, je hoche la tête.

– Toute cette histoire est étrange, intervient Lennon en se levant. Tu te souviens de la lettre de menace qu'on avait trouvée dans son bureau, Cruz ? C'est maintenant clair : elle lui était bel et bien destinée.

– Vous croyez que ça a quelque chose à voir avec l'agence ? murmure Billie.

– C'est possible, je réponds. En tout cas, on peut être sûrs qu'il savait que quelque chose se tramait, avant l'agression.

– Il est allé voir ses avocats quatre jours avant sa mort… renchérit Cruz. Il la sentait venir.

– Toutes les fois où nous nous sommes dit qu'il était plus distant, préoccupé… On avait raison, termine Jaxon.

Je me passe les mains sur le visage en soupirant.

– Je ne comprends pas, je grogne en me levant à mon tour. On est dans le métier depuis des années. On a tous participé à des missions avec des seuils de dangerosité différents, et on sait qu'entre les menaces et l'action, il y a un fossé. Beaucoup de gens veulent en effrayer d'autres, pour des raisons diverses, mais ceux qui ont la volonté pure de tuer ? Ils sont extrêmement minoritaires.

– Où tu veux en venir, Sawyer ? demande Lennon.

– Papa a été bodyguard pour des personnalités connues durant des années avant de se consacrer à la sécurité de maman puis de prendre sa retraite et de se concentrer sur l'institut et l'agence quand on avait dix ans. Jamais dans sa carrière il n'a eu à déjouer une tentative d'assassinat ou même à protéger un client d'une menace sérieuse. Alors qui aurait-il pu croiser au cours de ses missions qui pourrait lui en vouloir au point de le voir mort, si longtemps après qu'il s'est retiré du terrain ? Ça n'a pas de sens.

– Tu penses que c'est personnel ? devine Cruz. La menace qu'on a trouvée dans son bureau disait : « Il est temps que tu paies pour ce que tu as fait. »

Billie s'empare de la lettre de notre père et la relit en silence tandis que mes frères et moi réfléchissons à toute vitesse.

– Il parle d'erreurs qu'il aurait aimé réparer, note ma sœur. De sacrifices… Qu'il aurait été prêt à tout pour nous, pour nous savoir en sécurité. Vous croyez qu'il a fait quelque chose de mal ? Qu'il s'est mis dans une situation dangereuse ?

– Bon, du calme, on ne va quand même pas sauter à ce genre de conclusion ! la tempère Jaxon.

– Que veux-tu conclure d'autre ? je lui lance. On a retrouvé notre père étendu sur le sol du salon, une balle dans le dos après qu'il a reçu des menaces !

Ma tirade fait s'abattre un nouveau silence sur notre groupe.

– Il faut qu'on en apprenne plus, décide finalement Lennon. La police est en train d'examiner les preuves et de chercher des indices, mais je propose qu'on enquête de notre côté. Il est clair que papa nous a caché des choses et on doit découvrir ce que c'est. Vous êtes d'accord ?

Tout le monde opine.

– Il y a quelqu'un, là dehors, qui s'est attaqué à notre père et qui, par conséquent, s'attaque à nous tous, j'affirme. Nous devons le trouver.

– Je suis avec toi, m'appuie Jax sans hésitation.

– Moi aussi, ajoute Cruz.

– Et moi aussi, évidemment, termine Lennon. Pour autant, nous ne devons pas négliger le business familial, ni nos priorités personnelles. Billie, c'est ta dernière année de fac et…

– Non, je veux vous aider, plaide-t-elle.

– Tu le feras ! la rassure Cruz. Mais nous aurons l'esprit plus serein si nous savons que tu continues à vivre ta vie et que tu es en bonne voie pour obtenir ton diplôme. Nous sommes tous complètement démunis par ce qui se passe, mais Lennon a raison. Papa nous a légué toute sa vie, tout ce qu'il a construit. Nous nous devons d'honorer sa mémoire.

– On le vengera, dis-je, déterminé. Et on le rendra fier.

Je retourne près de la table de la salle à manger et je tire une chaise pour m'asseoir à côté de ma sœur, alors que Lennon renchérit :

– Dans sa lettre, papa nous demande de rester unis. On l'a toujours été et on continuera à l'être, d'accord ?

Notre assentiment est général. Lennon invite alors Dovie à s'approcher en lui tendant la main, ce qu'elle fait en s'agrippant à lui.

– Je sais que je ne suis pas une Westwood, mais je vous soutiendrai quoi qu'il arrive, dit-elle. Enfin, si vous voulez bien de moi dans votre famille.

Mon frère dépose un baiser sur le front de sa jolie rousse puis il se tourne vers nous, attendant notre approbation. En ce qui me concerne, ma décision est claire. Dovie s'est installée au cœur de notre famille et de nos vies avec une grande facilité, et j'éprouve beaucoup de tendresse pour elle. Sans hésitation, je tire une chaise et l'incite à s'asseoir avec nous.

– Un génie dans l'équipe, ça ne peut nous être que bénéfique, dis-je.

– Je vais aller nous faire du café pour nous donner des forces, décide-t-elle.

– Oh non, pas la peine ! réagissons-nous à l'unisson.

Cette fille est géniale, mais plus elle se tiendra éloignée d'une cuisine, mieux nous nous porterons tous.

– Bon, comme vous voulez, abdique-t-elle.

– J'ai envie d'aller rendre visite aux parents, maintenant, intervient Billie à cet instant.

– On va tous y aller, lui répond Cruz.

Nous nous levons d'un bloc, mais alors que je m'apprêtais à me diriger vers la porte du manoir, Jax me retient en désignant le dossier et la lettre qui m'ont été personnellement adressés.

– Tu ne regardes pas ce que c'est ? s'étonne-t-il.

Instinctivement, mes doigts se resserrent sur l'enveloppe toujours dans mes mains.

Je ne peux pas.

Mais là encore, peu importe ce que je ressens, je ne vais pas avoir le choix. Si mon père a décidé de me faire passer un message à moi et à moi seul, par respect pour lui, je vais le lire.

– Ouvre-la, Sawyer, m'encourage Lenny. Papa voulait que tu aies ça, ça ne sert à rien de repousser l'instant.

J'expire longuement et demande :

– Vous pouvez me laisser cinq minutes ? Je vous retrouve dehors.

Mes frères et ma sœur traversent la salle à manger puis quittent le manoir. Une fois seul, je me laisse tomber sur une chaise et je ferme les yeux, faisant le vide dans mon esprit. Le visage de mon père s'impose soudain à moi. J'ai grandi en ayant une confiance aveugle en lui. Oscar Westwood a toujours été un homme de conviction et chacun de ses choix était fait en son âme et conscience. Alors, bien que le contenu de cette lettre me terrifie, je sais que s'il a décidé de me l'écrire, c'est qu'il avait une bonne raison.

Je me fierai toujours à mon père, quoi qu'il arrive. Aussi, après avoir pris une profonde inspiration, j'ouvre l'enveloppe.

Mon fils.

Je suis désolé de t'avoir caché ça pendant si longtemps, mais je sais qu'un jour tu comprendras pourquoi je l'ai fait.

Je sais aussi que depuis l'accident de ta mère tu t'en veux beaucoup – à tort, évidemment. Et je crois qu'il est temps pour toi de te remettre en selle.

Ne refuse pas immédiatement, s'il te plaît, réfléchis-y.

Elle a besoin de toi.

Je t'aime.

Papa.

Je replie la lettre et la pose sur la table, complètement perdu. Alors j'attrape la pochette qui l'accompagnait, l'ouvre… et découvre un dossier client comme nous en avons des centaines à l'agence. Ce qui se trouve là-dedans, ce sont des comptes rendus, des pages et des pages concernant une mission en cours. Si j'en crois l'épaisseur du dossier, elle dure déjà depuis un certain temps…

J'ai du mal à saisir pourquoi mon père a tenu à ce que ce soit moi qui en hérite, et je ne comprends d'ailleurs toujours pas le sens de sa lettre… jusqu'à ce que je tourne une page et que je découvre la fiche descriptive de la cliente.

Le dossier m'échappe des mains sans que je l'aie voulu. Brusquement je bondis de ma chaise.

Ce visage… ce nom… je n'aurais jamais cru les revoir un jour. Je les ai cherchés, pourtant, longtemps, jusqu'à l'épuisement, et j'avais fini par abandonner, par accepter qu'ils avaient disparu de ma vie pour toujours.

Mais je réalise que mon père, lui, savait depuis le départ où *elle* se trouvait…

Elle. Celle que j'ai aimée durant toute mon adolescence, celle que j'étais prêt à aimer ma vie entière, celle qui m'a quitté sans un mot, sans une explication il y a huit ans.

Scarlett Weiss.

6
Scarlett

Plymouth, Massachusetts

– Madame… Madame, s'il vous plaît ! Deux mojitos, deux dry martini et une bière.

– Carte d'identité, je lance.

Un large sourire aux lèvres, la jeune fille sort le document et me le tend. En regardant la date de naissance qui est inscrite dessus, je comprends pourquoi elle semble si excitée à cet instant.

– C'est mon anniversaire, pépie-t-elle. J'ai vingt et un ans.

– Félicitations, je réponds en riant.

Derrière le bar, je m'active pour préparer la commande en faisant mine de ne pas être dévastée par le « madame » dont la cliente m'a affublée. D'accord, je suis sur le point de fêter mes vingt-sept ans, mais quand même…

Je termine les mojitos, dépose la bière sur le comptoir, et deux minutes plus tard, la jeune femme repart vers son groupe de copines installé au fond du pub. Je serre les dents jusqu'à ce qu'elle arrive sans trébucher à sa table.

– Letty ! me hèle ma collègue Naomi par-dessus le brouhaha de la foule. Trois gin tonics.

Je lève mon pouce pour lui signifier que je m'en charge.

Ici, le samedi soir, comme dans presque tous les autres bars du pays, c'est la folie. Les conversations fusent de toutes parts, la musique résonne en arrière-plan, les rires et le bruit des verres qui s'entrechoquent s'élèvent d'un peu partout. J'aime cette ambiance, et plus que tout, j'aime travailler en son cœur. J'ai longtemps cherché le métier qui me conviendrait le mieux, tentant ma chance dans le prêt-à-porter, la coiffure, la restauration et même la mécanique. Et puis j'ai trouvé cet emploi de barmaid l'année dernière et je ne l'échangerais pour rien au monde. J'aime voir de nouvelles têtes chaque soir, discuter avec des personnes toutes différentes les unes des autres. En plus, mes horaires sont malléables, ce qui me convient parfaitement.

En préparant une autre salve de commandes, je jette un œil à la pendule. Bientôt minuit. Je quitte mon service dans dix minutes et Nathan, le collègue qui doit prendre ma suite, n'est toujours pas arrivé…

Nathan est un mec sympa, mais son plus gros défaut, c'est qu'il ne peut pas s'empêcher d'être en retard. Je ne compte plus le nombre de fois où j'ai dû faire des heures sup' à cause de lui et j'espère que ce ne sera pas le cas ce soir. J'ai beau aimer mon job, j'aime aussi rentrer chez moi et me reposer, surtout après avoir passé des heures à piétiner derrière le bar.

– Salut, est-ce que je pourrais avoir une bière, s'il te plaît ?

Je lève les yeux vers l'homme qui vient de s'installer sur un tabouret devant moi. J'encaisse son argent et lui tends sa boisson… mais alors que je m'apprête à passer à un autre client, il attrape doucement mon poignet.

– Est-ce que je pourrais avoir ton numéro avec ça ? me demande-t-il en souriant.

Les dragueurs, j'y suis habituée. Ils font malheureusement partie du métier et il en existe trois types : les dragueurs respectueux, qui acceptent le refus sans rechigner – mes préférés –, les dragueurs qui n'ont pas l'habitude qu'on leur dise « non » et qui insistent jusqu'à ce que je doive en venir aux menaces pour les stopper, et enfin, ceux qui pensent que tout leur est dû, qui me considèrent comme un morceau de viande et qui ne se calment que lorsque Mad et Samson, les videurs, interviennent pour les flanquer à la porte.

J'espère sincèrement que le mec qui me fait face n'appartient pas à la dernière catégorie.

Je fixe sa main enroulée autour de mon poignet, puis je relève les yeux vers lui. Voyant ma réaction, il me lâche immédiatement.

– Tu sais quoi ? je soupire. Je vais te donner un conseil. La prochaine fois que tu veux aborder une femme, ne lui agrippe pas le poignet. En fait, ne la touche pas sans être sûr que c'est ce qu'elle souhaite. Et avant de lui réclamer son numéro, commence par lui demander comment elle va. Les bases de la politesse, tout ça…

Le sourire de l'homme s'efface petit à petit. Lorsque je me tais, il hoche tristement la tête avant d'avaler sa bière presque cul sec. Je soupire, remplis de nouveau son verre et le lui tends en disant :

– Celle-ci est pour moi. Bonne soirée.

Il me remercie, et je m'attelle à débarrasser les verres vides abandonnés par les clients sur mon comptoir.

– Attention, chaud devant, le barman de l'année est arrivé, messieurs-dames !

Je lève les yeux au ciel tandis que Nathan me rejoint derrière le bar.

– Pour une fois que le barman de l'année n'est pas en retard… je lui renvoie en lui lançant le torchon que j'avais dans les mains.

Il passe un bras autour de mes épaules.

– Je sais que je te plais, Letty, et il va falloir que tu l'admettes un jour, s'amuse-t-il.

– Tu rêves !

– Oh oui, je rêve souvent de toi, et la plupart du temps, on n'a aucun vêtement sur nous.

– Même si on était les deux derniers êtres humains sur terre, je refuserais de coucher avec toi, Nate.

Mon collègue éclate de rire et je ne peux m'empêcher de sourire. Même s'il est parfois lourd, il n'en est pas moins sympathique.

Le laissant prendre place au bar, je m'éclipse rapidement pour rejoindre les vestiaires et y récupérer mes affaires. Après avoir envoyé un baiser à Naomi, je passe par la porte de service et sors sur le parking. Mes oreilles bourdonnent tant le silence de la nuit est assourdissant, en contraste avec le vacarme dans lequel j'ai baigné toute la soirée.

Passant mon sac à l'épaule et tenant mes clés de voiture à la main, je me dirige vers ma vieille Jeep. Comme d'habitude, l'un des lampadaires censés éclairer les lieux grésille et clignote. Il ne va pas tarder à lâcher, j'en suis sûre.

Soudain, je perçois un bruit de pas derrière moi.

D'abord, je tente de ne pas tirer de conclusions hâtives. Après tout, c'est peut-être juste un client qui rejoint son véhicule lui aussi. Sauf que, rapidement, je réalise que la personne derrière moi a commencé à me suivre dès que je suis sortie par la porte de derrière… réservée aux employés. Ce qui veut dire qu'elle devait attendre là, tapie dans l'ombre.

Immédiatement, mon corps se crispe et mes sens se mettent en alerte. L'envie de jeter un coup d'œil dans mon dos est forte, mais je m'oblige à rester concentrée. Ma voiture ne se trouve qu'à une douzaine de mètres, alors j'accélère la cadence pour y arriver plus rapidement, et j'en profite pour chercher du regard l'autre véhicule qui est censé être garé sur ce parking et à l'intérieur duquel devrait se trouver un garde du corps massif. Cependant, si la berline est bien là, je réalise à mon grand désarroi qu'elle est vide…

Lorsque derrière moi les pas se font plus pressés, je coince discrètement ma clé entre mon index et mon majeur.

J'y suis presque. Mentalement, je m'organise : déverrouiller ma portière le plus vite possible et la reverrouiller tout aussi rapidement une fois à l'abri… Mais très vite, je comprends que je n'aurai pas le temps de faire tout cela. Ma seule chance est de réussir à atteindre le coffre.

Alors que je m'en rapproche, je sens soudain une main se poser sur mon bras. Je me retourne en hurlant aussi fort que je le peux, espérant alerter quelqu'un.

– Letty, bon sang !

Mes yeux s'écarquillent, et lorsque je réalise qui se trouve face à moi, j'explose :

– Bordel de merde, Hassan, espèce de malade !

– Calme-toi, tu vas attirer du monde.

– C'était justement mon but, je réplique, furieuse. Je croyais être suivie par un tueur en série.

– Et l'attaquer avec ta clé et hurler, c'est tout ce que tu as trouvé pour te défendre ?

Mon cœur bat tellement la chamade que je suis obligée de fermer les yeux et de prendre de longues inspirations pour me calmer.

– Tu n'as rien retenu de ce que je t'ai appris ? ajoute Hassan. Je croyais qu'avec tous les cours de close combat que je te donne, tu aurais au moins tenté de m'immobiliser.

Je plisse les yeux tout en dévisageant le bodyguard.

– J'ai laissé ma batte de baseball dans le coffre de ma voiture, dis-je. Je te garantis que si j'avais réussi à l'attraper, tu serais à genoux à l'heure qu'il est.

Hassan rit en rejetant la tête en arrière.

Foutu garde du corps prétentieux.

– On peut savoir ce que tu fais ici ? je lâche.

– Je te raccompagne chez toi, comme tous les soirs depuis deux mois.

– D'accord, mais pourquoi tu ne m'attends pas dans ta voiture comme d'habitude ?

– Je voulais te tester, voir si tu avais bien enregistré notre dernier cours de self défense. Je vois que non.

Je croise les bras.

– Tu sais quoi ? je grogne. Je crois qu'en fait je ne t'aime pas du tout. Je vais demander à Oscar qu'il fasse revenir Diego. Lui, il était cool.

À nouveau, Hassan rit aux éclats. Vexée de ne pas avoir su réagir comme on me l'a appris, je le laisse planté là et pénètre dans ma voiture. Une fois au volant, je prends quelques secondes pour retrouver mon calme, puis je démarre et quitte le parking du bar. Au moment où je m'engage sur la route, je vois le garde du corps grimper dans sa berline rutilante pour me suivre.

Comme chaque soir, il m'escorte à peu de distance tout au long du trajet jusque chez moi. Il ne nous faut que quinze minutes pour atteindre le quartier modeste dans lequel se trouve ma petite maison. Je me gare dans l'allée, quitte mon véhicule, puis déverrouille ma porte d'entrée. Avant de pénétrer à l'intérieur de l'habitation, je pivote et fais un doigt d'honneur à Hassan, que j'aperçois à travers son pare-brise, riant encore comme un idiot. Je secoue la tête et claque ma porte, avant de tourner la clé dans la serrure et de pousser les cinq verrous. Ensuite, je m'empresse d'aller vérifier que non seulement chaque fenêtre est fermée, mais aussi que le double mécanisme qui a été ajouté à chacune d'entre elles – les empêchant d'être forcées – est bien en place. Enfin, j'enclenche l'alarme. Seulement alors, j'entends la voiture d'Hassan quitter les abords de ma maison. Le système étant directement relié à son téléphone, il s'assure toujours que je l'ai bien activé avant de s'en aller.

Je retire mes chaussures, pose mon sac à main sur la console de l'entrée et me laisse tomber sur le canapé en soupirant. Cela fait si longtemps que je suis obligée de me barricader de la sorte pour ma propre sécurité… À la longue, cela finit par me peser.

Oh, comme j'aurais aimé que cette vie ne soit pas la mienne, que les choses puissent être différentes…

Plus que tout, comme j'aurais aimé que mon existence ne soit pas bouleversée il y a huit ans, à cause d'une sordide affaire au milieu de laquelle je me suis retrouvée malgré moi…

7
Sawyer

– Sawyer, tu viens ?

Je tourne mon regard vers Lennon avant de secouer doucement la tête.

– S'il te plaît, Sawyer, viens voir maman avec nous, m'implore Billie.

– Je ne peux pas, je lui réponds. Je…

Mes mains se resserrent autour de la barre du lit dans lequel est allongé notre père.

Je ne sais pas si un jour je réussirai à me libérer du poids des remords qui m'écrase et m'étouffe depuis l'accident tragique qui a plongé notre mère dans le coma, et que je n'ai pas pu éviter. Elle me manque tous les jours. Sa douceur, son rire, son humour… J'aimerais tant pouvoir à nouveau la serrer dans mes bras. Seulement, je suis pour l'instant incapable d'accepter de la voir inerte. Ce n'est pas comme ça que je veux me souvenir d'elle.

– Je voudrais rester un peu avec papa, finis-je par dire.

– On sera dans la chambre juste à côté, m'informe Cruz.

Je regarde ma famille quitter lentement la pièce. Une fois que la porte se referme, je contourne le lit et m'installe doucement sur le matelas. Pendant quelques secondes, je me contente de détailler les traits d'Oscar Westwood, cet homme qui nous a élevés et aimés inconditionnellement, mes frères et moi. Cet homme en qui j'ai toujours placé une confiance totale et aveugle.

Cet homme qui, en réalité, m'a menti pendant presque dix ans de ma vie.

– Pourquoi ? je murmure.

Je me passe une main sur le visage, comme pour me réveiller du cauchemar qui m'oppresse.

– Pourquoi m'avoir caché ça pendant tant d'années ? je poursuis. Pourquoi, papa ?

Le *bip* régulier de la machine qui mesure ses constantes est la seule réponse qui me parvient, mais je continue tout de même à lui parler. Je crois que ça me fait du bien de vider mon sac…

– Tu savais où elle se trouvait. Tu as toujours su, dis-je, la voix rauque.

Dans mon esprit, les documents qui se trouvaient dans le dossier que l'avocate m'a remis repassent en boucle ; en tout cas, ceux que j'ai pu lire. Parce qu'à partir du moment où le nom de Scarlett est apparu, j'ai été incapable de poursuivre, rattrapé par un maëlstrom d'émotions mal digérées.

Ma rupture avec Scarlett Weiss a été et restera probablement éternellement la plus douloureuse… tout simplement parce qu'elle n'a jamais eu lieu. Notre histoire s'est terminée du jour au lendemain sans que je sache ce qui s'était produit. Je l'embrassais encore la veille, et le lendemain, elle n'était plus là, disparue.

Faire le deuil d'une relation quand elle n'a pas eu de fin officielle est terriblement difficile, pour ne pas dire impossible.

Encore plus lorsque, malgré les années qui se sont écoulées, les sentiments continuent de brûler…

Jusqu'à ce que je retombe sur le visage de Scarlett en parcourant le dossier remis par l'avocate, j'étais certain d'être passé à autre chose, d'avoir réussi à accepter qu'elle et moi ne nous reverrions jamais. Mais la réaction viscérale de mon corps et de mon cœur lorsqu'ils l'ont reconnue m'a bouleversé.

– Je ne sais pas ce qui s'est passé ni pourquoi tu as décidé de t'impliquer dans cette histoire, mais ce que tu me demandes, ce que tu veux que je fasse… C'est au-dessus de mes forces.

Le torse de mon père se soulève lentement. Ses bras sont étendus de chaque côté de son corps, les traits de son visage sont figés.

– Ça fait plus de trois ans que je ne suis pas retourné en mission, j'ajoute. Plus de trois ans que je refuse de reprendre ce rôle de protecteur pour autrui… et toi, non seulement tu voudrais que je recommence, mais en plus que je le fasse pour… *elle* ? C'est impossible !

Je me lève lorsque les larmes affluent dans mes yeux.

– C'est impossible, putain, je répète.

Oppressé et sur le point de craquer, je quitte la chambre au pas de charge. Je remonte le couloir, appelle l'ascenseur et m'empresse de retrouver l'extérieur. Là, je m'assieds sur un banc, prends le temps de fermer les yeux et d'essayer de me ressaisir. Je laisse le vent tenter de balayer toutes mes angoisses… en vain. Même si mon souffle s'apaise et que les battements de mon cœur ralentissent, mes questionnements demeurent.

– Sawyer !

Les voix de Cruz et Lennon résonnent à l'unisson derrière moi, comme s'ils avaient ressenti mon désarroi. J'aime ma famille plus que tout au monde, mais à cet instant, je suis heureux de ne voir qu'eux deux s'avancer vers moi. Parfois, nous avons besoin de n'être que tous les trois, juste nous.

– Qu'est-ce qui se passe ? demande Lennon en prenant place sur le banc, à ma gauche.

Cruz s'installe à droite et plaque sa grande main sur mon épaule.

– Parle-nous, m'intime-t-il.

Je me demande si je vais réussir à évoquer toute cette histoire avec eux sans devenir fou… et puis je me dis que s'il y en a bien à qui je peux me confier, ce sont mes frères.

– J'ai ouvert le dossier que papa m'a laissé, je commence en triturant ma chevalière.

– Qu'est-ce qu'il contenait ? demande Cruz. Parle, Sawyer, tu sais que tu peux tout nous confier.

Je hoche la tête. Il me faut tout de même quelques minutes pour admettre à voix haute :

– Papa savait où était Scarlett depuis le début.

À côté de moi, Lenny reste muet. Quant à Cruz, il balbutie :

– Scarlett, tu veux dire… ta Scarlett ?

Ma Scarlett… Elle l'a été dans une autre vie, mais plus maintenant.

– Vous voulez savoir la meilleure ? j'ajoute. Elle est cliente de l'agence Westwood.

Un rire cynique m'échappe.

– Je l'ai cherchée pendant des années… alors que, sans le savoir, j'avais toutes les informations à portée de main.

– Attends une seconde… tu es sûr ? lâche enfin Lennon, une fois passé le choc.

– Tu crois vraiment que je pourrais inventer un truc pareil ? je m'écrie, au bord de la crise de nerfs.

– Mais pourquoi papa t'aurait caché ça aussi longtemps ? s'étonne Cruz.

– C'est ce que je me demande… Ce que j'aimerais pouvoir lui demander.

Je passe mes mains sur mon visage, un geste que j'ai effectué bien trop souvent au cours des derniers jours.

– J'imagine que c'est son dossier client que tu as eu entre les mains ? devine Lennon.

Je hoche la tête.

– Il veut que je reprenne la mission, je révèle.

– Non mais attends, toute cette histoire est dingue, s'exclame Cruz. D'abord, pourquoi est-ce que Scarlett a besoin de nos services ?

– Je ne sais pas…

– Et depuis combien de temps l'agence travaille-t-elle pour elle ?

– Je ne sais pas…

– Comment ça, tu ne sais pas ? intervient Lennon. Tu n'as pas lu le dossier ?

Je bondis du banc, bouillant de l'intérieur.

– Non, je ne l'ai pas lu jusqu'au bout, dis-je. J'étais trop choqué de revoir le visage de mon ex sur un document officiel de l'entreprise pour laquelle je travaille, et de comprendre que mon propre père m'avait menti pendant près de dix ans.

– Sawyer… tente Lennon.

– Oh, s'il te plaît, Lenny. Je sais que papa est un modèle pour toi, il l'est d'ailleurs pour nous tous… sauf que je viens d'apprendre qu'il n'était pas aussi sincère que je l'imaginais. Il m'a vu anéanti par la disparition de Scarlett. Il m'a vu tenter de la retrouver par tous les moyens et il n'a rien fait, rien dit.

– Il avait sans doute une bonne raison d'agir comme il l'a fait, avance Cruz.

– Ah vraiment ? je cingle. Parce que j'ai beau me creuser la cervelle, je n'arrive pas à comprendre au nom de quoi un père pourrait accepter de regarder son fils souffrir sans lui donner la possibilité d'apaiser sa douleur, alors qu'il en a la capacité. Putain de merde !

Je mets un coup de pied dans un caillou, qui décolle de plusieurs mètres. Assis sur le banc, mes frères me dévisagent sans rien dire. Ensuite, ils se lèvent et viennent se placer devant moi.

– Écoute, tu as le droit d'être en colère, affirme Lennon.

– Bordel, bien sûr que j'en ai le droit ! je gronde.

– Mais ce n'est pas la peine d'en vouloir autant à papa, assène Cruz. Pas avec ce qui se passe. Pas alors qu'on peut le perdre à tout moment.

Lennon pose une main réconfortante sur mon épaule avant de dire à voix basse :

– On n'engage pas une société de protection rapprochée si la situation n'est pas périlleuse, et tu le sais. Ce qui veut dire que Scarlett est probablement en danger. C'est pour cela que papa a dû garder le secret sur ce qu'elle était devenue.

– Pour qu'il te demande de prendre la mission en charge, c'est qu'elle doit être dans un sacré pétrin, renchérit Cruz. Tu as toujours été rattaché aux contrats à risque et tu aimais ça, avant…

– Avant, je répète.

– Écoute, rentrons au manoir, suggère Lennon. Va lire ce dossier jusqu'au bout. Ensuite, tu décideras ce que tu veux faire.

••••

Une fois de retour au manoir, je ne parviens pas à me résoudre à ouvrir le dossier, abandonné sur la table de la cuisine. Cela me paraît insurmontable, surtout alors que je suis encore secoué par notre visite à la clinique. Nous le sommes tous, d'ailleurs. Jaxon décide de filer à l'institut : il est clair qu'il va choisir une voiture du parc automobile et rouler pendant quelques heures pour s'aérer l'esprit. Billie, elle, s'isole dans sa chambre. Quant à Dovie, elle part en promenade le long de la plage avec Voldi, si bien que Lennon, Cruz et moi nous retrouvons seuls au milieu de l'immense demeure silencieuse. Je ne sais comment nous allons réussir à retrouver nos marques, mais ce qui est certain, c'est que cela va nous prendre du temps.

Alors que nous venons de décider de nous servir un verre, la sonnette de l'entrée retentit. D'un même mouvement, nous nous dirigeons vers la porte. Sur le perron, nous découvrons un homme grand, à l'air sévère.

– C'est pour quoi ? demande Lennon.

– Vous êtes bien les fils d'Oscar Westwood ? nous renvoie l'inconnu.

Nous le détaillons, suspicieux.

– Qu'est-ce que vous nous voulez ? je gronde.

– Agent Mike Connor, détective privé. Je viens vous proposer mon aide.

Je hausse les sourcils, mais Cruz répond avant que j'aie pu le faire :

– Votre aide ? Pourquoi est-ce qu'on en voudrait ?

L'homme nous détaille tous les trois pendant de longues secondes puis lâche :

– Écoutez, j'ai appris ce qui s'est passé, l'agression qui s'est déroulée ici. J'ai des contacts au commissariat, même si la presse n'en sait encore rien. Et je pense que je pourrais vous permettre de coincer celui qui a fait ça.

– La police est déjà sur le coup, réplique Lennon.

– Avec mes compétences, je peux faire avancer l'enquête plus vite, insiste-t-il.

Je réprime un soupir. Le nom Westwood est très connu dans la région : il n'a certainement pas fallu bien longtemps à cet individu pour comprendre que nous sommes fortunés. Il s'imagine sans doute qu'en nous proposant ses services, il pourra se faire de l'argent facilement…

– Vous pensez vraiment qu'on va tomber dans le panneau ? je grogne en avançant d'un pas vers lui. Vous croyez qu'on n'a jamais rencontré de profiteurs dans votre genre ? Nous n'avons pas besoin de vos services, nous préférons faire confiance à la police. Partez de chez nous, maintenant.

– Je ne suis pas là pour…

– Partez ! insiste Lennon. Sinon, on se fera un plaisir de vous mettre dehors nous-mêmes.

L'homme nous dévisage tour à tour, avant de hocher la tête.

– Très bien. Je vous donne quand même mes coordonnées, dit-il en sortant une carte de l'intérieur de sa veste. Si vous changez d'avis, surtout, n'hésitez pas à m'appeler.

– C'est ça, je lui renvoie, agacé.

Le détective me jette un coup d'œil puis, après nous avoir encore passés tous les trois au crible, il quitte le manoir.

– Non mais je rêve, j'explose lorsqu'il est hors de vue.

– C'est fou ce que certains sont prêts à faire pour du fric, rebondit Cruz.

Nous retournons tous ensemble dans la cuisine d'un pas lent. Lennon nous sert un verre de vin chacun, nous les distribue, puis soupire :

– Il va falloir que je fasse une annonce officielle auprès des employés et des élèves de l'institut concernant l'état de papa. Je pense réunir tout le monde en même temps, ça m'évitera de devoir répéter les choses. Si seulement je savais quoi leur dire, et comment le faire… Ce n'est vraiment pas comme ça que j'imaginais prendre la succession.

– Personne ne pouvait imaginer qu'une telle tragédie allait arriver, le réconforte Cruz.

Lennon soupire de nouveau en faisant tourner l'alcool dans son verre.

– Je ne sais même pas par où commencer. Je ne sais pas ce qu'on doit chercher ni où se trouvent les réponses à nos questions.

– Je ne sais pas non plus, dis-je en toute honnêteté. Mais d'une manière ou d'une autre, il va falloir qu'on parvienne à rassembler un maximum d'indices et de preuves pour faire tomber le fils de pute qui a osé s'en prendre à notre père.

Cruz jette alors un regard circulaire à la pièce de vie avant de déclarer :

– La question va très certainement vous choquer, et croyez bien qu'elle me perturbe moi aussi, mais... est-ce qu'on ne devrait pas essayer de trouver un remplaçant à Michel ?

Je grogne en baissant la tête. Mon frère reprend :

– J'adorais Michel, il faisait partie de la famille, et si on parvient à choper le responsable de cette agression, ce ne sera pas juste papa qui sera vengé, mais lui aussi. Seulement, déjà qu'en temps normal on a une vie à cent à l'heure, alors si en plus on ajoute une enquête interne à toutes nos autres responsabilités, on n'aura jamais le temps d'entretenir le manoir.

Ça fait mal de l'admettre, mais Cruz a raison. Notre demeure fait partie du legs de notre père et il est hors de question qu'on la laisse se détériorer.

– Je peux me tourner vers l'agence auprès de laquelle les parents avaient engagé Michel et leur demander de nous faire parvenir des CV, propose Lennon, morose.

– Laisse tomber, je vais m'en occuper, décide Cruz.

– Pourquoi est-ce que ce serait à toi de faire ça ? je demande.

– Parce que la montagne de travail qui attend Lennon maintenant qu'il est aux commandes du business familial est énorme et qu'il n'a pas besoin de se rajouter ça en plus. En ce qui te concerne, papa t'a donné une mission, donc tu vas être très occupé. De mon côté, maintenant qu'Eve a décidé de lever le pied concernant sa carrière, elle va passer plus de temps ici et ça me permettra de la protéger plus facilement. En somme, je suis le seul dont l'emploi du temps n'a pas vraiment changé. Et puis, si vraiment la tâche se compliquait, je demanderais à Jax de me donner un coup de main.

Nous acquiesçons lentement, puis le silence retombe.

– Je ne sais pas si je vais accepter de reprendre le dossier de… Scarlett, dis-je alors en liquidant mon verre en deux gorgées.

– Tu y verras plus clair lorsque tu l'auras lu entièrement, suppose Lennon.

– Je ne sais pas si je suis prêt à découvrir ce qui est arrivé et pourquoi je me suis retrouvé sans elle du jour au lendemain, je rétorque.

Cruz s'empare de la bouteille de vin posée sur le comptoir de la cuisine et nous ressert tous les trois, puis il attrape la pochette que j'ai laissée sur la table.

– Cruz… je commence.

Mais mon frère ne m'écoute pas. Il sort les documents, les parcourt les uns après les autres et je me surprends à le fixer, suspendu à ses lèvres, attendant qu'il me donne une information qui pourrait m'aider à prendre une décision.

– Quel merdier, grommelle-t-il. C'est d'abord Diego qui s'est occupé de la sécurité de Scarlett, mais quand il a dû assurer l'intérim concernant la gestion de l'agence lorsque Lennon est parti en mission au MIT, c'est à Hassan qu'on a remis le dossier.

Foutu Hassan, avec sa petite gueule de séducteur…

Je l'imagine immédiatement au service de Scarlett, et une étrange brûlure parcourt mes doigts.

Alors que Cruz continue de tourner les pages étalées devant lui, il ajoute :

– Eh bien, c'est intéressant.

– Quoi donc ? je réagis immédiatement.

– L'agence n'assure qu'une protection légère, à ce que je vois. En gros, Hassan accompagne Scarlett jusqu'à son lieu de travail puis il la raccompagne chez elle. Chaque fois qu'elle veut se rendre quelque part, elle doit le prévenir pour qu'il puisse être présent, mais il n'est pas assigné à résidence. Scarlett vit seule, ce qui signifie que la sécurité chez elle a été considérée comme suffisante pour qu'elle puisse se passer d'un bodyguard à domicile. Mais je ne comprends pas pourquoi…

Cruz passe au document suivant et sourit.

– Ah, voilà, tout est plus clair, déclare-t-il.

– Tu veux bien arrêter de créer un suspense inutile et me donner des explications ? je m'agace.

– Ta Scarlett est formée au close combat, m'informe-t-il. C'est pour ça qu'elle peut vivre seule : elle est sa propre sécurité dès qu'elle passe les portes de sa maison.

Scarlett ? Close combat ?

Jamais je n'aurais imaginé retrouver ces mots dans la même phrase.

– Tu n'étais au courant de rien ? demande Cruz à Lennon.

Ce dernier penche la tête sur le côté, l'air grave.

– Tu es en train d'insinuer que je savais que Scarlett faisait partie de nos clientes et que j'ai gardé le secret ?

– Non, mais comme tu étais le bras droit de papa, peut-être que…

– Je n'en savais rien, affirme Lenny. Papa ne me disait pas tout, je gérais une partie du business mais il faisait ses propres affaires de son côté et je n'avais aucune raison de m'en mêler. S'il voulait s'assurer que nous ne sachions rien concernant

Scarlett, il en avait les moyens et il a parfaitement réussi son coup.

Lennon se tourne vers moi et me fixe droit dans les yeux.

– Je ne t'aurais jamais fait ça, Sawyer, affirme-t-il. Je te promets que je n'étais au courant de rien.

– Je te crois, je lui réponds en hochant la tête.

– Les gars, nous interrompt Cruz.

Lorsque nous croisons son regard, le sien est empli d'émotion.

– Ce dossier est pris en charge financièrement à 100 %, nous révèle-t-il. Papa protège Scarlett depuis quatre ans et ne lui demande pas un centime pour ça… Il rémunère les bodyguards rattachés à la mission avec ses propres fonds.

Mon cœur se serre. Parce que c'est forcément pour moi que mon père a pris cette décision… Cependant, bien que cette information me touche particulièrement, elle ne me surprend finalement pas tant que ça : Oscar est un homme qui a toujours fait preuve d'humanité et de générosité. Je sais que, dans sa situation, j'aurais pris la même décision… D'ailleurs, si je devenais le garde du corps de Scarlett, il serait inenvisageable pour moi de bénéficier de la moindre rémunération. Pas dans ces conditions…

Après encore quelques secondes à feuilleter le dossier, Cruz le referme, le lance sur la table puis annonce :

– 75 Oak Street, à Plymouth.

L'enfoiré.

– Tu l'as fait exprès ? je crache en me levant.

– Quoi donc, Sawyer ? réplique Cruz avec son air innocent auquel je ne crois pas une seconde.

– De me donner son adresse ! j'éructe. Je ne t'ai rien demandé !

– Baissez d'un ton, les gars, intervient Lennon. Billie a besoin de se reposer.

– Oui, je l'ai fait exprès, répond Cruz. Maintenant, tu sais où elle vit.

Puis il s'approche de moi et plante un doigt contre mon torse.

– Scarlett se trouve à quarante minutes d'ici, articule-t-il d'une voix grave. *Tes réponses* se trouvent à quarante minutes d'ici. Alors, qu'est-ce que tu vas faire, Sawyer ? Hein ?

– Comme si j'avais le choix, je grommelle en me détournant. Comme si je pouvais faire autre chose qu'honorer les dernières volontés de notre père.

Comme si je pouvais résister à la tentation d'aller la voir maintenant que je sais où elle se trouve…

8
Scarlett

– Bonjour, madame Lewinsky.

– Bonjour Letty. Belle journée, tu ne trouves pas ?

Je grimace. Non, ce n'est pas une belle journée à proprement parler. En fait, il pleut des cordes aujourd'hui. Et ma voisine se tient au milieu de son allée, dans un peignoir à fleurs, trempée comme une souche.

– Ne restez pas dehors, madame Lewinsky, lui dis-je. Venez, je vous raccompagne chez vous.

Une main posée sur son coude, j'aide la vieille dame à retourner jusqu'à sa maison. Elle ouvre la porte et nous pénétrons à l'intérieur. Sur le parquet, nous laissons des empreintes de chaussures mouillées.

– Il faut que vous retiriez ces vêtements trempés, je lui suggère.

– Vraiment ? Mais je l'aime beaucoup, ce peignoir, c'est même mon préféré.

– Je sais, mais vous pourrez le remettre lorsqu'il sera sec, ne vous inquiétez pas.

Je regarde ma voisine s'éloigner en direction de sa salle de bain, l'air abattu, et je soupire.

J'ai toujours trouvé que vieillir était le cycle de la vie le plus injuste. Le corps s'affaiblit peu à peu et se tasse sur lui-même, le visage se creuse et se ride, les organes s'essoufflent… Quant à l'esprit, eh bien, parfois, il divague. C'est le cas de celui de madame Lewinsky. L'Alzheimer de la pauvre femme semble empirer de semaine en semaine et, à part une nièce qui lui rend visite une fois par mois, la plupart du temps, elle est seule. Alors, quand je le peux, j'essaye de garder un œil sur elle. Aujourd'hui, j'étais en train de me faire couler une tasse de café lorsque, par la fenêtre de ma cuisine, je l'ai aperçue prenant un bain de pluie.

– Vous avez besoin d'aide ? je lui demande.

– Non, non ! réplique-t-elle.

J'en profite pour aller lui préparer un thé chaud, et surtout pour nettoyer les traces de boue qu'ont laissées nos chaussures sur son carrelage.

– Venez vous réchauffer, lui dis-je lorsqu'elle revient affublée d'un pyjama.

Elle le porte à l'envers, certes, mais au moins elle est au sec.

– Tu es gentille, lance-t-elle en tapotant ma main après s'être installée dans un fauteuil. Tu l'as toujours été.

– C'est normal. Entre voisins, il faut s'entraider.

La vieille dame prend une gorgée de thé, puis elle se laisse aller contre le dossier de son siège et ferme les yeux.

– Est-ce que vous voulez que j'allume la télé ? je lui propose. Peut-être que je peux trouver un épisode de votre série préférée ?

Ses yeux se rouvrent, pétillants d'impatience.

– Oh, quelle bonne idée, ma petite… Rappelle-moi ton nom…

– Letty, je réponds en détournant le regard.

Je zappe jusqu'à trouver une rediffusion de *Desperate Housewives*. Dès qu'elle reconnaît les actrices, madame Lewinsky sourit, heureuse. Son esprit se concentre alors exclusivement sur la télévision, m'oubliant totalement. Je pose la télécommande près d'elle, m'assure que le bipeur sur lequel elle peut appuyer en cas d'urgence pour prévenir les pompiers est à portée de main, puis je quitte sa maison et retrouve la mienne. Dès que j'ai refermé ma porte à clé et réenclenché l'alarme, je file me préparer à déjeuner. Dans une heure, Hassan va débarquer et m'emmener pour un cours de self défense. Cet homme est toujours ponctuel, et il ne plaisante pas avec les techniques de combat. J'ai intérêt à prendre des forces si je veux pouvoir tenir le rythme qu'il m'impose.

J'ai à peine le temps d'engloutir mon repas et de laver mes couverts qu'il sonne à l'entrée. Avant d'ouvrir, je jette un coup d'œil par le judas pour vérifier son identité, puis je fais sauter les verrous.

Grand, avec des cheveux noir corbeau, des yeux bruns, une peau mate et un sourire ravageur, Hassan m'attend, les mains dans les poches de son jean. Je remarque qu'il porte un t-shirt malgré la fraîcheur du temps, dévoilant des biceps énormes.

– Prête pour l'entraînement du jour ? me demande-t-il.

– Ai-je bien le choix ? je réplique en fermant la porte derrière moi.

Je bougonne pour la forme, mais j'ai fini par apprendre à aimer ces cours qu'il me donne. Même si Hassan peut être un enfoiré de dictateur lorsqu'il s'y met, il est aussi très juste et ne me pousse jamais au-delà de mes limites. Mais si j'aime autant m'entraîner, c'est surtout parce que cela me donne l'impression d'être prête à me défendre si la situation l'exige et que je me sens plus en sécurité.

Bon, c'est vrai, hier soir, à la sortie du bar, je n'ai pas réussi à appliquer ce que l'on m'a enseigné… La peur et l'angoisse me paralysent encore bien trop facilement. C'est le point principal sur lequel je dois travailler.

Comme toujours, Hassan nous conduit jusqu'à un complexe sportif de la ville voisine, dans lequel une petite salle a été privatisée pour notre entraînement.

– Aujourd'hui, j'ai décidé qu'on allait bosser sur l'attaque surprise, m'annonce-t-il lorsque je sors des vestiaires après m'être changée.

– Tu veux dire, comme celle que tu as tentée sur moi hier soir ? je comprends.

– Exactement ! acquiesce-t-il. Parce que la démonstration que tu as faite sur ce parking était lamentable, Letty.

– Tu pourrais te montrer un peu plus compréhensif, je soupire.

– Je ne suis pas là pour te dorloter, mais pour te préparer à repousser un agresseur… Tu sais que ça finira par arriver, que tu devras le faire un jour.

Je hoche la tête tout en déglutissant.

– Bon, mets-toi en position, me lance Hassan.

– Comment vas-tu réussir à me surprendre, maintenant que je sais ce que tu t'apprêtes à f…

Mon hurlement est si aigu qu'il résonne dans mes propres oreilles, tandis qu'un bras s'enroule autour de mon cou et que mon corps est projeté en arrière. Allongée sur le dos, je reste figée pendant quelques secondes à regarder le plafond, lorsque deux visages apparaissent au-dessus du mien.

– Diego, je gronde. Traître.

– Salut, Letty, me lance le nouveau venu avant de tendre une main pour m'aider à me relever.

Me voilà maintenant face à deux colosses, et je sais déjà que l'entraînement du jour va me laisser sur les rotules.

– C'est toi qui m'as dit que tu voulais qu'il revienne, me rappelle Hassan en haussant les épaules.

– Pour te remplacer et te faire disparaître à jamais de mon champ de vision, pas pour se joindre à toi et m'en faire baver deux fois plus, je bougonne tout en me remettant au centre du tatami. Et toi, d'ailleurs, Diego, tu n'étais pas censé être de mon côté ?

– Je le suis toujours, me répond l'intéressé. C'est d'ailleurs pour ça que j'ai accepté de venir aujourd'hui. Je veux que tu sois prête à botter des culs.

– Et je vais me faire un plaisir de commencer par les vôtres, je réplique en levant mes poings devant moi, mettant ma garde en place.

Hassan et Diego échangent un coup d'œil, puis un sourire, avant de s'élancer tous les deux dans ma direction.

••••

– Vous êtes des brutes, je gémis sur le chemin du retour à la maison.

Je passe et repasse ma main sur ma cuisse droite, qui s'est heurtée au coude pointu d'Hassan lors d'une prise musclée.

– Je vais avoir un bleu pendant des semaines, j'en suis sûre, j'ajoute.

– C'est bien, déclare mon garde du corps. Comme ça, tu éviteras de reproduire la faute qui m'a permis de t'atteindre aujourd'hui.

– Tuéviterasdereproduirelafautequimapermisdetatteindre aujourdhui, je répète d'un ton moqueur.

Hassan s'esclaffe. Je croise les bras.

– Est-ce que Diego va participer à tous nos entraînements, désormais ? je demande.

– Non, il a beaucoup de travail à l'agence, mais il essayera tout de même d'être présent de temps en temps.

Cette simple mention de l'agence Westwood suffit pour qu'une question me brûle instantanément les lèvres.

Comment va Sawyer ?

Mais comme toujours, je parviens à la garder pour moi.

– Qu'est-ce que tu regardes ? s'étonne Hassan en voyant que je tourne la tête de gauche à droite au moment où il se gare dans ma rue.

– Nous sommes le 6 octobre, je réponds simplement.

– Et ?

– Et c'est aujourd'hui qu'Oscar doit me rendre visite. Il vient une fois par mois.

Mais cette fois-ci, il a du retard : je ne vois pas l'énorme SUV rutilant qui annonce généralement sa présence.

– Vraiment ? réagit Hassan. Pourquoi est-ce qu'il fait ça ?

– Parce qu'il veut s'assurer que tout va bien pour moi. Avant, il ne venait qu'une fois par trimestre, mais ça a changé au début de l'année… depuis que ma situation s'est compliquée.

Ma voix s'est faite basse en prononçant ces derniers mots. Compréhensif, Hassan pose une main sur mon épaule.

– Je suis désolé que tu te retrouves dans un tel merdier, déclare-t-il.

– Moi aussi, je réponds. Bon, je vais y aller. Oscar ne va pas tarder.

– Je ne sais pas s'il va venir, nous non plus nous n'arrivons pas à mettre la main sur lui ces derniers temps. Il doit être occupé, alors je crois vraiment que je devrais l'attendre avec toi.

Je lève les yeux au ciel. Hassan prend sa mission très à cœur… ce dont je ne peux pas me plaindre. Au regard de ce qui m'arrive, impossible de plaisanter avec ma sécurité.

La sonnerie du portable de mon bodyguard résonne alors dans l'habitacle. Hassan décroche, et ses sourcils se froncent alors que son interlocuteur lui parle. Lorsqu'il coupe la communication, je lui demande :

– Tout va bien ?

– Je suis convoqué à l'institut, me répond-il.

– Est-ce que ça arrive souvent ?

– Pas vraiment. Mais il semblerait que Lennon ait une annonce importante à faire.

– Alors fonce, et ne t'inquiète pas pour moi.

– Tu es sûre ?

– Certaine ! Je vais me laisser choir devant la télé en attendant Oscar… et je vais me passer du gel apaisant sur la cuisse, j'ajoute en le fusillant du regard. D'ailleurs, je devrais peut-être montrer ce que tu m'as fait à ton patron !

Mes lèvres s'étirent en un sourire innocent tandis que les yeux d'Hassan se plissent.

– Rentre vite avant que je ne tente une nouvelle attaque, gronde-t-il.

J'attrape mon sac à main et m'empresse de retrouver ma maison. Comme d'habitude, ce n'est que lorsque l'alarme est enclenchée qu'Hassan quitte les lieux.

De mon côté, après m'être rapidement douchée et tartinée de gel apaisant, je m'empresse d'aller dans la cuisine préparer un petit encas pour Oscar. L'excitation monte en moi : à chacune de ses visites, lui et moi discutons longuement, et chaque fois, cela me permet de capter quelques petites informations sur le reste des Westwood… Sur Sawyer, plus particulièrement, même si son père est parfois avare sur ce sujet-là.

Mais je me contente de ce qu'il me donne. Je suis juste heureuse de l'entendre prononcer le prénom de son fils.

Après avoir préparé quelques snacks et sorti une bouteille de whisky du placard – l'une des préférées d'Oscar –, je m'installe sur le canapé et zappe frénétiquement à la télé en attendant qu'on frappe à la porte.

Mais les minutes passent, les heures s'écoulent, et Oscar ne se montre pas.

Cela ne lui ressemble pas. En quatre ans, il n'a jamais oublié de venir à l'un de nos rendez-vous et je suis certaine que s'il avait un empêchement, il me préviendrait.

Je me lève, soupire, puis je commence à arpenter mon petit salon.

Une nouvelle heure passe. Je m'approche de la fenêtre de la cuisine en espérant voir sa voiture se garer dans l'allée, mais ma vieille Jeep y demeure esseulée.

J'attrape mon téléphone et, pendant quelques minutes, j'hésite à appeler Oscar. Cet homme a une vie bien remplie et ses responsabilités professionnelles font de lui quelqu'un de très occupé. Et s'il avait juste beaucoup trop de travail pour venir me voir ? Et si je passais pour une désespérée en tentant de le contacter ?

L'idée que quelque chose ait pu le retenir à l'institut me traverse l'esprit. Après tout, Hassan a évoqué le fait que Lennon avait une annonce importante à faire. Peut-être que les Westwood affrontent une situation de crise et qu'Oscar doit être présent pour la gérer ?

Je suis certaine qu'il doit avoir une bonne raison d'être en retard, et qu'il saura me l'expliquer tôt ou tard.

Ou alors, peut-être que…

Avant que j'aie pu aller au bout de ma pensée, la sonnette de l'entrée retentit. La vague de soulagement que je ressens est telle que je me précipite sur la porte, sans prendre le temps de vérifier qui se trouve derrière. Je défais les verrous à la hâte, tourne la poignée et accueille mon invité avec un large sourire.

Sauf que ce n'est pas Oscar Westwood qui se tient devant moi… mais un fantôme du passé dont je me suis languie chaque jour de ces huit dernières années.

– Sawyer.

9
Sawyer

– Scarlett.

Sa voix n'était qu'un murmure tremblant. La mienne n'est pas beaucoup plus assurée.

Nous nous dévisageons sur le pas de sa porte, complètement paralysés.

Au cours de ces huit dernières années, j'ai souvent imaginé ce que pourraient être nos retrouvailles, si elles devaient avoir lieu un jour. Les premiers temps, dans ma tête, cela se passait toujours de la même manière. Je la voyais, me précipitais vers elle, puis je l'attirais dans mes bras et lui faisais promettre de ne plus jamais me quitter. Puis, peu à peu, mes projections se sont transformées. Souvent, j'imaginais qu'elle réapparaissait dans ma vie et que je l'accueillais avec plaisir, mais je commençais aussi à penser que je serais certainement trop en colère pour lui parler.

Dernièrement, il n'était plus question d'embrassades chaleureuses, simplement de moi, furieux, exigeant des réponses et lui tournant le dos avant de la laisser seule et démunie, exactement comme elle l'a fait.

Sauf qu'aujourd'hui, je suis incapable de savoir quel scénario j'ai envie d'appliquer. Me retrouver devant la seule femme que j'aie jamais aimée après une si longue séparation me bouleverse.

– Sawyer… répète-t-elle.

Je reste silencieux et immobile, parce que je suis incapable de faire autre chose que de la dévisager. Scarlett est différente… tout en étant restée exactement la même. Ses cheveux noirs sont toujours aussi longs et bouclés, son visage toujours aussi doux, ses yeux toujours noisette et encadrés par de longs cils noirs… Sa bouche, toujours aussi pulpeuse et rose.

Cependant, son corps d'adolescente s'est transformé. Des formes de femme se sont installées dans ses hanches et sa poitrine, lui donnant des courbes affriolantes.

Tandis que mon regard remonte en direction de ses yeux, je remarque qu'elle aussi me détaille avec attention. Je me demande ce qu'elle pense de moi, si elle me compare avec celui que j'étais plus jeune, si elle me trouve changé – sûrement –, si elle est déçue de ce qu'elle voit.

– Tu veux entrer ? souffle-t-elle.

Non… Oui… Peut-être…

En réalité, je ne sais même pas pourquoi je suis venu. Je me sens stupide, là, sur le pas de sa porte.

Stupide de faire le premier pas alors que c'est elle qui m'a quitté sans un mot et qui n'a jamais cherché à me revoir.

Stupide d'avoir imaginé, même un court instant, que si nous nous voyions, tout pourrait redevenir comme avant.

C'est bien plus compliqué que ça. Parce que ce que je ressens en me trouvant enfin devant Scarlett, ce n'est rien d'autre que de la colère et un sentiment d'abandon étouffant.

– Je ne sais pas, je réponds.

– D'accord.

Une bourrasque de vent et de pluie soulève ses cheveux, la poussant à croiser les bras pour se protéger du froid.

– Comment m'as-tu trouvée ? me demande-t-elle.

Je m'emmure dans le silence. Les seuls mots qui sont prêts à sortir de ma bouche n'ont rien d'amical, alors je préfère me taire. Scarlett doit le comprendre, parce qu'elle rougit et détourne le regard.

Pourquoi ?

Pourquoi est-ce que tu m'as quitté ?

On était si bien ensemble, putain, Scarlett, pourquoi ?

Une nouvelle bourrasque se lève. En la voyant grimacer, je décide de pénétrer dans la maison. Derrière moi, elle referme la porte et pousse cinq verrous. Je hausse les sourcils.

– L'habitude, répond-elle.

Lentement, je balaye du regard l'habitation dans laquelle elle vit. C'est vieux. C'est triste et petit… et cela éveille ma colère.

Scarlett s'éclaircit la gorge.

– Comment vas-tu ? reprend-elle.

Je ricane tout en laissant errer mes yeux sur les murs à la tapisserie usée.

– Ça t'intéresse ? je réplique.

– Bien sûr, Sawyer.

Je sens que mon sourire de façade est en train de se transformer en grimace.

– J'ai trouvé ton dossier client chez nous, j'annonce en reportant mon attention sur elle.

Gênée, elle serre encore un peu plus ses bras autour d'elle.

– Est-ce que tu veux boire quelque chose ? me propose-t-elle. J'avais préparé quelques encas pour…

Elle laisse sa phrase en suspens, ce qui m'agace. En moi, quelque chose est en train de se passer, quelque chose que j'aimerais pouvoir contenir, mais que je réprime justement depuis trop longtemps.

– Tu attendais quelqu'un d'autre ? je devine en m'approchant d'un pas.

– C'est…

– Tu avais rendez-vous avec un mec que tu finiras par lâchement abandonner du jour au lendemain ?

Scarlett déglutit avant de me révéler tout bas :

– Ton père. J'attends Oscar.

Mon sang se glace dans mes veines.

– Pourquoi est-ce que tu l'attends ? je lui renvoie, la gorge nouée.

– Il me rend régulièrement visite pour s'assurer que tout va bien pour moi.

L'information me donne le vertige. Mon père ne s'est pas contenté de cacher mon ancienne petite amie et de lui proposer les services de son agence pour assurer sa sécurité. Il la protégeait aussi personnellement, à sa façon…

Je ne sais pas si cela me rend heureux ou me donne envie d'exploser. Quelque part, je suis certain que s'il s'est investi dans cette mission, c'était pour pouvoir prendre soin de Scarlett, comme il savait que je l'aurais fait si j'avais été tenu au courant de la situation. Pour ça, je lui suis reconnaissant. Seulement, savoir qu'il a pu profiter de sa présence pendant que je perdais la tête, terrassé par la douleur de son départ, balaye en moi tout autre sentiment que la rancœur.

Devant mon silence, Scarlett se réfugie dans sa cuisine pour y attraper une bouteille de whisky ainsi que quelques encas à grignoter. Munie d'un plateau, elle revient dans la pièce de vie, là où je l'attends, debout et totalement figé. Après avoir déposé son chargement sur la table, elle pousse un soupir tremblant et se redresse lentement.

– Écoute, Sawyer…

– Qu'est-ce qui s'est passé ce soir-là ? je demande, n'y tenant plus.

– Je ne comprends pas… Tu ne viens pas de me dire que tu as trouvé mon dossier ?

– Je ne l'ai pas lu en intégralité. Il était hors de question que j'obtienne mes réponses à travers un document.

Tirant une chaise, je m'assieds pour faire comprendre à Scarlett que je ne compte aller nulle part tant que je n'aurai pas eu ce que je désire : qu'elle parle.

– Je veux que *tu* m'expliques, j'insiste. Que tu me regardes dans les yeux quand tu me raconteras pour quelle raison tu as décidé de t'enfuir en me laissant derrière toi.

– « Décidé » ? commence-t-elle, sourcils froncés. Parce que tu crois que c'est quelque chose que j'ai voulu ? Tu penses vraiment que quitter ma ville et mon petit ami était un choix ?

– Explique-moi, Scarlett.

Lorsque je prononce son prénom, son souffle se bloque dans sa gorge. Je fais fi de sa réaction et me force à me concentrer sur ma rage bouillonnante pour lui jeter à la figure le flot de souvenirs qui me reviennent :

– On s'est quittés à la sortie du lycée. On s'est embrassés, tu es allée rejoindre ton père qui t'attendait garé plus loin et je suis rentré chez moi avec Lennon et Cruz. Comme souvent, on avait prévu de se retrouver le soir, après le dîner, tu m'avais dit que tu viendrais au manoir… et je t'ai attendue. Pendant des heures, Scarlett. Je guettais un message, un appel de ta part. Le lendemain, tu ne t'es pas montrée au lycée, alors je me suis rendu chez toi… et j'ai trouvé ta maison totalement vide. Il n'y avait plus personne, ni ton père, ni toi. Vous avez disparu, juste comme ça.

Lorsque je redresse la tête, les larmes inondent les yeux de Scarlett. À son tour, elle se dirige doucement vers une chaise et s'y installe.

– Il faut que tu me racontes ce qu'il s'est passé, j'exige. Tu me le dois.

– Tout est écrit dans le dossier, tu n'as qu'à le…

– Je n'ai pas envie de le lire, je m'écrie en tapant sur la table du plat de ma main.

Puis je me ressaisis. Je ne dois certainement pas laisser ma rancœur sortir, sinon les mots que je vais prononcer vous nous faire mal à tous les deux.

– Je suis désolée, Sawyer. Mais… je ne m'attendais pas à te voir et… ta présence me déstabilise complètement.

– Parce que tu crois que la tienne ne me fait rien ? J'ai l'impression d'être face à un fantôme, Scarlett. Tu penses peut-être que toute cette histoire appartient au passé, mais pas pour moi, pas alors que j'ai passé des années à essayer de te retrouver. Pas alors que j'avais fini par te croire morte et enterrée.

Elle pose une main délicate contre sa gorge, comme si elle avait soudain du mal à déglutir.

– Je… Sawyer, je…

Elle pousse soudain un profond soupir avant d'enfouir son visage entre ses mains.

– Je suis désolée, mais je ne peux rien te dire, lâche-t-elle.

– Bon sang, mais c'est pas vrai !

Je commence à arpenter la pièce en passant furieusement mes doigts dans mes cheveux.

– À qui est cette maison ? je lui demande.

Même si la colère bout en moi, j'ai envie qu'elle me parle, peu importe le sujet. Sa voix m'a tellement manqué que j'ai besoin de l'entendre.

– Pas à moi, en tout cas, répond-elle. Je ne fais que la louer.

– Pourquoi Plymouth ?

– Parce que c'est juste à côté de Cape Cod et de l'agence.

– Tu vis ici depuis longtemps ?

– Un an seulement.

Je serre les poings et explose :

– Bordel, Scarlett ! Pourquoi est-ce que tu me réponds de cette manière ?

– Comment ça ? s'étonne-t-elle.

– Comme si je te faisais passer un interrogatoire et que tu te contentais du strict minimum pour ne pas risquer de te faire prendre.

– Parce que c'est le cas. Sawyer…

Elle se lève et s'approche de moi avant de poursuivre :

– Te revoir est inespéré, et j'aimerais qu'on puisse se parler comme autrefois… sauf que les choses ont changé.

– À cause de qui ? je crache.

– Je sais que tu m'en veux, et tu en as parfaitement le droit. Mais crois-le ou non, si je ne te raconte rien, c'est pour te protéger.

– Me protéger ? Il suffirait que je parcoure ton dossier pour tout savoir.

– Non ! s'écrie-t-elle. Parce que tout n'y est pas relaté, seulement les choses qui se sont déroulées depuis que l'agence Westwood assure ma protection. Le reste n'avait pas besoin d'y figurer. En tout cas, pas dans les détails.

Je croise les bras sur mon torse, la toisant.

– Très bien, je finis par lâcher. Si tu veux garder le silence, je ne peux pas te forcer à parler.

Je traverse sa petite salle à manger d'un pas déterminé en direction de la porte d'entrée.

– Tu t'en vas ? me lance Scarlett.

– Pourquoi ? Tu voudrais que je reste ?

– Oui !

La main sur le premier des verrous, je me fige.

– Enfin… je serais contente si tu restais encore un peu, ajoute-t-elle.

– Et moi, j'aimerais que tu sois franche avec moi, je lui renvoie. Il semblerait qu'aucun de nous deux n'obtiendra ce qu'il veut.

– Alors pourquoi es-tu venu ?

– Parce que la tentation de te revoir était trop forte… et parce que je voulais les adieux que tu as refusé de me donner il y a huit ans, pour enfin tourner la page définitivement.

Je la regarde du coin de l'œil alors que j'achève de déverrouiller la porte. Lorsque je l'ouvre, la pluie et le vent me fouettent immédiatement le visage.

– J'espère que, peu importe le danger qui te guette, tout se passera bien pour toi, dis-je. Au revoir, Scarlett.

10

Scarlett

Mes mains tremblent après le départ de Sawyer, et je reste incapable de bouger pendant de longues secondes. Lorsque j'y parviens, le cœur battant, je plaque mes paumes contre la porte, puis mon front, et pousse un profond soupir.

Mon Dieu, Sawyer…

Je n'étais pas prête à le revoir. J'en ai rêvé pendant longtemps, mais j'avais fini par me faire à l'idée que plus jamais nos routes ne se croiseraient.

Plonger à nouveau dans ses yeux verts m'a bouleversée.

Les huit années qui se sont écoulées m'ont changée, et elles ont fait leur œuvre sur lui aussi. Le Sawyer d'aujourd'hui est différent de celui que j'ai côtoyé pendant plus de trois ans.

Au lycée, les frères Westwood étaient grands et musclés. À présent, Sawyer est… plus. Plus grand encore, plus musclé et imposant, plus impressionnant. Ses cheveux bruns dans lesquels j'adorais passer mes doigts sont coupés en brosse, et cela lui donne un air sombre que je ne lui connaissais pas.

Cependant, malgré ces changements, il est toujours aussi séduisant, toujours aussi beau… Il l'est même encore plus maintenant que l'adolescent a laissé place à l'homme. La façon dont mon cœur s'est emballé lorsque je me suis retrouvée face à lui m'a surprise : je m'attendais à être prise dans une tempête d'émotions, mais certainement pas à voir resurgir des sentiments vieux de près d'une décennie.

Est-ce qu'il l'a sentie lui aussi ? L'étincelle qui s'est rallumée dès que nous nous sommes trouvés dans la même pièce ? Fut un temps où elle était une belle et grande flamme qui réchauffait notre amour, jusqu'à ce que je l'étouffe en disparaissant.

Mon Dieu, Sawyer…

Le choc m'oblige à rester encore un moment ainsi, contre la porte, les yeux fermés. Et lorsque mon esprit redevient capable de former une pensée cohérente, je me précipite sur mon téléphone portable et je compose le numéro d'Oscar.

Je jure lorsque sa boîte vocale s'enclenche.

– Oscar, c'est Scarlett. Il… il sait. Sawyer. Il m'a retrouvée.

Un sanglot vient entraver ma gorge. Je déglutis, puis je reprends :

– Je ne sais pas comment c'est possible, mais il dit qu'il a trouvé mon dossier. Vous… vous m'aviez promis de ne jamais lui en parler.

Me prenant la tête dans les mains, je murmure ensuite :

– Qu'est-ce que je dois faire ? S'il vous plaît, rappelez-moi, j'ai besoin de votre aide.

Je raccroche puis lance mon téléphone sur la table de la salle à manger, et je reste ainsi, à attendre que la sonnerie retentisse, qu'Oscar me rappelle.

– Je crois que j'ai totalement raté ce devoir, je soupire.

Un bras passé autour de mes épaules, Sawyer marche à côté de moi alors que nous arpentons les couloirs du lycée en direction de la sortie.

– Ne dis pas ça, je suis sûr que tu as tout déchiré, comme d'habitude, me rassure-t-il.

Nous quittons l'établissement. Sur le parking, c'est la cohue : les élèves courent après leur bus ou rejoignent leur voiture. Au loin, j'aperçois mon père qui m'attend dans son véhicule de police. Il me fait signe avant de détourner le regard. Il adore Sawyer, mais il déteste nous voir nous embrasser à la fin de la journée pour nous dire au revoir.

– Je t'assure que cette fois je me suis vraiment plantée, je souffle en posant mes mains contre le torse de mon petit ami.

Il baisse la tête, un léger sourire étirant sa bouche. La réussite scolaire a une grande importance pour moi : je ne fais peut-être pas partie de ceux qui ont la meilleure moyenne, mais je travaille dur et je ne baisse jamais les bras. Ce qui contraste totalement avec l'attitude de Sawyer. Entre les cours et lui, il n'y a aucun atome crochu.

– Regarde-moi, me dit-il.

Pour me réconforter, il prend mon visage entre ses mains et dépose un tendre baiser sur mes lèvres. Instantanément, je sens mon angoisse se dissiper un peu.

Dès le premier regard, j'ai su que Sawyer serait mien et que je lui appartiendrais pour toujours… Les trois années et demie qui viennent de s'écouler sont la preuve que j'avais raison.

Entre nous, c'est simple : je suis à lui et il est à moi.

– Tranquillise-toi, murmure-t-il. Tu as fait de ton mieux et je suis certain que tes efforts seront récompensés.

Je pousse un autre soupir avant de me laisser aller dans ses bras.

– Sawyer! le hèle Jaxon depuis la voiture de Lennon.

Il se tourne vers ses frères et leur fait signe de les attendre encore cinq minutes.

– Est-ce que tu viens au manoir, ce soir? me demande-t-il ensuite en posant son menton sur le haut de ma tête.

– Bien sûr, je réponds. Tu sais qu'il n'y a rien que je préfère au monde que de m'endormir avec toi.

– Et moi de me réveiller à tes côtés.

Il m'embrasse à nouveau et saisit doucement mes épaules pour me serrer contre lui.

Je ne me suis jamais sentie autant en sécurité que lorsque Sawyer me tient dans ses bras. L'une des nombreuses choses que j'aime dans notre relation, c'est que, dès que nous nous touchons, nous fusionnons. À cet instant précis, alors que nous nous embrassons plutôt chastement – étant donné que mon père se trouve quelques mètres plus loin –, je suis malgré tout totalement happée par ses lèvres. Le monde pourrait bien s'arrêter de tourner, je ne remarquerais rien.

– Je t'aime, je murmure après avoir mis fin à notre baiser.

Sawyer prend ma main pour embrasser le creux de ma paume à plusieurs reprises.

– Dis-le-moi en retour, je réclame.

Il sourit, ridiculement satisfait de me savoir aussi amoureuse de lui qu'il l'est de moi.

– Je t'aime, Scarlett Weiss.

Sur ce, il se penche à mon oreille pour me murmurer:

– Je te le prouverai ce soir.

Mes lèvres s'entrouvrent, puis je lui sers un sourire plein de promesses, avant de quitter ses bras et de traverser le parking. Je sens *qu'il me suit des yeux jusqu'à ce que je grimpe dans la voiture de mon père. Lorsque nous passons devant lui au pas, j'ouvre la fenêtre, lui envoie un baiser et m'écrie:*

– À ce soir.

Un coup de tonnerre à l'extérieur de ma maison me réveille en sursaut. Je me suis endormie assise sur une chaise de la salle à manger et mon dos est courbatu. Je jette un œil à mon téléphone : aucun appel ni message.

Lasse, je prends la direction de ma chambre, l'esprit accaparé par les souvenirs de Sawyer.

11
Sawyer

– Allez, on se bouge ! je m'écrie en tapant dans mes mains.

Le cours du jour est focalisé sur le close combat et, dans la salle d'entraînement, les recrues mises en duos s'activent pour tenter de déstabiliser leur adversaire et le mettre à terre. Je passe de binôme en binôme en étant vigilant quant aux positions de chacun, à leurs techniques d'immobilisation et au temps qu'il leur faut pour prendre le dessus dans l'affrontement.

– Non, Axel, ce n'est pas comme ça que tu dois t'y prendre.

Je fais signe à la recrue de s'écarter et me positionne face à sa partenaire pour lui montrer les bons gestes à effectuer. Rapidement, j'attrape la main de la jeune femme, la lui bloque dans le bas du dos tout en la faisant pivoter sur elle-même, puis je plaque mon autre bras contre sa gorge.

– Et c'est quand tu en es là que tu t'empresses de l'entraîner au sol, pour ne pas qu'elle ait le temps de…

La jeune femme lance son coude libre en direction de mon estomac, mais je l'esquive.

– De faire ça, je termine en souriant. Bien joué. Rappelle-moi ton prénom…

– Nora, répond la recrue, un grand sourire aux lèvres.

– Bravo, Nora, tu apprends vite. Axel, prends-en de la graine.

L'intéressé se remet en place en ronchonnant, puis il recommence son assaut en tentant de reproduire ce que je viens de lui montrer.

– Encore… je martèle. Encore… Une dernière fois.

Au bout du troisième essai, il parvient à faire tomber Nora. Ils se redressent tous les deux et je dis à la jeune femme :

– À ton tour de lui en faire baver.

Sur ce, je quitte ce binôme pour en rejoindre un autre. Au fil du cours, je parviens à corriger plusieurs mauvaises postures, et quand l'heure se termine, je suis satisfait des progrès de mes élèves.

– N'oubliez pas qu'on se revoit cet après-midi, je préviens le groupe. Je vais mettre votre cardio à rude épreuve, alors prenez des forces pendant le déjeuner.

Tandis que la plupart des recrues se ruent hors de la salle d'entraînement, guidées par l'appel de la faim et les bonnes odeurs qui proviennent du réfectoire au rez-de-chaussée, quatre d'entre elles s'avancent vers moi, l'air contrites.

– Tout va bien ? je leur demande, sourcils froncés.

Les trois garçons jettent un regard en biais à la jeune fille qui les accompagne, et je comprends qu'ils l'incitent à parler pour eux tous.

– On voulait vous dire… commence-t-elle. On était présents durant le discours de Lennon hier et… enfin, on est vraiment désolés de ce qui est arrivé à votre père.

Mon cœur se serre soudainement, mais je parviens à garder un visage impassible. Je ne sais pas de quelle façon mon frère a amené la terrible nouvelle aux recrues ainsi qu'aux bodyguards en service : j'ai refusé d'être présent lorsqu'il a fait sa déclaration. Je n'avais pas la force de l'écouter relater ce qui me hante déjà.

Depuis le discours, une ambiance étrange plane sur l'institut. Mon père était très apprécié ici. L'annonce de son agression en a affecté plus d'un et la légèreté habituelle qui règne entre les murs du bâtiment s'est envolée.

– Oscar passait souvent nous voir pendant le déjeuner ou durant nos pauses, poursuit mon élève, et il nous reboostait, nous disait que nous ne devions pas lâcher, même si certains jours la formation nous semblait difficile. Il a toujours été très gentil avec nous et on est très tristes de savoir que… enfin… il va nous manquer.

Les joues écarlates, la jeune femme a le regard fuyant. Quant aux trois gars, chacun fixe un point différent du dojo.

J'ai conscience que j'ai la réputation d'être le moins accessible des frères Westwood. Pendant les cours, je suis à l'écoute des recrues pour les aider à progresser, mais en dehors, je noue assez peu de liens avec elles, principalement parce qu'à la fin peu de postulants seront retenus pour intégrer l'agence, et que je ne reverrai plus les autres. Alors c'est vrai, en cas de problème personnel, ce n'est pas vers moi qu'ils se tourneront, et cela ne m'a jamais vraiment dérangé. Seulement, voir ces quatre-là si mal à l'aise me gêne.

Je ne veux pas être celui à qui on redoute de venir parler.

– Merci, leur dis-je. J'apprécie votre démarche. Allez, filez manger avant que les autres ne dévorent toute la nourriture.

Un peu moins tendues, les quatre recrues quittent le dojo. Elles sont presque immédiatement remplacées par Lennon, Jaxon et Cruz, qui pénètrent dans la pièce et se dirigent vers moi.

– Comment se passent les cours avec les nouveaux ? me demande Lenny.

– Bien. On n'en est qu'au début, donc c'est toujours compliqué de voir qui se détache du lot. Cela dit, j'ai été agréablement surpris par la rapidité d'assimilation des consignes de la part de Nora.

– Grande, les cheveux frisés, avec des tatouages sur la nuque ? décrit Jax.

– C'est elle.

– Elle s'est aussi démarquée en conduite, indique Cruz. Alice nous en a dit beaucoup de bien.

– À surveiller, donc, conclut Lennon.

Le silence revient, et il ne tarde pas à me peser. D'un coup, je lance :

– Vous êtes venus me parler de la pluie et du beau temps ou il y a une raison précise à ce débarquement Westwood dans ma salle de cours ?

C'est Cruz qui me répond :

– J'ai déjà reçu quelques CV de la part de l'agence par laquelle les parents avaient recruté Michel. On voulait savoir si tu avais le temps de les étudier avec nous ou si…

Je hausse les sourcils, attendant que mon frère termine.

– Ou si tu allais être trop occupé par ta nouvelle mission avec Scarlett, finit-il par déclarer.

– Comment va-t-elle ? me demande Jax en croisant les bras. Est-ce qu'elle a beaucoup changé ?

– Comme nous tous, je grommelle.

– Et ? hasarde Lennon.

Je hausse les épaules mais n'ajoute rien de plus.

– Putain, Sawyer, dis quelque chose, insiste mon frère. Hier soir, tu es rentré furieux, tu n'as pas voulu nous donner d'explications, et aujourd'hui, tu t'obstines à rester muet.

– Comment ça s'est passé, à votre avis ? je réplique, sarcastique. Nous nous sommes jetés dans les bras l'un de l'autre en braillant de bonheur ; ensuite, on s'est donné la main et on s'est regardés amoureusement dans le blanc des yeux pendant des heures, avant de se promettre de vivre heureux et d'avoir beaucoup d'enfants… J'en ai chialé de joie.

– Tu es un tel connard… me lance Cruz.

– J'aime l'idée de partager cette particularité avec toi.

– Bon, vous n'allez pas recommencer… soupire Lennon.

– Pourquoi ? intervient Jaxon. Laisse-les se prendre le bec, au moins c'est drôle et ça nous aide à penser à autre chose.

Ce qui a pour effet de nous replonger dans la morosité.

– Tu as accepté la mission ? me relance Lennon.

– Non, je réponds en attrapant une bouteille d'eau.

– Sawyer…

– Laisse tomber, Lenny. Scarlett a déjà un contrat avec l'agence, et visiblement, le bodyguard qui s'occupe d'elle gère très bien. Elle n'a pas besoin de moi.

J'attrape ma veste ainsi que mon téléphone portable avant de lancer à mes frères :

– Je dois y aller.

– Attends, Sawyer.

Je me tourne vers Lennon, sourcils haussés. J'espère qu'il ne va pas encore insister, parce que je n'aurai pas la patience de supporter ça… Cependant, c'est un tout autre sujet qu'il aborde :

– Ce matin, j'ai contacté les policiers qui ont été saisis sur l'enquête à propos de l'agression de papa. Ils n'ont toujours rien découvert.

– Putain ! je grogne.

– Du coup, je pensais que ce n'était peut-être pas une mauvaise idée de nous tourner vers le détective privé qui nous avait contactés ?

– Hein ? Tu voudrais qu'on fasse confiance à un mec sorti de nulle part ? réagit aussitôt Cruz.

– « Confiance », c'est un bien grand mot, soupire Lennon. Mais si la police n'arrive pas à avancer sur l'enquête, peut-être qu'on peut en lancer une de notre côté ?

– C'était déjà ce qu'on avait convenu de faire, mais juste entre nous, sans intégrer quelqu'un d'extérieur ! proteste Jaxon.

Lennon croise les bras sur son torse avant de répliquer :

– D'accord, mais est-ce que l'un d'entre vous a eu le temps de creuser une piste ?

Nous secouons tous la tête.

– Dans ce cas, est-ce que vous avez une meilleure idée que de faire appel à un détective ? s'agace Lenny. Parce que je ne sais pas vous, mais de mon côté, j'ai tellement de travail que j'ai à peine le temps de profiter de Dovie alors qu'elle passe ses derniers jours à Cape Cod. Donc, si je dois me lancer dans une enquête pour retrouver le fils de pute qui a voulu tuer notre père, je ne dirais pas non à un peu d'aide !

Nous le dévisageons un instant. De nous tous, Lennon est sans aucun doute celui qui a le plus de sang-froid… Alors voir une fissure fendiller son armure nous surprend tous.

– D'accord, dis-je après quelques secondes. Si tu penses que c'est une bonne idée, faisons ça.

Cruz acquiesce lui aussi ; quant à Jax, il avance :

– Peu importe ce que nous décidons, je crois qu'il serait judicieux de ne pas en parler à Billie, histoire de la ménager. Elle encaisse difficilement tout ce qui s'est passé.

Je plisse les yeux en le dévisageant.

– Depuis quand tu es son porte-parole ? je demande.

Jaxon croise les bras sur son torse, le visage sérieux.

– Je ne le suis pas. C'est juste que je vois à quel point elle est touchée par la situation…

– On l'est tous, fait remarquer Cruz.

– C'est vrai, mais Billie…

– Elle est forte et elle peut faire face à la réalité, le coupe Lennon.

– Bon, vous me faites quoi, là ? s'agace Jaxon. J'ai le droit de m'inquiéter pour Billie et de vouloir ce qu'il y a de mieux pour elle. C'est ce que j'ai toujours fait et je continuerai à le faire.

Face à son affirmation, nous ne répondons rien. C'est vrai que nous nous voilons sans doute la face sur l'état psychologique réel de notre sœur, parce que nous avons besoin que notre famille tienne le coup pour affronter tout le reste. Il faut reconnaître que c'est sûrement Jaxon qui est le plus lucide la concernant : après tout, c'est lui qui passe ses nuits avec elle, pour l'aider à se sortir des cauchemars qui bousillent son sommeil. Et force nous est d'admettre qu'il sait s'y prendre : depuis qu'il est présent pour elle, ses cris n'ont plus déchiré le manoir.

Même Lennon capitule et revient au sujet qui nous occupait quelques instants plus tôt, en déclarant :

– Puisque nous sommes tous d'accord pour faire appel à ce détective, je me charge de le contacter. Si jamais nous voyons qu'il n'est pas à la hauteur, il sera toujours temps de prendre l'enquête en main nous-mêmes.

••••

Plus tard, tandis que je suis installé dans la salle de réunion pour noter les progressions des recrues dans leurs dossiers, je suis interrompu par deux voix qui résonnent depuis le couloir. Je ne comprends pas immédiatement de quoi il est question ; ce qui est clair, en revanche, c'est que la conversation n'a rien d'amical.

Lorsque j'ouvre la porte, je tombe sur Eleanor et Hassan.

– Tu m'en dois une ! lance ce dernier à la jeune femme.

– Et je ne l'oublie pas, mais ce soir, c'est impossible pour moi de te rendre service.

– S'il te plaît, Ele…

– Un problème ? je demande.

Hassan se tourne vers moi, et Eleanor en profite pour s'éclipser. Mon collègue, visiblement mal à l'aise à l'idée que je les aie surpris, se contente de hausser les épaules.

– Tout va bien, Sawyer, prétend-il.

– Ce n'est pas l'impression que j'avais. Allez, dis-moi ce qui se passe.

Il soupire, puis m'avoue :

– J'ai reçu un message de ma mère tout à l'heure. Mon père a fait une mauvaise chute et il a été hospitalisé, alors j'aurais besoin d'aller lui rendre visite.

– Je comprends. Tu en as parlé à Lennon ?

– Pas encore. J'aurais aimé pouvoir lui dire que j'ai trouvé quelqu'un pour me remplacer auprès de ma cliente ce soir. Et Eleanor était ma dernière chance.

Je croise les bras. La bienséance voudrait que je lui propose immédiatement mon aide, mais il y a une bonne raison au fait que je ne sois pas retourné sur le terrain depuis plus de trois ans.

– Tu es sûr que tu as demandé à tout le monde ? je l'interroge.

– À tous ceux qui auraient pu facilement switcher leur emploi du temps avec le mien, en tout cas. Maintenant, il va falloir que je me rende à Plymouth dans une heure.

Je m'oblige à la boucler, parce que je sais que je suis à deux doigts de dire quelque chose que je vais regretter.

J'ai un problème avec le fait qu'Hassan soit le bodyguard de Scarlett. Non pas parce qu'il n'est pas assez bon dans ce qu'il fait, mais parce que les imaginer passer du temps ensemble me retourne l'estomac. Hassan est séduisant, charismatique, et dans mon esprit, il pourrait facilement faire craquer Scarlett s'il le voulait.

Putain.

Mes pensées se bousculent tellement en moi que je suis incapable de faire le point. Et c'est à cet instant que je prends une décision irréfléchie.

– Je vais te remplacer, j'annonce.

Les yeux d'Hassan s'écarquillent de surprise.

Tu m'étonnes. Je n'y crois pas moi-même.

– Vraiment ? réagit mon collègue. Tu… tu ferais ça pour moi ?

– Ton père a besoin de toi.

Le jeune garde du corps se passe une main dans les cheveux en poussant un soupir de soulagement.

– Merci, Sawyer. Je te jure que je te revaudrai ça. Je vais immédiatement prévenir Letty pour qu'elle sache à quoi s'attendre.

Mon cœur se serre. Mon pouls s'emballe.

– Comment tu l'as appelée ? je lance en m'approchant brusquement d'Hassan.

– Letty, répond-il, surpris. C'est son prénom. Pourquoi ?

– Je crois que je devrais te donner un surnom, s'exclame Scarlett, installée sur mes genoux durant une pause entre deux cours. Je pourrais aussi t'appeler « mon cœur », « bébé » ou « mon ange », mais je ne crois pas que ça nous ressemble.

– Je ne crois pas non plus.

Elle quitte mes genoux, se retourne et plante ses grands yeux dans les miens.

– C'est impossible de trouver un diminutif à Sawyer, soupire-t-elle.

– Voyons voir quelle combinaison je peux faire avec ton prénom, je réplique en l'attirant contre moi. Scar ? Lett ? Lili ? Scary ?

Nous nous esclaffons tous les deux, quand l'illumination me vient.

– Letty. C'est joli, non ?

– Tu trouves ?

– Oui… Ça te va bien.

Scarlett passe ses bras autour de ma nuque et pose son front contre le mien. Instinctivement, nous fermons les yeux en même temps.

– Si tu l'aimes, je l'aime aussi, chuchote-t-elle.

– Pour que ça fonctionne, il faut que je sois le seul à t'appeler comme ça. Ça restera notre petit secret.

– Comme si j'allais autoriser qui que ce soit à m'appeler par le surnom que tu m'as choisi… Il est à nous, maintenant, rien qu'à nous.

– Sawyer ? Ça va ?

Hassan claque des doigts devant mes yeux, et je quitte le souvenir qui vient de me happer.

– Oui… Oui, ça va.

Je m'éclaircis la gorge, puis je reprends :

– Tu sais quoi ? Pas la peine de prévenir… Letty, je vais m'en charger. Ça nous permettra de… faire connaissance.

– Comme tu veux. Je t'envoie son numéro par SMS. Encore merci, lance Hassan en posant une main sur mon épaule, avant de s'éloigner.

– Y'a vraiment pas de quoi, je ronchonne.

12
Scarlett

– Je déteste les soirs de match, geint Naomi en passant derrière le comptoir.

Elle aligne une dizaine de verres de bière sur son plateau à la vitesse de l'éclair puis repart slalomer entre les tables. Le bar est rempli au maximum de sa capacité, plus encore qu'un samedi soir… Pour la peine, Nathan et moi avons tous les deux été réquisitionnés pour travailler : depuis une bonne heure déjà, nous enchaînons les tournées, qui ne manquent pas d'être commandées chaque fois que l'équipe préférée des supporters effectue une action décisive.

– Je dois aller dans la réserve récupérer du stock, me lance Nate. Tu peux tenir le bar seule pendant dix minutes ?

– N'en profite pas pour prendre une pause, je m'écrie alors qu'il s'éloigne.

Tout en retournant à la préparation des boissons, j'aperçois un client qui vient s'accouder au comptoir. Et je le reconnais : c'est l'homme qui a tenté une approche de drague franchement foireuse samedi dernier, en essayant d'obtenir mon numéro de téléphone. Cette fois, dans son regard, il y a une détermination qui n'y était pas il y a quelques jours.

– Qu'est-ce que je vous sers ? je lui demande.

– Toi, répond-il en souriant comme un idiot.

Je lève les yeux au ciel.

– Je n'ai pas le temps pour ça, donc soit vous commandez quelque chose à boire, soit vous partez.

– Je n'ai pas arrêté de penser à toi ces derniers jours, insiste le type. Je crois vraiment que tu devrais me donner une chance.

– Une chance de quoi ? je soupire.

– De te convaincre de passer du temps avec moi.

– Et par « passer du temps avec toi », je suppose que tu entends…

– Quelques heures… Une nuit.

Je souffle en me pinçant l'arête du nez.

– Bon, écoute, je n'ai pas voulu être désagréable la dernière fois parce que tu m'avais l'air paumé, mais je peux te garantir une chose, c'est que si tu continues d'insister, je vais vraiment perdre patience.

L'abruti sourit toujours, ce qui ne fait qu'attiser ma colère.

– Tu peux dire ce que tu veux, au fond, je suis sûr que je te plais, avance-t-il. Sinon, pourquoi m'aurais-tu offert un verre après m'avoir dit « non » ?

Oh, Seigneur…

– Parce que j'avais de la peine pour toi.

L'homme cille, mais il garde son air qu'il pense certainement séducteur. Préférant couper court, je passe à une autre cliente et le laisse là. Sauf qu'à cet instant il attrape mon poignet, comme la dernière fois… à la seule différence qu'il serre, fort.

– Lâche-moi, je m'écrie en tirant sur mon bras.

– Je n'ai pas prévu de bouger d'ici avant d'avoir eu ce que je veux, alors tu ferais mieux de…

– Lâche-la.

La voix qui vient de s'élever me fait frissonner tout entière. Je lève les yeux et, derrière le dragueur lourdingue, je distingue la silhouette de Sawyer. Au bas mot, je dirais qu'il surplombe le type de vingt bons centimètres. Quant à sa carrure... elle l'engloutit entièrement.

Le voir me fait un tel effet que ma main libre s'agrippe au bord du comptoir.

– J'ai dit : lâche-la, répète-t-il, les yeux rivés sur mon harceleur.

Ce dernier met quelques secondes à comprendre que c'est à lui qu'on s'adresse. Lorsqu'il se retourne, son visage se retrouve face au torse large et imposant de Sawyer, l'obligeant à lever la tête pour croiser son regard.

– Tout de suite, assène le bodyguard d'une voix menaçante.

La confiance de façade que l'inconnu avait tenté d'afficher avec moi se volatilise en un claquement de doigts. Sans demander son reste, il libère mon poignet, glisse du tabouret et s'éloigne en direction de la sortie du bar.

Après son départ, Sawyer et moi restons un moment les yeux rivés l'un à l'autre. Il y a tant de choses que j'aimerais lui dire, mais je ne sais pas par où commencer.

Que fais-tu là ? Est-ce que tu vas m'en vouloir éternellement ?

– Je...

– Bordel, Letty, qu'est-ce que tu fous ? s'exclame Nate, qui revient de la réserve les bras chargés de bouteilles. Les clients attendent !

Il se tourne vers Sawyer et ajoute :

– Qu'est-ce que je vous sers, monsieur ?

– Un gin sans glace, commande mon ex.

En quelques secondes, sa boisson lui est servie. Moi... je suis paralysée. Vu la façon dont nous nous sommes quittés hier, je ne m'attendais pas à revoir Sawyer de sitôt.

Mais le voilà, si beau et si intimidant que mon pouls bat jusque dans ma gorge.

– Letty ! lance Nate d'une voix insistante. Réveille-toi, bon sang.

– Oui, *Letty*… réveille-toi, murmure Sawyer.

La façon dont il prononce mon surnom, celui qu'il m'avait choisi, me serre l'estomac. C'est comme s'il me caressait en prononçant chaque syllabe, et en même temps, il y a une pointe de colère dans son ton que je ressens parfaitement.

Je parviens cependant à me reprendre, en partie parce que mon collègue me dévisage toujours. Je m'empresse de m'occuper d'un groupe de quatre personnes, puis je continue à préparer des commandes tout en sentant le regard brûlant de Sawyer sur moi. La soirée avance, et je ne parviens pas à me concentrer totalement sur mon travail.

Comment le pourrais-je, alors que chacun de mes gestes est épié par mon ex-petit ami qui m'en veut terriblement ?

Enfin, quand sonne minuit, le match se termine et le bar se vide totalement. Je soupire et jette mon torchon sur le comptoir en détendant mes cervicales, avant de me rapprocher de Sawyer.

– Je te ressers ? je lui demande.

Il me répond d'un rapide hochement de tête. J'attrape la bouteille de gin et remplis son verre.

– Merci pour tout à l'heure, je commence.

– Y'a pas de quoi, répond-il.

– Mais j'aurais réussi à me débarrasser de ce type. Diego et Hassan m'ont appris beaucoup de choses, tu sais.

À l'évocation de ses collègues, les doigts de Sawyer se crispent rapidement autour de son verre.

– Alors comme ça, tu t'appelles Letty, maintenant, fait-il remarquer en plantant son regard dans le mien.

– Ça a l'air de te déranger, je souligne.

Un petit sourire en coin se forme sur ses lèvres.

– Ça devrait ? réplique-t-il.

Son air détaché est difficile à encaisser, alors j'attrape mon sac à main caché sous le bar.

– Je dois rentrer, j'annonce, morose.

J'ai beaucoup de mal à supporter la froideur que Sawyer me renvoie. C'est quelque chose de nouveau pour moi : il a toujours été prévenant et aimant durant notre relation. Constater que cette douceur a disparu est incroyablement blessant.

Sans répliquer, il abandonne son verre et m'emboîte le pas tandis que je salue Nate et Naomi, et que je me dirige vers la porte de service. Côte à côte, nous traversons le parking jusqu'à ma voiture sans nous adresser un mot.

– Est-ce que tu vas m'expliquer pourquoi tu es là ? je finis par lui demander.

– Tu as besoin de protection, répond-il d'une voix morne.

– D'habitude, c'est Hassan qui l'assure.

– Désolé de te décevoir.

– Sawyer…

– Rassure-toi, j'attendrai que tu sois rentrée chez toi pour m'en aller, et Hassan reprendra son poste dès demain.

Je grommelle, mécontente de la tournure que prend notre conversation. Pourtant, j'ai envie que nous parlions. Avant, tout était si naturel entre nous… et sa voix m'a tellement manqué que j'ai besoin de l'entendre parler.

– Comment vont tes frères et ta sœur ? je lance, espérant qu'évoquer sa famille le déridera.

– Bien, lâche-t-il sèchement.

– Sawyer, je t'en prie…

Il s'arrête et se tourne vers moi, sourcils froncés.

– Tu crois vraiment que je vais te faire la conversation comme si de rien n'était ? gronde-t-il. Je n'ai pas envie de parler de la pluie et du beau temps avec toi, Scarlett, et encore moins de t'aider à rattraper tout ce que tu as loupé au cours de ces huit dernières années. Je sais que tu essayes de te comporter comme si rien n'avait changé, mais ça ne fonctionne pas. Peut-être que toi, tu as pu facilement passer à autre chose, mais de mon côté, j'en ai chié, Scarlett, vraiment.

Il se remet en marche, jusqu'à ce qu'il réalise que je ne le suis pas. Je suis restée figée, incapable de croire à ce que je viens d'entendre.

– Tu es injuste, Sawyer, dis-je tout en essayant de maîtriser le tremblement dans ma voix.

Il fourre les mains dans ses poches sans répliquer.

– Je n'ai pas demandé à ce que tu retrouves ma trace, je poursuis, alors si tu as besoin d'en vouloir à quelqu'un, tourne-toi vers ton père, qui a visiblement laissé échapper ma localisation sans le vouloir.

Je l'ai piqué au vif, je le sens. Sa mâchoire se carre et ses épaules se tendent. J'ai même l'impression que ses yeux rougissent, à tel point que je suis immédiatement prise de remords.

– En vouloir à mon père ? ricane-t-il. Même si c'était ce que je souhaitais, ça me serait impossible. Plus maintenant…

– Qu'est-ce que…

Mais avant que j'aie pu lui demander des explications, Sawyer grimpe dans sa voiture. Complètement déboussolée, je déverrouille mon propre véhicule, m'installe derrière le volant, puis démarre en faisant crisser les pneus intentionnellement.

Lorsque j'arrive chez moi, je résiste à la tentation de jeter un regard en arrière une fois garée dans mon allée. Les phares de la voiture de Sawyer éclairent la façade de ma maison et je *sens* son regard braqué sur moi. Il ne s'en va qu'une fois ma porte claquée et mon alarme mise en route ; je laisse alors échapper le soupir qui était coincé dans ma gorge.

Bon sang, quel merdier… J'ai l'impression d'avoir retrouvé un nouveau Sawyer, quelqu'un qui m'est totalement inconnu, et je déteste ça.

Au cours de la soirée, je ne cesse de me repasser notre conversation en boucle, d'analyser ses réactions. Et, forcément, je repense à Oscar, qui n'a pas su garder mon dossier confidentiel alors qu'il l'avait promis, et dont je n'ai pas eu de nouvelles depuis plusieurs jours. Une fois de plus, j'essaye de le joindre, sans succès : je ne fais que tomber sur sa maudite messagerie. Mais cette fois, je ne m'arrête pas là : je décide de rechercher les coordonnées de l'agence Westwood sur Internet, histoire de trouver un numéro professionnel et d'essayer d'avoir enfin Oscar au bout du fil. Son silence est plus que suspect, pour ne pas dire inquiétant.

Dans la barre de recherche, j'inscris son nom ainsi que celui de l'agence… et les résultats qui s'affichent me laissent sans voix.

VIOLENTE AGRESSION AU MANOIR DE LA FAMILLE WESTWOOD

Tremblante, je clique sur l'article portant ce titre. Ce que je découvre me donne la nausée.

Michel est mort.

Oscar est dans le coma.

Le coupable est toujours en fuite.

Immédiatement, les paroles de Sawyer me reviennent en mémoire.

« En vouloir à mon père ? Même si c'était ce que je souhaitais, ça me serait impossible. Plus maintenant… »

Le souffle court, je me lève, incapable d'encaisser la nouvelle que je viens d'apprendre. Plus je pense à cet homme qui a fait office de second père pour moi pendant des années, plus les larmes emplissent mes yeux. Je pense aussi à la douleur que doivent ressentir les Westwood, Sawyer en particulier, et j'ai envie de me précipiter chez eux pour le réconforter. Pourtant, je n'en ai pas le droit. Les règles que j'ai établies avec Oscar sont claires : sauf urgence médicale, dès que je suis chez moi et que l'alarme est en route, j'ai interdiction de ressortir, surtout pas seule et en pleine nuit.

Sauf que là, je ne pense plus de façon cohérente. La seule chose qui m'obsède, c'est d'apporter mon soutien à Sawyer, c'est même un besoin qui se fait de plus en plus viscéral à mesure que les minutes s'écoulent.

Au nom de ce que nous avons vécu, au nom de ce que nous étions, je *dois* aller le voir.

Impulsivement, j'attrape mes clés de voiture, désactive l'alarme et quitte ma petite maison.

13
Sawyer

Le manoir est silencieux. Las, je me laisse tomber dans le canapé sans prendre la peine d'allumer la lumière.

J'ai passé le trajet du retour depuis Plymouth l'esprit complètement parasité par les choses que Scarlett et moi nous sommes dites. Vu la colère et la peine que je ressens lorsque je la vois, j'ai bien peur que nous ne soyons plus jamais capables d'avoir une conversation normale, elle et moi. J'ai beau essayer de me contenir, elle finit toujours par dire quelque chose qui me fait vriller… par exemple lorsqu'elle a évoqué Hassan. Parce que, même si de longues années se sont écoulées depuis notre « rupture », je ressens encore un très fort sentiment de possessivité lorsque je me retrouve face à elle. Que le nom d'un autre homme puisse franchir la barrière de ses lèvres me rend fou.

À cet instant, je reçois un message de la part de Dimitri, notre pro de la recherche d'informations, qui me fait enfin parvenir les éléments qu'il a pu récupérer concernant le numéro de plaque d'immatriculation que je lui ai communiqué quelques jours plus tôt.

Voiture au nom de Mike Connor. Domicilié à Rochester, État de New York. Véhicule acheté il y a deux mois.

Mike Connor, le détective privé…

Je ricane. Je pourrais dire que voir son nom resurgir me surprend, mais finalement, pas tant que ça. Je suis persuadé que ce mec ne cherche qu'une chose : récolter un maximum de fric en nous vendant ses services. Le fait qu'il nous ait observés, mes frères et moi, n'est pas étonnant au vu de son métier et de sa personnalité fouineuse. Il a intérêt d'être convaincant lorsque nous le reverrons, parce que sinon, je mettrai mon veto à ce qu'on l'embauche…

Je me rends à la cuisine pour me servir une bière et me préparer à faire mes propres recherches sur le compte du détective, lorsque le numéro de Steve, le nouvel agent de sécurité qui surveille le manoir, s'affiche sur l'écran de mon téléphone.

– Un problème ? je lance sans préambule en décrochant.

– Quelqu'un s'est présenté devant la grille et demande à vous voir.

– Qui ça ?

– Elle me dit qu'elle s'appelle « juste Letty ».

Je me redresse, les doigts crispés autour de mon portable.

Qu'est-ce que Scarlett fiche ici en pleine nuit ?

Je ne prends pas le temps d'y réfléchir. Sans attendre, je quitte le manoir et fonce en direction de l'entrée du parc.

– C'est bon, Steve, dis-je en atteignant sa cabine.

Il enclenche le mécanisme d'ouverture du portail. Scarlett s'avance, son véhicule déjà garé sur le bas-côté, jusqu'à se planter devant moi. Alors que je me préparais à afficher mon air le plus revêche, ses yeux rouges et les traces de larmes sur ses joues font exploser l'inquiétude en moi.

– Qu'est-ce qui se passe ? je m'écrie en attrapant son bras instinctivement. Pourquoi est-ce que tu pleures ?

J'ai beau être rancunier, la voir en détresse réveille tous mes instincts protecteurs et je n'ai qu'une seule envie, trouver la personne responsable de ses pleurs pour les lui faire payer.

– Scarlett, j'insiste en attrapant doucement son menton. Dis-moi ce qui t'a mis dans un état pareil !

– Oscar, murmure-t-elle en me dévisageant, les yeux brillants.

Je me tends brusquement.

– J'ai… ça fait des jours que j'essaye de le joindre et… j'ai appris ce qui lui est arrivé.

Scarlett renifle et essuie ses larmes avant de se jeter à mon cou. Je me fige : sentir son corps se plaquer contre le mien me prend de court.

– Je suis tellement désolée de ce qui vous arrive, poursuit-elle. Oscar est un homme si bon, celui qui s'en est pris à lui est un monstre.

– Scarlett…

– Je m'en veux tellement d'avoir cru qu'il m'avait trahie en te laissant accéder à mon dossier…

Je ferme les yeux.

Putain…

J'attrape les poignets de Scarlett et je l'oblige à me lâcher avant de reculer de quelques pas.

– Sawyer, je sais que tu es en colère contre moi, mais s'il te plaît, laisse-moi être là pour toi, dit-elle. Je n'ai déjà pas pu t'apporter mon soutien lorsque l'accident de ta mère est survenu, alors…

– Ne parle pas de ça, je gronde.

– Sawyer…

– Arrête ! j'explose.

J'inspire plusieurs fois pour reprendre mon calme avant d'ajouter :

– S'il te plaît, ne dis plus rien. J'apprécie que tu t'inquiètes de ce que je ressens, mais je n'ai pas envie d'en parler.

– Tu ne veux pas en parler, ou tu ne veux pas *m*'en parler ?

Je fixe ses traits, ses longues boucles noires qui brillent à la lumière des réverbères, et je me laisse un instant attendrir par son doux visage.

Avant de me souvenir de ce qui nous a amenés à être des étrangers l'un pour l'autre aujourd'hui.

– Rentre chez toi, Scarlett, je cingle. Je vais essayer de trouver quelqu'un pour t'escorter jusqu'à Plymouth. Tu n'aurais jamais dû prendre le risque de venir ici toute seule.

Je lui tourne le dos et remonte l'allée en sortant mon téléphone portable.

– D'accord ! s'écrie alors Scarlett.

Je m'immobilise aussitôt.

– D'accord, répète-t-elle en s'approchant de moi. Je vais tout te dire.

Sous le choc, je pivote dans sa direction. Elle pose une main sur mon avant-bras, le serre, puis termine dans un souffle :

– Je vais te raconter pourquoi je suis partie il y a huit ans.

Ses prunelles sont brillantes, sa lèvre inférieure tremble. Dans ma poitrine, mon cœur s'emballe.

– Je t'écoute, dis-je.

Scarlett prend une profonde inspiration, avant de suggérer :

– Est-ce qu'on peut entrer ? Si tu veux que je revive tout ça, il va falloir que je m'asseye.

14
Scarlett

Je prends une gorgée d'eau pour la troisième fois en moins de deux minutes. Assis face à face de part et d'autre de la grande table de la salle à manger, Sawyer et moi nous dévisageons en silence.

Pénétrer à l'intérieur du manoir a fait resurgir un nombre incalculable de souvenirs en moi. J'y suis venue de nombreuses fois passer du temps avec les Westwood, et surtout avec Sawyer. Nous adorions lézarder sur la terrasse, étendus sur un bain de soleil, à écouter les vagues s'écraser sur le rivage en contrebas tout en nous embrassant.

Je laisse errer mon regard sur la déco : elle est différente de celle dont je me souvenais. Les œuvres d'art et les bibelots éclectiques ont laissé place à une ambiance plus chic, définitivement plus moderne et épurée.

Mais je ne peux poursuivre mon inspection éternellement. Je reporte mon attention sur Sawyer, qui m'observe d'un air toujours aussi pénétrant. Il ne dit rien : il se contente d'attendre que je parle.

Il y a encore quelques heures, je ne pensais pas être capable de lui raconter mon histoire, mais apprendre l'agression d'Oscar m'a fait reconsidérer les choses. Cela fait des années que ce dernier, las de devoir dissimuler un secret aussi lourd à son fils, me demande de m'en défaire. Mais j'avais toujours refusé. Par crainte de mettre Sawyer en danger, au départ, puis, les années défilant, par crainte qu'il ne puisse jamais me pardonner…

Aujourd'hui, étant donné la situation, je leur dois à tous les deux de franchir ce pas.

– Ce jour-là, je commence après avoir repoussé le verre d'eau, mon père m'attendait devant le lycée. Je t'ai dit au revoir, certaine que, comme toujours, je te reverrais quelques heures plus tard… mais dès que nous sommes arrivés à la maison, j'ai réalisé qu'une partie de nos affaires étaient dans des sacs. Tu le sais, mon père était flic, et s'il passait la plupart de son temps à traiter des affaires tout à fait banales, il arrivait parfois que de gros dossiers lui soient confiés. Il m'a expliqué qu'il enquêtait depuis plusieurs années déjà sur un grand réseau de trafiquants de drogue de la région. Et… qu'il venait de faire une avancée significative.

Je pousse un petit soupir avant de continuer :

– Ses gars et lui venaient de réussir à mettre la main sur le second du réseau, dans un coup de filet qui a aussi permis de prendre plusieurs autres membres, à différents niveaux de la hiérarchie. Évidemment, dans la police, sa prise a été plus que saluée, mais en dehors… ça a détruit nos vies. Le chef du cartel a mis un contrat sur la tête de mon père. Il le voulait mort, ainsi que quiconque lui étant relié.

Je tire sur les manches de mon pull pour recouvrir mes mains. Lorsque je reprends la parole, ma voix vacille à chaque mot.

– Au début, je n'ai pas bien compris ce que mon père m'annonçait, ni les conséquences que tout cela pourrait avoir sur notre famille. Jusqu'à ce que je réalise qu'une seule solution s'offrait à nous : fuir loin, et vite.

Dans la pièce, aucun bruit ne se fait entendre, pas même nos respirations.

– J'ai refusé, je poursuis. Je ne voulais pas quitter ma vie. Je ne voulais pas te quitter, toi… Il a fallu des heures à mon père pour me convaincre, pour me faire comprendre que t'expliquer la situation revenait à te mettre en danger toi aussi. Je voulais te voir, te toucher une dernière fois, te dire que si je partais ça n'avait rien à voir avec toi. Mais je n'ai pas pu… et ça m'a dévastée, Sawyer, mais qu'est-ce que je pouvais faire d'autre ? Mon père allait devoir s'enfuir de toute façon, et il était ma seule famille. Il s'est sacrifié toute sa vie pour m'élever après que ma mère nous a abandonnés, alors je ne pouvais pas le laisser tomber à mon tour.

– Continue, souffle-t-il.

Je déglutis.

– Mon père et moi sommes partis à Washington et une protection policière a été mise en place pour notre sécurité. En quatre ans, nous avons déménagé sept fois, et ça a été dur, c'était même invivable, parfois. À partir de ce jour-là, je n'ai plus jamais marché sereinement dans la rue, je n'ai plus fait confiance à personne… Mon père me répétait sans cesse que le réseau était assez étendu pour couvrir chaque État du pays, et qu'où que nous soyons, ils pourraient retrouver notre trace. Lui aussi, il a changé, après ça… Il est devenu complètement parano. Et puis un soir, en rentrant du travail, j'ai trouvé à nouveau mes affaires emballées dans des sacs. Cette fois, *nous* ne partions plus… J'étais la seule à quitter la ville. Mon père m'a affirmé que c'était pour mon bien, que j'avais le droit de vivre ma vie, et qu'après quatre ans, les trafiquants avaient certainement oublié mon nom, même si une cible serait à jamais dessinée sur sa propre tête.

Je souris tristement.

– J'aurais dû me douter que quelque chose clochait, mais j'étais si heureuse de retrouver ma liberté que j'ai pris mes affaires, j'ai embrassé mon père… et je suis partie. J'ai déménagé à quelques kilomètres de la frontière canadienne… seule. Sans protection, sans père. Juste moi.

Je lève les yeux vers Sawyer.

– Tu sais quelle est la première chose que j'ai voulu faire ? je murmure. Revenir à Cape Cod pour te retrouver. Puisque mon père m'avait rendu ma liberté, qu'est-ce qui m'empêchait de le faire ? J'ai même commencé à planifier mon voyage, je m'apprêtais à faire mes valises.

Des larmes affluent dans mes yeux. Elles dévalent mes joues alors que je révèle :

– Mon père a été tué deux semaines après que je l'ai quitté.

Du coin de l'œil, je vois le poing de Sawyer se serrer.

– Il savait, je reprends. Il savait que les trafiquants l'avaient retrouvé et il voulait m'éloigner. Et moi… je suis partie. Je l'ai laissé seul face à son destin.

– Tu ne pouvais pas savoir, me dit Sawyer avec une douceur dans la voix que je ne pensais plus jamais entendre.

– Moi, je crois que si. J'aurais dû réfléchir et comprendre ce que sa décision subite signifiait. Sauf que je me suis aveuglée, trop obnubilée par ma propre petite personne.

Je prends quelques secondes pour essuyer mes joues. Les yeux fermés, je repense au visage souriant de mon père, à l'homme bon qu'il était et à la façon qu'il a eue de me protéger, jusqu'à la fin.

– Après ça, il était hors de question que je revienne à Cape Cod, je déclare. Je savais que les membres du réseau ne s'arrêteraient pas à l'assassinat de mon père, qu'ils chercheraient à me retrouver moi aussi. Parce que j'étais la fille de leur ennemi juré, celui à qui leur chef s'était promis de faire payer le coup porté à son business. Alors j'ai pris le temps de réfléchir à la meilleure façon de me protéger, parce qu'après ce qui venait d'arriver, il était évident que les maigres mesures proposées par la police ne suffiraient pas. Et évidemment…

– Tu as pensé à mon père, devine Sawyer.

Je hoche la tête.

– Il m'a écoutée et il a accepté sans aucune hésitation de s'occuper de ma sécurité. C'est l'un des rares à être restés en contact avec mon père après notre fuite : certains des bodyguards de l'agence avaient été mobilisés à l'époque du coup de filet au sein des trafiquants de drogue, pour protéger des témoins clé. Il m'a acheté un billet d'avion pour le Texas. J'ai vécu un an là-bas, jusqu'à ce qu'il m'envoie à Portland… Il ne me l'a jamais dit, mais j'ai compris que ceux qui me recherchent avaient certainement dû se rapprocher de moi. Alors, j'ai passé deux ans dans l'Oregon. Ensuite, je lui ai laissé entendre que je souhaitais me rapprocher de mon ancienne vie. Et voilà un an que je suis installée à Plymouth. Sauf que la situation s'est compliquée au début de l'année.

Je grimace, et j'indique :

– Deux des mecs que mon père a mis en taule se sont échappés. Oscar n'a eu de cesse de me rassurer et de me dire que cela ne signifiait pas forcément qu'ils allaient tenter de retrouver ma trace… Mais j'ai été naïve de croire il y a quatre ans que j'allais bénéficier d'une nouvelle liberté ; je ne commettrai plus cette erreur. Je sais qu'ils vont venir pour moi. Je sais qu'ils me retrouveront d'une manière ou d'une autre… Alors j'apprends à me battre, à me défendre, et je les attends.

Ma voix se meurt sur ces derniers mots. Je fixe Sawyer en essayant de comprendre ce qu'il pense, ce qui se passe dans sa tête. Mais il reste fermé, muet. Tandis que je lui laisse le temps d'emmagasiner tout ce que je viens de lui confier, j'en profite pour le détailler.

Mon Sawyer.

Je déteste voir que la vie a imposé des traits fermés et froids à son si beau visage. J'observe son grain de beauté sur la mâchoire que j'ai embrassé tant de fois, puis ses mains larges et chaudes ainsi que la chevalière passée à son majeur.

– Je n'arrive pas à le croire, dit-il finalement, m'arrachant à ma contemplation.

La manière dont il me fixe me retourne l'estomac.

Il est furieux.

– Pendant toutes ces années… tout ce temps perdu…

– Je sais, je murmure.

– Tu aurais dû me dire ce qui se passait.

– Je ne pouvais pas, Sawyer.

Il se lève, passe ses deux mains sur ses cheveux courts et soupire longuement, puis lâche :

– Tu dois partir.

– Quoi ? je m'écrie en bondissant de ma chaise. Sawyer, non, pourquoi…

– Je savais que c'était une mauvaise idée de te laisser entrer.

– Sawyer ! je l'interpelle en me précipitant dans sa direction. Pourquoi es-tu à ce point en colère ?

Il se dégage lorsque je pose une main sur son bras, puis il pivote pour me faire face, ses yeux lançant des éclairs.

– Pourquoi ? répète-t-il. Tu me demandes pourquoi ? Est-ce que tu te rends compte qu'en quelques jours je viens d'apprendre que mon père m'a menti, que j'aurais pu te retrouver si on avait daigné m'expliquer ce qui se passait, que tu as vécu un traumatisme et que tu as été obligée d'y faire face seule alors qu'il te suffisait de te confier à moi, de tout me dire pour que je sois à tes côtés ?

– Mais je ne pouvais pas, je plaide en me rapprochant doucement de lui. Il m'était impossible de dévoiler la moindre information à qui que ce soit.

– Oh, vraiment… ricane Sawyer.

Je ne crois pas qu'il s'en rende compte, mais lui aussi réduit de plus en plus la distance qui nous sépare.

– Mon propre père, Diego, Hassan… Ils sont trois à avoir été mis au courant, assène-t-il. Deux d'entre eux étaient des étrangers pour toi. Et moi, ton petit ami, je n'ai eu droit qu'à un silence de mort ?

– Sawyer…

– J'aurais pu m'enfuir avec toi, explose-t-il. Je t'aurais protégée, j'y aurais consacré chaque minute de ma vie et tu le sais.

J'ai tellement envie de le toucher, d'essayer d'apaiser sa colère… Mais à la place, je reste immobile, encaissant sa fureur.

– Pourquoi est-ce que mon père ne m'a pas donné ton dossier après ma formation ? enchaîne-t-il. Partons du principe qu'avant j'étais trop jeune et inexpérimenté, mais après… pourquoi ? Putain de merde, pourquoi ?

– Parce que je lui ai demandé de ne pas le faire, j'avoue, le cœur au bord des lèvres.

Sawyer se fige.

– Il me l'a proposé, je poursuis. Il a évoqué la possibilité de te mettre au courant. Il se doutait que tu accepterais immédiatement de te charger de ma protection… mais il s'était passé quatre ans, j'étais partie depuis longtemps… et je ne voulais pas que tu te mettes en danger pour moi. Par la suite, il n'a eu de cesse de me demander de tout te dire, encore et encore. C'était au-dessus de mes forces. Je voulais que tu vives ta vie. T'entraîner dans cette galère m'aurait rendue malade.

Sawyer penche la tête sur le côté, et je suis dévastée de voir la peine remplacer la colère dans son expression.

– Alors jusqu'au bout tu as choisi de me tenir à l'écart, conclut-il.

– Non, c'est…

– Jusqu'au bout, tu n'as pas imaginé une seconde à quel point je pouvais souffrir de ta disparition…

Aussi vite qu'elle était apparue, sa peine disparaît, et son corps est à nouveau traversé par la fureur.

– Tout, Scarlett, j'ai tout essayé pour te retrouver ! s'écrie Sawyer. J'ai envisagé tous les scénarios, bien souvent les pires. J'ai même fini par croire que tu étais morte… Tu réalises ? Tu comprends comme j'ai eu mal ou ça t'est totalement égal ?

– Pour moi aussi, ça a été terrible, je réplique en haussant le ton à travers mes larmes. Comment peux-tu penser un instant que tout ça a été facile pour moi ? Mon père s'est fait assassiner, ma grand-mère est morte il y a trois ans et je n'ai même pas pu assister à son enterrement. Elle s'est éteinte sans avoir de nouvelles de moi, sans savoir ce que j'étais devenue. Quant à toi… une partie de mon cœur est morte à l'instant où j'ai quitté la ville en sachant que je ne te reverrais jamais.

Essoufflés, nous restons face à face, la poitrine haletante. Nous avons tant de choses à nous dire, à extérioriser, et j'aurais tant aimé que la colère ne prenne pas le pas pour tout gâcher… mais au fond, je sais que ce feu qui brûle entre nous, entretenu par la rancœur, la peine et la douleur, est légitime.

– Je suis désolé pour ta grand-mère, et pour ton père, déclare Sawyer d'une voix un peu plus calme. Plus que tout, je suis désolé que tu aies eu à vivre ça, Scarlett.

Mais après avoir prononcé ces mots apaisants, il me tourne une fois de plus le dos.

– Pars maintenant, s'il te plaît, me demande-t-il.

– Vraiment ? Tu vas juste... me congédier après ce que je viens de te dire ?

– Oui. Je dois... il faut que je réfléchisse.

– Mais à quoi, bon sang ?

– À la meilleure façon de te protéger, s'écrie-t-il. Mon père m'a légué ton dossier. Il voulait que je le reprenne.

Il me faut plusieurs secondes pour comprendre ce qu'il est en train de me dire.

Sawyer envisage de devenir mon bodyguard.

À cette perspective, mon cœur rate un battement. J'adore Hassan, mais Sawyer... c'est Sawyer.

– Est-ce que tu vas accepter ? je souffle, la gorge nouée, pour être certaine que je n'imagine rien.

– Oui, murmure-t-il.

Je n'ai pas le temps de me réjouir. Sawyer fracasse mes espoirs en ajoutant :

– Je vais le faire parce que c'est ce que mon père veut.

Le « Pas pour toi... » qu'il ne prononce pas résonne pourtant parfaitement à mes oreilles.

– Rentre à Plymouth, me dit-il. Je te suivrai en voiture jusqu'à ce que tu sois rentrée chez toi. Je sais qu'Hassan t'entraînait au close combat, alors je viendrai te chercher demain matin pour m'en charger moi-même.

– D'accord, je chuchote.

Nous n'avons plus rien à nous dire ; pourtant, je reste encore un long moment à le dévisager et lui à faire de même.

Enfin, je finis par quitter le manoir pour regagner ma voiture. Sawyer m'emboîte le pas à plusieurs mètres de distance, et bien que la nuit ne soit pas si froide, à l'intérieur, je me sens glacée.

15

Sawyer

Sawyer(maispasTomnonplus)
Des nouvelles du détective privé ?

Lennon(Johnqui?)
Je lui ai donné rendez-vous demain soir au manoir.

Cruz(maispasTom)
Il a intérêt à être vraiment compétent, sinon je me ferai un plaisir de le foutre moi-même dehors.

Jaxon(thenumber5)
Je dois dire que j'ai hâte de le rencontrer, vu l'excellente première impression qu'il vous a faite...

Lennon(Johnqui?)
Si j'avais une autre option, je vous la proposerais, mais franchement, je n'ai pas le temps de creuser le sujet avec tout ce qu'on a sur les bras.

Cruz(maispasTom)
On sait que tu es débordé, Lenny. Y'a pas de souci.

Lennon(Johnqui?)
Au fait, Sawyer, tu n'as rien à nous raconter sur l'échange… bruyant d'hier soir entre Scarlett et toi ?

Sawyer(maispasTomnonplus)
Non.

Cruz(maispasTom)
Ne me dis pas que vous avez remis le couvert alors que nos âmes innocentes dormaient à l'étage !

Jaxon(thenumber5)
« Innocent » et « Cruz » dans la même phrase ? On est en plein multivers, non ?

***@Cruz(maispasTom)** a envoyé un GIF à votre groupe « Cruz et les Westwood ».*

Jaxon(thenumber5)
Oh, c'est très fin ça, Cruz, vraiment…

Lennon(Johnqui?)
Je n'arrive toujours pas à croire que Scarlett soit devenue la cible d'un réseau de trafiquants de drogue…

Sawyer(maispasTomnonplus)
Tu as lu son dossier ???

Lennon(Johnqui?)
Évidemment !

Jaxon(thenumber5)
Moi aussi.

Cruz(maispasTom)
Quelle bande de traîtres... Moi, au moins, je l'ai lu devant toi, Sawyer.

Billie(thebestkid)
Je ne l'ai pas lu, mais je sais ce qu'il y a dedans : Jaxon m'en a fait un résumé. Pauvre Scarlett...

Sawyer(maispasTomnonplus)
Mais c'est pas vrai, quelle famille on m'a collée...

Cruz(maispasTom)
La meilleure !

Sawyer(maispasTomnonplus)
Puisque vous ne pouvez pas vous empêcher de fourrer votre nez dans ce qui ne vous regarde pas, je vais vous répondre : je reprends officiellement le dossier de Scarlett et je deviens son bodyguard jusqu'à ce que la menace qui plane au-dessus de sa tête soit levée. Et tant qu'on y est, Lennon, je t'informe que je lui donnerai des cours de défense dans mon dojo, sur mon temps libre, pour que cela n'impacte pas l'entraînement des recrues.

Lennon(Johnqui?)
Pas de problème, mon frère. Je suis content que tu replonges dans le grand bain.

Jaxon(thenumber5)
Bon retour parmi nous, Sawyer.

Cruz(maispasTom)
Si on était tous ensemble, ce serait le moment parfait pour qu'on se prenne tous dans les bras en chantant *Kumbaya*.

Jaxon(thenumber5)
Cruz, t'es un véritable casseur d'ambiance...

Sawyer(maispasTomnonplus)
Un véritable casse-burnes, surtout.

Billie(thebestkid)
Je viens de remonter la conversation... Vous avez engagé un détective privé ? Quand est-ce que vous aviez prévu de me mettre au courant ?

Lennon(Johnqui?)
On l'a décidé hier et avec tout ce qui se passe, on a oublié de t'en parler.

Billie(thebestkid)
C'est ce que je vois...

Lennon(Johnqui?)
Ma puce, c'est la vérité...

Billie(thebestkid)
Laissez tomber, je ne suis pas en colère. Je serai présente pour le rendez-vous.

Jaxon(thenumber5)
Billie, je viens de préparer ton petit dej, tu descends ?

Billie(thebestkid)
Merci, mais je n'ai pas vraiment faim, je préfère rester au lit.

Jaxon(thenumber5)
Billie… Ne m'oblige pas à venir te chercher !

Cruz(maispasTom)
Vous êtes dans la même maison, à un étage de distance, vous ne préférez pas vous parler face à face, plutôt ?

Jaxon(thenumber5)
À ton avis, pourquoi j'essaye de l'attirer dans la salle à manger ?

Lennon(Johnqui?)
Allez, ma puce, essaye de te changer les idées.

Sawyer(maispasTomnonplus)
Je la comprends, moi. Ça me déprimerait aussi de manger en tête à tête avec Jax.

Jaxon(thenumber5)
Je t'emmerde, Sawyer. Billie, j'arrive.

••••

Pour moi, pas de petit dej' au manoir. Cela fait déjà une heure que je suis à l'institut. Maintenant que j'ai accepté d'assurer la protection de Scarlett, je dois me préparer mentalement à passer une grande partie de mes journées avec elle… Cette perspective réveille trop de choses en moi, alors rien de tel qu'un entraînement matinal pour me vider l'esprit et m'aider à me concentrer sur l'essentiel.

Me remettre dans la peau d'un garde du corps n'est pas chose facile, surtout après avoir passé plus de trois ans hors du terrain, à me répéter chaque jour que je ne suis pas fait pour ce métier. Il y a encore quelques semaines, je n'aurais pas imaginé une seconde me retrouver dans cette situation… Si ça n'avait pas été pour Scarlett, je n'aurais jamais sauté le pas.

Et je crois que mon père le savait…

Après avoir pris une douche et m'être changé, je profite du calme qui règne encore à l'institut pour m'installer dans la salle de réunion avec le dossier de Scarlett. Il est temps que je m'y plonge : si je dois assurer sa protection, je ne peux plus me contenter de bribes d'information la concernant.

Je passe rapidement en revue les documents généraux, que j'ai déjà consultés au manoir, puis je me focalise sur la partie « menace ». Beaucoup de détails concernant le gang des trafiquants sur lequel le père de Scarlett menait son enquête y sont consignés ; notamment que leur influence s'étend sur tout le territoire américain, mais que le coup de filet de monsieur Weiss a pas mal affaibli les factions de la côte Est.

– Bien joué, Jim, je murmure pour moi-même.

J'avais beaucoup d'affection pour cet homme. Il était du genre très protecteur avec sa fille, alors la première fois que Scarlett m'a présenté à lui, j'ai bien cru qu'il allait dégainer son arme de service et me viser avec. Mais les années défilant, nous avons appris à nous connaître et à nous apprécier. Il était direct et franc, mais il savait écouter et donnait toujours de bons conseils. Savoir qu'il est tombé sous les balles de mafieux m'attriste profondément. Il ne méritait pas ça…

En continuant à feuilleter le dossier, je finis par tomber sur deux noms : Larry Graham et Bruce Duncan. Incarcérés il y a huit ans pour trafic de drogue, ils se sont évadés au début de cette année, ce qui coïncide avec la mise en place des cours de close combat pour Scarlett. Tout au long de leur séjour en prison, ils n'ont cessé de répéter qu'ils se vengeraient de la famille Weiss sitôt dehors, raison pour laquelle le niveau d'alerte sur la mission a été revu à la hausse. J'espère secrètement que la mort de Jim aura suffi à les apaiser, mais dans mon métier, mieux vaut éviter de se leurrer si on ne veut pas filer droit vers la catastrophe...

En tout cas, la lecture de ce dossier aura réveillé le bodyguard qui sommeillait en moi, ainsi que mon instinct de protection envers Scarlett. En quittant la salle de réunion, je m'empare de mon smartphone et décide qu'il est temps de régler un détail d'une importance capitale concernant cette mission.

– Hassan ! je lâche dès que mon collègue décroche. Retrouve-moi sur le stand de tir dans cinq minutes.

Je coupe immédiatement l'appel, puis je fais un saut au réfectoire pour y attraper deux pommes et un gobelet de café chaud avant de rejoindre l'extérieur. Hassan se pointe à l'instant où je termine mon très léger petit déjeuner.

– Un problème, Sawyer ? me demande-t-il.

J'ai toujours beaucoup apprécié Hassan. Il est intelligent, sérieux, et c'est un excellent bodyguard, probablement l'un des meilleurs de notre agence bien qu'il n'ait débuté qu'il y a un peu plus d'un an.

Mais depuis que j'ai appris qu'il était chargé de la protection de Scarlett et que j'ai constaté que cette dernière avait l'air très satisfaite de son travail – un peu trop à mon goût –, j'ai un pincement au cœur en pensant à lui. J'ai honte de l'admettre, mais je suis incapable d'accepter qu'il passe du temps avec Scarlett. C'est vrai, j'agis comme un abruti avec elle. Je suis toujours rempli de rage, sauf que désormais, le petit ami qui était tapi en moi s'est réveillé et qu'à ses yeux

Hassan représente une menace. Je me fiche de passer pour un égoïste, mais mon instinct protecteur prend le dessus et je suis incapable de le museler.

Quel merdier !

– Ta cliente à Plymouth, je commence. C'est la mienne désormais.

Hassan fronce les sourcils.

– Est-ce qu'il y a eu un problème ? Letty s'est plainte de quelque chose ?

– Pas du tout.

Malheureusement…

– Mais il y a eu quelques changements dans les plannings et c'est à moi que son dossier a été remis, je déclare.

Hassan me dévisage intensément, avant de répéter, perplexe :

– À toi ?

Cela m'agace immédiatement. Avec un sourire froid, je confirme :

– Oui, à moi. Ça te pose un problème ?

– Non…

– Tu penses qu'après ma longue pause j'ai perdu la main ? Que je ne suis plus assez compétent ?

En fait, c'est moi qui le redoute, surtout.

– Pas du tout, Sawyer, se défend Hassan. Je sais que tu es un excellent bodyguard, c'est simplement le changement soudain qui me surprend.

Je croise les bras avant d'avouer à voix basse :

– Mon père a décidé de me confier ce dossier avant son… agression. Et si j'ai mis un peu de temps avant de me décider, je suis prêt à me remettre dans le bain, maintenant.

– Oh, réagit Hassan, tandis que son regard se voile à l'évocation d'Oscar. C'est dommage, parce que Letty et moi, on progressait bien en termes d'attaque et de défense, mais je comprends.

– Je m'occuperai bien d'elle, ne t'inquiète pas, j'affirme. C'est moi qui vais lui dispenser ses cours désormais.

Pour ça non plus, je ne suis pas sûr d'être prêt. Plusieurs heures par semaine, seul à seul avec Scarlett dans mon dojo, à transpirer et à effectuer des prises qui vont provoquer le contact de nos corps ?

L'enfer m'attend.

Je décèle une lueur de déception dans le regard d'Hassan, avant qu'il ne hoche la tête.

– Très bien. Je pourrai au moins passer lui dire au revoir ? demande-t-il.

– Tu t'es attaché à elle ? j'attaque immédiatement. Tu sais que c'est contraire à nos règles.

Quel hypocrite je fais… Lennon et Cruz ont jeté notre règlement à la poubelle en décidant de sortir avec leur cliente, et voilà que je me la joue grand juge d'application des lois.

– Non… Enfin, elle est gentille, déclare Hassan. Et c'est vrai qu'à force de passer du temps avec elle, j'ai appris à l'apprécier, mais je ne m'y suis pas attaché.

J'aime mieux ça.

– Je vois… J'accepte que tu lui dises au revoir. Tu peux aller la chercher chez elle aujourd'hui pour l'amener à l'institut, je vous attendrai ici et je prendrai ta suite à partir de là.

– Merci, Sawyer. Autre chose ?

– Non, rien.

Hassan me salue d'un signe de tête, puis il quitte le stand de tir. De mon côté, je soupire et me passe une main sur le crâne. Je n'ai retrouvé Scarlett que depuis quelques jours, mais je me comporte déjà comme un ex prêt à tout pour se la réapproprier.

C'est définitivement un véritable merdier.

16
Scarlett

Je suis furieuse. Sur le sol de la voiture, mon pied tressaute d'agacement tandis que, bras croisés, je regarde le paysage défiler.

– Un problème, Letty ? Tu n'as pas dit un mot depuis qu'on a quitté Plymouth.

Je pivote pour jeter un regard à Hassan.

– Je ne comprends pas pourquoi c'est toi qui es venu me chercher, dis-je.

Il ricane.

– Ça fait plaisir de se sentir apprécié.

Je soupire, puis je décide d'abandonner mon air hostile. Après tout, Hassan n'y est pour rien.

– Désolée, je souffle. C'est juste que Sawyer m'a dit qu'il reprenait mon dossier, alors je croyais que… Laisse tomber.

– Je t'ai tellement traumatisée pendant nos séances d'entraînement que tu es impatiente de te retrouver en tête à tête avec un garde du corps que tu connais à peine ? me renvoie Hassan, amusé.

Mes yeux s'écarquillent et je me sens rougir un peu. Quant au bodyguard, je ne sais pas ce qu'il décèle dans mon regard, mais ses sourcils se froncent un instant avant qu'il n'éclate subitement de rire.

– Quoi ? je lâche.

– Sacré Sawyer, marmonne-t-il.

– Hein ?

Hassan profite d'un ralentissement dans la circulation pour me dévisager.

– Vous vous connaissez très bien, je me trompe ? avance-t-il.

Mon silence est plus qu'éloquent.

– Je comprends mieux son attitude envers moi…

– Quelle attitude ? je demande.

– Laisse tomber. En tout cas, ne t'inquiète pas, Sawyer est bel et bien ton nouveau garde du corps attitré et il t'attend à l'institut.

– L'institut ? je réagis, surprise.

– Oui. C'est là que vous allez effectuer vos entraînements, maintenant.

Je déglutis, réalisant qu'en effet nous n'avons pas pris le chemin du complexe sportif où nous nous rendons d'habitude. En fait, nous venons de pénétrer dans Cape Cod, et m'en rendre compte me remue l'estomac. Cela empire lorsque j'aperçois au loin l'ombre de l'institut Westwood se dessiner. L'immense bâtisse devient de plus en plus imposante à mesure que nous parcourons les derniers mètres qui nous séparent d'elle. Nous nous arrêtons devant sa large grille surveillée par deux gardes armés. Ils ne tardent pas à nous autoriser le passage ; nous nous garons, nous descendons de voiture, et Hassan m'entraîne jusqu'à l'entrée de l'institut… devant laquelle nous attend Lennon.

Mon cœur rate un battement. Bon sang, comme il a changé ! La carrure de Sawyer s'est étoffée au cours des années que nous avons passées loin l'un de l'autre. Mais Lennon… quel colosse ! Forcément, je me demande à quoi peuvent bien ressembler Cruz et Jaxon aujourd'hui.

– Letty ! s'exclame-t-il. Ça, c'est une surprise.

– Salut, je lui réponds en souriant, heureuse de constater qu'au moins un Westwood ne m'en veut pas à mort.

Il m'attire dans ses bras pour une brève accolade qui me surprend mais que j'apprécie et que je savoure le temps de quelques secondes. Après quoi il insère une carte dans la fente d'un boîtier et me fait signe de lui emboîter le pas ; je m'exécute, Hassan derrière moi.

Lorsque Sawyer et moi sortions ensemble, nous sommes venus ici quelques fois. D'abord parce qu'il était très fier du travail de son père et qu'il mourait d'envie de me faire connaître ce pan de sa vie, et puis, parce qu'il faut le dire, il se dégage de l'institut une atmosphère rassurante. Ici, je me suis toujours sentie en sécurité, et je suis heureuse de constater que des années après, c'est la même impression que les lieux me communiquent.

Tandis que je suis conduite à une salle d'entraînement, je passe en revue tous les détails que mes yeux parviennent à capter. Dans sa globalité, l'endroit est resté le même. Les jeunes gens que je croise sur mon chemin arborent des tenues floquées au nom de l'institut, un port de tête fier, une carrure développée. Ici, le degré d'exigence ne varie pas : promotion après promotion, c'est toujours le meilleur d'eux-mêmes que donnent les recrues.

– Je suis désolé de la situation dans laquelle tu te trouves, me glisse Lennon tandis que nous montons dans un ascenseur.

Avec lui et Hassan à mes côtés, je me sens d'ailleurs à l'étroit dans la cabine.

– Merci, c'est gentil, je souffle.

Nous débouchons dans un couloir. Lennon s'arrête devant une porte, se tourne vers moi et déclare :

– Il joue les cons insensibles, mais c'est loin d'être le cas, alors ne lui en tiens pas rigueur, s'il te plaît.

Je n'ai pas besoin qu'il me précise de qui il parle, je le sais : Sawyer, évidemment.

C'est d'ailleurs lui qui se trouve dans la pièce à l'intérieur de laquelle Lennon m'invite à entrer. Sur un tatami, en short, t-shirt et baskets, mon ex-petit ami est en train d'effectuer un bandage croisé sur ses mains, ce qui signifie qu'il se prépare pour un combat… avec moi.

Je déglutis.

– Livraison particulière, mon frère, s'écrie Lennon. Notre Scarlett est prête à te rendre coup pour coup, n'est-ce pas ?

Le colosse me dévisage de ses yeux verts douloureusement familiers.

– O… oui. Bien sûr ! je bredouille.

Je me redresse, pour ne pas risquer de montrer mes faiblesses.

– Parfait, lâche Sawyer d'une voix grave, tout en continuant de bander ses mains.

Il ne nous accorde pas un regard, à peine une seconde de son temps pour interagir avec nous.

– Bon, je vous laisse, enchaîne Lennon. Si tu as le moindre problème, Scarlett, si Sawyer te malmène et que tu as besoin que quelqu'un lui casse la gueule, crie. Cruz, Jax et moi nous ferons un plaisir de nous en charger.

Il pose ensuite une main sur mon bras et me glisse doucement :

– Sois patiente avec lui.

Sur ce, il quitte la pièce ; Hassan, lui, s'attarde près de moi.

– Tu peux lui dire au revoir, lui lance Sawyer.

Au départ, je ne comprends pas ce que ça signifie. Puis celui qui a été mon garde du corps ces derniers mois s'approche de moi et pose ses mains sur mes épaules.

– J'ai adoré bosser avec toi, Letty, dit-il. Tu n'as pas intérêt à perdre les réflexes que je t'ai fait prendre, hein !

Je ressens un profond sentiment de reconnaissance pour cet homme, pour l'amitié qu'il m'a offerte, pour sa patience et pour sa présence à mes côtés que j'ai appris à apprécier.

– Merci à toi, je lui réponds. Tu m'as souvent poussée à bout, mais tu es quelqu'un de bien.

Il sourit, m'attire contre lui et me tapote doucement le dos.

– On s'y met ? gronde alors Sawyer depuis l'autre bout de la pièce.

Je lève les yeux au ciel, ce qui n'échappe pas à Hassan.

– Attaque-le sur son côté gauche, c'est son point faible, me chuchote-t-il à l'oreille avant de quitter tranquillement la salle d'entraînement.

Un peu intimidée, je m'approche de Sawyer et me poste devant lui. Sans attendre, il attrape deux rubans et s'empare d'une de mes mains, qu'il commence à bander comme il l'a fait pour les siennes.

– Est-ce que tu as peur ? me demande-t-il d'une voix rauque, les yeux rivés sur ma paume.

– De quoi ?

– De ceux qui t'en veulent et cherchent à te retrouver.

Ses doigts effleurent ma peau chaque fois qu'il fait décrire à la bande un nouveau tour.

– Évidemment, je lui avoue.

– Est-ce que la peur peut te faire perdre tes moyens ? ajoute-t-il en passant à la seconde main.

– Parfois.

– Est-ce que tu es déterminée à retrouver ta liberté ? À arrêter de te cacher, à laisser Letty derrière toi et à redevenir Scarlett Weiss ?

– Absolument.

– Bien.

Sawyer redresse la tête, croise mon regard, puis il se met en position de garde et écarte les jambes pour prendre ses appuis.

– Alors montre-moi ce que tu as dans le ventre, lâche-t-il.

Sans me laisser le temps de réaliser ce qui se passe, il lance son bras en avant. Son poing passe à quelques millimètres de ma joue et je retiens mon souffle.

– Trop tard, ils t'ont eue, assène Sawyer en commençant à tourner autour de moi à la manière d'un fauve qui a coincé sa proie.

– Je n'étais pas prête, je proteste.

– Parce que tu crois que ceux qui te cherchent te laisseront le temps de te préparer ?

Il jette son pied gauche dans ma direction, balayant mes talons. Je tombe honteusement sur mes fesses en poussant un cri.

– Trop tard, ils t'ont eue une seconde fois.

J'ai conscience que ce que Sawyer veut, c'est tester mes réflexes – c'est aussi ce que faisait Hassan. Sauf que tomber et échouer devant mon ex-petit ami est bien plus humiliant.

Vexée, je me redresse et commence à mon tour à tourner en rond, ce qui le fait sourire – juste un peu.

– Alors, tu vas réagir, *Letty* ?

L'entendre m'appeler ainsi décuple mon envie de rendre les coups. J'allonge mon poing droit vers l'avant, essayant d'atteindre l'abdomen de Sawyer, mais il l'esquive si facilement que c'en est injuste. Je me baisse juste à temps pour échapper à un autre coup de sa part et j'en profite pour heurter le haut de sa cuisse du bout de mes articulations.

– C’est ça, énerve-toi, m’encourage-t-il.

Et c’est ce que je fais. Je m’élance dans sa direction à la manière d’un joueur de rugby, tentant de le prendre par surprise… sauf qu’il est tellement stable sur ses appuis qu’il ne bouge pas d’un millimètre lorsque je percute son corps. Les bras autour de sa taille, je lève lentement la tête pour croiser son regard.

– On peut savoir ce que tu fais ? lâche-t-il en me dévisageant sévèrement.

– J’essaye de te faire tomber, je réponds.

– Et c’est comme ça que tu t’y prends ? C’est ça que ton cher Hassan t’a appris ?

– Pourquoi est-ce que tu ramènes toujours tout à…

Avant que j’aie pu terminer ma phrase, Sawyer balaye à nouveau mes talons et je me retrouve étendue sur le dos. Son visage apparaît au-dessus du mien.

– Debout ! ordonne-t-il.

Bon sang, quelle autorité.

Je me remets sur mes pieds, prête à reprendre le combat.

Plus les minutes passent, et plus nous parvenons à trouver nos marques. Nos peaux se couvrent d’une pellicule de sueur à mesure que les prises s’enchaînent. Je tombe beaucoup, rate souvent ma cible, alors que Sawyer, lui, fait un sans-faute. Et je réalise que, durant ces derniers mois, Hassan m’a beaucoup ménagée pendant les entraînements…

Ou alors, c’est Sawyer qui m’en fait baver bien plus que nécessaire.

– Temps mort, dis-je, essoufflée, tandis que je tombe à genoux pour la troisième fois consécutive.

– Ce n’est pas le moment de te relâcher, Scarlett.

Je grogne et me redresse en titubant. Puis je fais à nouveau face à Sawyer. D’un coup, la vision si attirante de son corps musclé, de la sueur qui colle à sa peau, attirant la lumière sur son cou, de son regard si intense et déterminé, tout cela me donne envie de continuer, juste pour pouvoir être proche de lui, le sentir me toucher et avoir le plaisir de le toucher en retour.

– Très bien, dis-je en reprenant ma respiration. On continue.

Sawyer se rue sur moi. Je plonge sur le côté et j'en profite pour faire ce qu'Hassan m'a conseillé, l'attaquer sur le côté gauche.

Mon poing rencontre son flanc avec force et nous nous figeons tous les deux.

Un sourire étire lentement mes lèvres, puis je pousse un cri de joie.

– Bien joué, admet Sawyer, les mains sur les hanches. Comment as-tu su où frapper ?

– Oh, c'est…

Je laisse ma phrase en suspens, me retenant de révéler d'où me vient ce tuyau. La seule évocation d'Hassan met Sawyer dans tous ses états, alors autant ne pas lui donner d'autres raisons d'être en colère.

– Une intuition, je termine.

– Bravo. Bon, ce que je te propose, c'est que…

Grisée par cette victoire, je tente une dernière fois la prise du rugbyman. Comme Sawyer et moi sommes proches, je n'ai pas la possibilité de prendre beaucoup d'élan et c'est une bonne chose parce que, occupé à me donner des instructions, il n'a pas le temps de réaliser ce que je prévois.

Mon corps percute le sien, le fait vaciller et nous entraîne au sol. Nous atterrissons sur les tapis dans un bruit mat ; notre chute n'est pas violente, simplement déstabilisante… et excitante. Je me retrouve étendue sur Sawyer, ma poitrine contre son torse, les mains de chaque côté de son visage.

– Trop tard, je t'ai eu, je murmure.

Pour toute réponse, Sawyer se contente de me fixer en silence. À mesure que les secondes s'écoulent et que je prends conscience de chacun de ses muscles au contact de mon corps, ma bouche devient de plus en plus sèche et les battements de mon cœur accélèrent.

Sous moi, Sawyer a perdu l'air contrarié qui semblait lui coller à la peau. Ce regard, cette expression… Je retrouve le visage de celui que j'ai connu durant mon adolescence.

Mon Sawyer.

La possessivité que je ressens à son contact me ramène des années en arrière, lorsque nous étions prêts à tout l'un pour l'autre, et surtout, prêts à passer notre vie ensemble. Au cours des presque quatre années qu'a duré notre relation, je n'ai pas douté une seule seconde que Sawyer était l'homme de ma vie. Après lui, je n'ai plus jamais eu cette conviction avec qui que ce soit. Et je dois admettre que cet entraînement, qui dure depuis près d'une heure déjà, n'a fait que réveiller mes sentiments profonds qui s'étaient mis en sommeil. Là, alors que je suis installée sur lui, je *ressens* à nouveau toutes les émotions qui m'habitaient autrefois, et que je croyais perdues. Depuis le premier jour où j'ai croisé son regard émeraude, j'ai été captivée, happée par cet homme, et mon cœur a décidé, sans me demander mon avis, qu'il voulait se lier à celui de Sawyer pour toujours.

Un tel amour ne s'oublie pas, il ne meurt jamais.

Huit ans de séparation et une tonne de drames plus tard, il est toujours aussi fort.

La tempête de sentiments qui se reforme en moi, mêlée à la proximité de Sawyer, à son odeur entêtante qui sature mes sens, me fait agir impulsivement. Sans réfléchir, je plaque ma bouche sur la sienne, alors que mes mains quittent le tapis pour se poser sur ses pectoraux.

Au début, il ne me rend pas mon baiser… puis, soudain, ses lèvres bougent à leur tour. Il bascule et inverse nos positions. Je m'accroche à sa nuque tandis que son corps s'étend sur le mien, le maintenant contre les tapis.

Bon sang… comme ça m'a manqué. J'ai tenté pendant des années de me souvenir dans les moindres détails de la sensation de Sawyer m'embrassant, mais le temps faisant son œuvre, j'avais fini par n'en avoir plus qu'une vague idée. Ressentir à nouveau cette passion me fait trembler.

Mais trop vite… tout est terminé.

– Arrête, me lance Sawyer en se redressant, plus essoufflé qu'il ne l'a été pendant notre entraînement.

Alors qu'il se tient debout, grand et large face à moi, je me sens d'autant plus minuscule que je suis toujours allongée par terre. Ma poitrine se soulève rapidement, et bien que je sois couverte de sueur, j'ai froid, tout à coup.

– Pourquoi tu as fait ça ? crache-t-il.

Il attrape ma main et me remet sur pied en un clin d'œil, avant d'instaurer une distance ridicule entre nous.

– J'en avais envie, je réponds en baissant mon débardeur qui avait mis mon ventre à nu dans le feu de l'action.

– Et tu ne t'es pas demandé si c'était ce que je voulais, moi ?

Sawyer attrape une bouteille d'eau, en prend de longues gorgées, puis commence à ramasser ses affaires.

– Étant donné que tu m'as rendu mon baiser, je dirais que oui, je lui renvoie, sourcils froncés. Sawyer, est-ce qu'on pourrait arrêter ce petit jeu entre nous ? Être fâchés, s'envoyer constamment des piques, s'en vouloir de cette façon, c'est contre nature, ce n'est pas nous.

Il passe une bretelle de son sac à dos sur son épaule et fourre son téléphone portable dans la poche de son short tout en gardant un silence désespérant.

– Sawyer !

Je le poursuis à travers la pièce et parviens à attraper sa main avant qu'il ne passe la porte.

– Toi et moi, on est faits pour s'aimer, pas pour se déchirer, et tu le sais.

Un mince espoir naît en moi lorsque je le vois figé sur le pas de la porte… jusqu'à ce qu'il m'assène :

– Le cours est terminé. Lennon va te raccompagner chez toi.

Sur ce, son poignet échappe à mon emprise et il quitte la salle d'entraînement.

17
Sawyer

« Toi et moi, on est faits pour s'aimer, pas pour se déchirer, et tu le sais. »

« Toi et moi, on est faits pour s'aimer, pas pour se déchirer, et tu le sais. »

« Toi et moi, on est faits pour s'aimer, pas pour se déchirer, et tu le sais. »

Putain, non, je ne le sais pas. Je ne suis plus sûr de rien depuis que Scarlett est réapparue dans ma vie, et pire, j'ai été incapable de penser à quoi que ce soit d'autre qu'à notre baiser depuis que j'ai quitté l'institut.

Le problème n'est pas de déterminer si j'ai oui ou non aimé ça : le contact de ses lèvres sur les miennes après tant de temps m'a électrisé. Le problème, c'est que je n'arrive pas à dépasser ma colère, à cesser de reprocher à Scarlett de m'avoir abandonné, même si j'ai conscience qu'elle l'a fait contre son gré.

Et s'il n'y avait qu'à elle que j'en veux…

Mon père, cet homme incroyable qui m'a toujours inspiré, m'a caché un secret si lourd que ma confiance en lui se retrouve affectée. Pourtant, la situation qui est la sienne en ce moment m'empêche d'être pleinement furieux contre lui. Alors, je l'avoue, je me défoule sur Scarlett.

J'ai tant souffert de son absence… tant souffert de me retrouver seul du jour au lendemain, sans elle à mes côtés, sans la beauté de ses traits à contempler, sans son rire à écouter, sans sa peau douce à caresser. Vivre privé d'elle a été mon premier choc, mon premier traumatisme, celui qui m'a plongé dans l'obscurité et le froid. J'aimerais tant me laisser attirer par la luminosité et la chaleur que me procure son retour… mais c'est impossible pour l'instant. Parce que, je l'admets, je veux qu'elle souffre, qu'elle ressente à quel point j'en ai crevé d'être loin d'elle.

– Sawyer ?

Je sursaute lorsque la voix de Billie m'arrache à mes pensées.

– Tu vas bien ? demande ma sœur en prenant place avec moi sur le canapé.

Je me tourne dans sa direction. Son visage est triste, tellement différent de celui qu'elle avait l'habitude d'afficher avant l'agression… Je passe un bras autour de ses épaules, puis je l'attire contre moi.

– Et toi, comment tu te sens ? je m'enquiers.

Billie pose sa tête contre mon épaule en poussant un profond soupir.

– Je ne sais pas trop, me répond-elle avec honnêteté. J'essaye de me raccrocher au fait que, bien que sa situation soit critique, papa est encore en vie… Pouvoir lui rendre visite et le voir respirer m'aide à tenir, à garder espoir.

– C'est bien, dis-je en déposant un baiser sur ses cheveux. Tu es forte, Billie. Je sais que, quoi qu'il arrive, tu parviendras à surmonter ça. Et tu sais pourquoi ?

Ma petite sœur plonge son regard dans le mien alors que je lui affirme :

– Parce qu'on sera toujours là pour te soutenir, se soutenir les uns les autres.

Je l'embrasse à nouveau, sur le front cette fois, puis nous nous installons plus confortablement dans le canapé.

– Ne crois pas que je vais lâcher l'affaire, chuchote-t-elle. Tu n'as pas répondu à ma question, Sawyer. Est-ce que tu vas bien ?

– C'est ma petite sœur qui veut le savoir, ou l'étudiante en psychologie ?

– Les deux. Mais plus ta petite sœur préférée, quand même.

– Tu es ma seule sœur, heureusement que tu es ma préférée.

Elle s'esclaffe doucement tout en se recroquevillant un peu plus contre moi.

– C'est compliqué, je lui avoue alors. Tout est compliqué.

– Ça l'est aussi avec Scarlett ?

– Surtout avec elle…

Nous poussons un soupir au même instant.

– Tu sais, j'ai quelques souvenirs d'elle, commence ma sœur. J'avais dix ans quand vous avez commencé à sortir ensemble, je vous regardais souvent et je me demandais : est-ce qu'ils seront amoureux toute leur vie ? Est-ce qu'ils seront comme papa et maman ? Ça paraissait tellement logique pour la gamine que j'étais, j'avais du mal à imaginer qu'il pourrait en être autrement. Bien sûr, en grandissant, j'ai compris qu'avoir un seul et unique amour au cours d'une vie n'est malheureusement pas ce qui arrive le plus souvent. Mais quand même. Je voyais à quel point vous sembliez heureux, je te voyais si doux avec elle, et je me disais que, si ce n'était pas Scarlett, alors quelle femme pouvait bien être faite pour toi ?

J'écoute ma sœur, la gorge serrée, le cœur battant.

– Je t'ai vu t'effondrer après sa disparition, continue-t-elle. Les mois qui ont suivi, tu étais comme un zombie, vivant en apparence mais mort à l'intérieur. Ça a été très difficile pour moi de te voir comme ça, mais dans ma tête d'ado de treize ans, je me disais que c'était normal. Après tout, ton grand amour était parti. Comment aurais-je pu rester indifférente à ta peine ? Ensuite, il y a eu l'accident de maman et récemment… papa…

Je resserre mes bras autour de Billie tout en déglutissant péniblement.

– Mais les choses sont différentes pour toi, reprend-elle. Tu as déjà changé, Sawyer.

– Comment ça ? je souffle.

– Ton visage… Ton regard. Tu as toujours ton air contrarié, je ne crois d'ailleurs pas qu'il te quittera un jour mais… elle est revenue, Sawyer. Ton grand amour est de retour. Et ton corps ainsi que ton cœur le savent. Tu es différent, je ne saurais pas exactement t'expliquer en quoi, mais je le sais, c'est tout. Je te connais, je te vois tous les jours, alors fais-moi confiance quand je te dis que malgré l'océan de douleur que tu as traversé et que tu traverses encore, tu es plus que jamais proche du rivage.

Et merde… Ma vue se brouille.

– Depuis quand ma petite sœur est-elle devenue si mature ? je soupire.

– Depuis un moment… Lennon, Cruz et toi étiez juste trop pris par votre métier de gros bras pour vous en apercevoir.

Sa remarque nous fait sourire. Nous restons ainsi un long moment sans rien dire, juste à profiter de l'amour que nous nous renvoyons. Ce sont Jax et Cruz qui finissent par mettre fin à notre parenthèse de douceur, lorsqu'ils reviennent de l'institut après avoir terminé leur journée : avec la crise que l'agence traverse actuellement, ils ne comptent pas leurs heures pour tenter de la garder dans le droit chemin, ces derniers temps.

– Qu'est-ce qui se passe ? demande immédiatement Cruz, les sourcils froncés, en nous voyant enlacés sur le canapé, Billie et moi.

– Rien, je réponds. On passe juste un moment frère-sœur.

Jaxon nous rejoint et s'installe à son tour sur le canapé, près de Billie.

– Tu rentres tôt aujourd'hui ! constate-t-elle, un grand sourire aux lèvres.

– Je sais, répond-il en passant nonchalamment un bras dans le dos de ma sœur. J'avais hâte que tu me racontes ta journée.

Ayant la désagréable impression d'être exclu de leur conversation, je quitte le salon et me dirige vers la cuisine pour me servir un verre.

– Lennon n'est pas rentré ? note Cruz.

– Il a eu une course à faire, je réponds en attrapant une bière dans le frigo.

– De quel genre ?

– Il a raccompagné Scarlett chez elle, j'indique en tentant de conserver un air aussi détaché que possible.

Mais Cruz, le roi des fouineurs, se poste près de moi en croisant les bras.

– Qu'est-ce que tu lui as fait ? lâche-t-il.

Et ce qu'elle m'a fait, elle, on en parle ?

– Rien du tout.

– Sawyer…

– Rien, je te dis. Je lui ai donné un cours de self défense, et ensuite, j'ai demandé à Lenny s'il pouvait la ramener à Plymouth. J'avais des choses à faire…

– Comme quoi ?

– Bon, qu'est-ce que tu me veux, Cruz ? je lance en lui faisant enfin face.

Mais la petite gueule d'enfoiré de mon frère m'énerve d'autant plus ; quant à son sourire en coin, il ne fait qu'empirer la situation. Lennon pénètre cependant dans le manoir avant que nous ayons le temps de nous lancer dans un énième échange de piques bien senties. Je m'empresse de le rejoindre pour lui demander comment va Scarlett après notre séance, mais en découvrant son air préoccupé, je ravale ma question.

– Qu'est-ce qui se passe ? je demande sans détour.

– J'ai été suivi, dit-il en retirant sa veste.

– Quoi ? s'écrie Cruz.

Cela alerte Jax et Billie, qui nous rejoignent à leur tour.

– Quand j'ai quitté l'institut, j'ai remarqué une voiture qui me suivait, déclare Lenny.

– Attends, dis-je en levant la main. C'est une berline bleu nuit, elle appartient à Mike Connor, le détective privé.

– Quoi ? réagit Cruz. Pourquoi est-ce qu'il nous suit alors qu'on lui a donné rendez-vous demain ?

– Ce n'était pas cette voiture-là, intervient Lennon. C'était un 4x4, et il est resté derrière moi jusqu'à Plymouth.

Scarlett.

La vague d'inquiétude qui s'empare de moi est une véritable déferlante.

– Mais… je commence.

– Ne t'inquiète pas, me coupe immédiatement Lennon. Je ne suis pas fou, je n'allais pas déposer Scarlett chez elle en sachant que j'étais suivi. J'ai fait demi-tour et je suis revenu ici… J'ai réussi à semer la voiture avant d'arriver au manoir, donc, qui que soit la personne qui la conduisait, il ou elle n'a pas pu voir où j'allais.

– Tu penses que ça a un rapport avec l'affaire de Scarlett ? je demande.

La grimace de mon frère fait augmenter la tension dans mon corps.

– Quelle merde, gronde Cruz.

– Comment est-ce que ceux qui lui en veulent auraient pu retrouver sa trace ? s'interroge Jaxon.

– Je n'en ai aucune idée, réplique Lennon. Quoi qu'il en soit, j'ai préféré ne pas prendre de risque. Je me suis dit que Scarlett pouvait rester ici ce soir. On trouvera une solution demain pour la mettre à l'abri.

– Attends, elle est où, là ? intervient Billie.

Mes frères et ma sœur me devancent et posent toutes les bonnes questions, que je devrais être capable d'exprimer moi-même. Seulement, l'angoisse me paralyse, et obnubilé par la volonté de cacher Scarlett loin de tout être humain sur terre, je suis incapable de former une pensée cohérente.

– Elle attend dans la voiture, déclare Lennon.

Puis il se met à sourire, ce qui me déconcerte.

– Elle refuse d'en sortir, ajoute-t-il.

– Pourquoi ça ? je m'exclame.

– Elle dit qu'après ce qui s'est passé pendant votre entraînement, elle préfère encore se retrouver face au réseau tout entier des trafiquants de drogue que de devoir t'affronter à nouveau.

Putain…

La réplique de Lennon est accueillie par un silence total. Avant qu'il ne soit brisé par Cruz-le-plus-gros-lourd-de-l'histoire.

– Je savais que tu lui avais fait quelque chose, ricane-t-il.

– La ferme… je grogne en me dirigeant vers la porte d'entrée d'un pas décidé.

– Apaise ta colère, mon frère, lance Cruz dans mon dos, et pense à sourire. T'es si tendu que même Voldemort aurait la queue entre les pattes en te voyant ainsi.

– LA FERME !

18
Scarlett

– Non merci, je préfère rentrer chez moi, j'y serai parfaitement en sécurité.

Les yeux rivés au petit miroir incrusté dans le pare-soleil de la voiture, je répète mon discours en tentant de me montrer aussi convaincante que possible. Lennon m'a fait comprendre que ce soir, je passerai la nuit ici, au manoir Westwood. Sauf que, même si l'idée de dormir dans cette demeure luxueuse plutôt que dans ma vieille bicoque est alléchante, il n'empêche que l'un de ses habitants me hait comme si j'étais porteuse de la peste bubonique et que personne n'aime se sentir indésirable.

– Non, vraiment Lennon, j'insiste. Je veux rentrer à Plym… Oh, bon sang!

Je referme le pare-soleil d'un coup sec et me redresse. Mon pouls s'est emballé si fort en voyant débarquer Sawyer hors du manoir que ma poitrine est douloureuse. Réussir à m'imposer face à Lennon est une chose, mais devoir débattre avec mon ex-petit ami…

Pitié, que quelqu'un me vienne en aide.

D'un geste habile, Sawyer ouvre la portière de la voiture, détache ma ceinture de sécurité, puis me fixe et dit :

– Sors de là.

– Non.

– Scarlett, sors de cette voiture.

J'attrape la ceinture de sécurité et l'attache à nouveau.

– Non, merci.

– Ce n'est pas une proposition amicale, c'est un ordre ! lâche Sawyer.

– Eh bien, tu peux te le carrer où je pense.

Ma réponse est accueillie par le silence le plus gênant de l'histoire. Je sais de quoi j'ai l'air, persistant à rester assise dans une voiture à l'arrêt, mais je m'en fiche, je dois tenir bon.

– Non mais je rêve ! s'exclame Sawyer. On peut savoir pourquoi tu refuses de venir ?

– Parce que !

– Si tu ne veux pas que je perde patience, il va falloir que tu m'en dises un peu plus.

– J'ai décidé qu'après l'humiliation que j'ai subie tout à l'heure, je ne voulais plus jamais croiser ton regard, je cingle. Alors tu comprendras que me réfugier dans ta maison est exclu.

– L'humiliation ? répète-t-il.

– Tu sais très bien de quoi je parle. Maintenant, laisse-moi tranquille et demande à Lennon de revenir pour que je puisse discuter avec lui, s'il te plaît.

– Pourquoi est-ce que tu ne veux pas discuter avec moi ?

– Parce que tu ne fais que crier et grogner ! je lui renvoie, exaspérée.

Je m'efforce de garder le regard droit devant moi alors que j'ajoute sur un ton plus calme :

– J'ai bien compris que tu ne te comportais ainsi qu'en ma présence. Du coup, je ne vois pas pourquoi tu tiens absolument à ce que je passe la nuit au manoir, puisque tu me détestes.

– Je ne…

Un grognement plus tard, Sawyer s'accroupit pour se mettre à ma hauteur. Son parfum suit son mouvement et vient chatouiller mes narines, me donnant envie de fermer les yeux et de le respirer pendant des heures.

– Scarlett…

Je déglutis, affaiblie par la douceur soudaine dans sa voix.

– Scarlett, regarde-moi.

Au ralenti, je tourne la tête dans sa direction.

– Premièrement, je ne te déteste pas, poursuit Sawyer. Je suis en colère, j'éprouve beaucoup de rancœur, mais je ne ressens pas de haine pour toi. Ensuite, ce qui est important, là, c'est que tu comprennes qu'à l'heure actuelle ma priorité est de te savoir en sécurité, peu importe ce qui s'est passé entre nous. Le fait que Lennon ait été pris en filature n'est pas anodin. Et peut-être que ça ne te concerne pas directement, mais quoi qu'il en soit, je ne suis prêt à prendre aucun risque. Alors s'il te plaît, accepte de dormir au manoir. Demain, nous trouverons une autre solution.

Je ne te déteste pas.

Je laisse ces mots se loger en moi et m'apaiser. Je ne sais pas ce que j'aurais fait si Sawyer m'avait dit le contraire… Je crois que je ne m'en serais jamais relevée.

– Il faut que j'aille travailler, je lui indique.

– Prends un jour de congé.

– Je ne peux pas me le permettre. J'ai du mal à boucler mes fins de mois, alors…

– Et qu'est-ce que tu fais de ta sécurité ? De ta vie, qui est bien plus précieuse que tout le reste !

Je plonge dans les yeux verts de Sawyer et lui demande tout bas :

– Tu penses que je suis précieuse ?

– Bon sang, Scarlett, soupire-t-il en secouant la tête. Tu as vraiment besoin de me poser la question ?

Ses prunelles sont brillantes, son visage adouci. Je m'empresse de détacher ma ceinture et de me tourner dans sa direction. Je pose mes pieds sur le sol et me rapproche de lui. Il a envie de reculer, je le sens, et pourtant, il reste accroupi, son visage à quelques centimètres du mien.

– Je peux accepter que tu surgisses dans ma vie, vire Hassan et bouleverse mon emploi du temps, je lui souffle. Je peux accepter de me faire botter le train pendant nos séances d'entraînement, et je peux même accepter que tu me gratifies de ton air grognon chaque fois que tu me vois… mais qu'on passe notre temps à se crier dessus ou qu'on soit incapables d'avoir une conversation courtoise, ça, je ne peux pas l'accepter, Sawyer. Parce que ça me blesse. Savoir que tu m'en veux me fait un mal de chien, et j'aimerais tant pouvoir essayer d'arranger les choses… Mais tu refuses de me laisser approcher.

Incapable de résister plus longtemps, je pose le bout de mes doigts tremblants sur sa joue. Il ne bouge pas, se contentant de me fixer droit dans les yeux.

– Laisse-moi entrer dans ton monde à nouveau, je chuchote. J'ai envie que tu me racontes tout ce que tu as fait durant ces huit dernières années dans les moindres détails, et j'ai envie que…

Que tu sois mien à nouveau. J'en meurs *d'envie.*

– Qu'il n'y ait plus de tensions entre nous, je termine.

Sawyer déglutit. Je suis un instant hypnotisée par le mouvement de sa pomme d'Adam.

– Je veux bien essayer, me dit-il finalement, avant de se redresser.

Et je comprends que, pour l'instant, je n'obtiendrai rien de mieux… sauf qu'il me surprend en me tendant sa main.

Je lève les yeux pour croiser son regard perçant, puis je glisse ma paume contre la sienne et je quitte la voiture.

– Rentrons, dit-il.

– Attends, je l'arrête. Je n'ai aucun vêtement de rechange ni…

– Billie te prêtera quelque chose, ne t'inquiète pas.

– Ta sœur ? Mais elle a quoi, dix-huit ans ? Jamais ses vêtements ne seront adaptés à…

– Elle en aura vingt-deux cette année, réplique-t-il d'un ton cassant.

Puis il réalise qu'il a recommencé à être désagréable et il se reprend.

– Le temps passe vite, ajoute-t-il doucement avant de se tourner vers l'immense demeure de sa famille.

– Pas quand on est séparé des gens qu'on aime…

De celui qu'on aime.

Sawyer secoue la tête et, préférant ne pas relever ce que je viens de dire, il se dirige vers la grande porte en fer forgé du manoir. S'il voyait mon sourire à cet instant, je suis certaine qu'il grognerait. Mais j'ai une bonne raison de me sentir heureuse : au moment où nous pénétrons dans la très spacieuse pièce de vie, il tient toujours ma main.

C'est à cet instant que je réalise qu'un véritable comité d'accueil m'attend.

Les visages de Cruz et Jaxon, en particulier, me donnent le tournis. Le troisième triplé dégage une aura de séduction ainsi qu'un charisme écrasant qui, s'il m'interpelle, ne me surprend pourtant pas. Déjà lorsque nous étions au lycée, il était un véritable tombeur. La façon dont il se tient, l'assurance que dégage son sourire en coin prouvent qu'aujourd'hui il est parfaitement à l'aise dans sa peau d'homme.

Jaxon, quant à lui, compte toujours quelques centimètres de moins que les trois Westwood, mais sa carrure s'est considérablement développée. Ses bras, son torse, ses épaules ont triplé de volume par rapport aux souvenirs que je conservais de lui. Il faut dire qu'avec ses frères de cœur comme modèle, il a eu de quoi prendre exemple.

Tranquillement, Sawyer rejoint le reste du groupe. Lorsqu'il se retrouve à côté des garçons, je sens mon estomac se tordre ainsi qu'un torrent de mélancolie s'abattre sur moi. Cela fait si longtemps que je n'ai pas vu ces hommes réunis dans une même pièce… Ils étaient déjà inséparables lorsque nous étions adolescents et je n'ai besoin que d'un seul coup d'œil pour comprendre que leurs liens n'ont fait que se renforcer au fil du temps.

De ma vie entière, je n'ai jamais rencontré un ensemble de personnes qui représente mieux ce que devrait être une famille que les Westwood. Fut un temps où ils étaient mon quotidien… un quotidien que j'adorais par-dessus tout.

– Salut, je coasse.

– Les gars, vous vous souvenez de Scarlett ? lance Sawyer.

Comme nous nous sommes déjà vus un peu plus tôt, Lennon m'adresse un clin d'œil rassurant auquel je réponds par un sourire. À sa droite, Billie me dévisage, la tête penchée. Effectivement, la jeune fille que j'ai quittée est aujourd'hui une femme… et quelle femme ! Ses cheveux noirs sont si brillants, ses yeux bleus si lumineux… Elle a gardé le visage rond de sa jeunesse, mais bon sang, sa beauté rayonne.

Cruz est le premier à s'approcher de moi, bras grands ouverts, m'offrant le même accueil que Lennon tout à l'heure, à l'institut. Je le laisse me donner une accolade avec plaisir et je l'enlace en fermant les yeux un court instant.

– Content de te revoir, Scarlett, souffle-t-il en tapotant mon dos.

– Moi aussi, je réponds, émue.

– Bienvenue parmi nous, enchaîne Jaxon en venant prendre la relève de Cruz.

– Merci, Jax, dis-je, sentant les larmes brouiller ma vue.

Je m'approche alors doucement de Billie, qui est la seule à être restée à l'écart.

– Salut, dis-je en lui tendant la main, comme elle semble vouloir maintenir une distance entre elle et moi.

Elle fixe mes doigts tendus, puis se décide à accepter de les serrer au bout de quelques secondes.

– Bien, maintenant que les retrouvailles sont officielles… commence Sawyer.

À cet instant, je sens que la main de Billie tire la mienne. Je me tourne dans sa direction et, profitant que son frère soit en train de parler, elle me glisse :

– Ne le fais plus souffrir. Jamais.

Je souris. Cette famille partage sans aucun doute le gène de la protection. Si Billie se comporte ainsi envers ses frères, j'ose à peine imaginer comme les garçons doivent la couver en retour…

– Promis, je lui chuchote tout aussi discrètement qu'elle l'a fait.

– … pour ça que Scarlett va rester ici cette nuit, termine Sawyer à cet instant. C'est bon pour tout le monde ?

Un jappement retentit alors, me faisant sursauter. Derrière moi, la baie vitrée qui donne sur la terrasse coulisse pour laisser apparaître un bouledogue surexcité, accompagné d'une jeune femme éblouissante, à la longue chevelure rousse.

– Oh, bon sang, le voilà qui recommence, râle-t-elle d'une voix douce en se précipitant vers le chien.

C'est alors que je réalise qu'il se tient à mes pieds, me fixant en grognant comme un fou, dévoilant des dents minuscules.

– Désolée pour ça, déclare la jeune femme. Je m'appelle…

– Dovie, je termine à sa place. Et lui, fais-je en pointant le bouledogue du doigt, c'est Voldemort.

En entendant son nom, le chien jappe à nouveau, tourne sur lui-même puis reprend sa posture d'intimidation à mes pieds.

– Oui, c'est ça, confirme Dovie en souriant.

– Je suis Scarlett, dis-je.

Et, naturellement, nous nous donnons une accolade. Je ne saurais expliquer comment j'ai su que je pouvais me permettre ce geste avec Dovie, alors que je viens de la rencontrer à l'instant, mais j'ai compris que c'était la chose à faire. Il se dégage de la jolie rousse une aura apaisante qui lui vaut ma sympathie immédiate.

– Attends une seconde, lance Sawyer. Comment tu connais leurs noms ? Je ne t'avais pas parlé d'eux !

– Oh, euh, en fait, même si cela fait longtemps que nous ne nous sommes pas vus, j'ai eu un très bon informateur, j'explique. Oscar m'a tenue informée de l'évolution de votre fam…

Je me tais brusquement en réalisant qu'à la mention de leur père, les visages des Westwood ont commencé à se décomposer. Je comprends que, pour eux tous, l'évoquer si peu de temps après le nouveau drame qui a frappé leur famille est encore terriblement douloureux, et je ne peux décemment pas leur en vouloir pour ça.

– Oh, je suis désolée, je…

M'éclaircissant la gorge, je parviens à ajouter :

– J'ai appris ce qui est arrivé à Oscar et… j'espère qu'il ira mieux très bientôt. Je l'aime beaucoup, il a pris soin de moi comme un père au cours de ces quatre dernières années.

Quelques hochements de tête en guise de remerciements plus tard, et Sawyer décide qu'il est temps de me montrer ma chambre pour la nuit. Il quitte la salle à manger, et je lui emboîte le pas vers les profondeurs du manoir.

19

Scarlett

– Voilà où tu dormiras cette nuit, déclare Sawyer en s'effaçant pour me permettre d'entrer dans une pièce spacieuse et décorée avec goût. C'est la chambre d'amis.

Je me tourne dans sa direction, amusée.

– Pourquoi cette précision ? je demande en croisant les bras.

– Pour rien, réplique-t-il aussitôt. Je l'ai dit sans arrière-pensée.

– Tu es sûr ? Tu n'aurais pas peur que je t'embrasse à nouveau par surprise, à tout hasard ? C'est pour ça que tu insistes sur le mot « amis » ?

Sawyer croise à son tour les bras sur son torse et me renvoie d'un ton bourru :

– Je n'ai pas peur ! Je n'ai aucune raison d'avoir peur. C'est la chambre d'amis, alors j'ai juste… Oh, Scarlett, gronde-t-il en me voyant sourire de plus en plus.

J'essaye. J'essaye vraiment de nous replonger dans ce que nous avions, de faire renaître notre complicité d'avant. Il y avait beaucoup d'humour entre nous… Enfin, c'est surtout moi qui passais mon temps à taquiner Sawyer, et je trouvais ça très amusant.

– On passe à table dans une heure, m'indique-t-il. Prends le temps de te reposer si tu veux.

– Attends, je le hèle tandis qu'il s'éloignait déjà.

M'approchant doucement, je lui souffle :

– Je suis contente qu'on essaye de reprendre une relation normale.

Après qu'il m'a avoué dans la voiture ne pas me détester et avoir initié un contact physique, j'ai l'impression que les choses sont en train de se décanter entre nous ; du moins, j'espère vraiment que c'est la direction que nous prenons.

– Scarlett…

– Je sais, je sais, ça ne signifie pas que tout va redevenir comme avant.

Même si c'est ce que je souhaite par-dessus tout.

– Je retourne en bas, déclare Sawyer. Installe-toi bien.

– Merci… je réponds.

Mais il a déjà détalé. Poussant un profond soupir, je m'assieds sur le lit avant de sortir mon téléphone de ma poche afin d'écrire un SMS à Nathan pour le prévenir que je ne pourrai pas venir travailler au bar ce soir. Puis, parce que la savoir seule m'inquiète, je tente de joindre ma voisine. Plusieurs sonneries s'enchaînent jusqu'à ce que sa messagerie s'enclenche, ce à quoi je m'attendais : il lui faut toujours plus d'un essai pour réussir à retrouver son téléphone. Au bout du troisième, j'entends sa voix résonner à travers le combiné.

– … pu se retrouver sous le canapé ? Allô ?

– Madame Lewinsky, c'est Letty, votre voisine.

Un moment de silence s'étire, puis elle s'exclame :

– Oh, Letty, ça me fait plaisir de t'entendre ! Comment vas-tu ?

– Bien, merci. Je tenais juste à vous prévenir que ce soir, je ne rentre pas chez moi.

– Ah oui ? Est-ce que tu as trouvé un amoureux avec lequel passer la nuit ? Ou une amoureuse, peut-être ? Ou même les deux ? Tu sais, comme je le dis toujours à ma nièce, ce qui compte c'est d'être heureux, de se sentir bien dans sa peau et de faire des folies de son corps dès qu'on en a l'occasion.

– Vous avez raison, je réponds en riant, mais non, ce n'est pas pour cette raison que je découche.

Même si j'adorerais. Avec Sawyer si proche, c'est difficile de ne pas être tenté de faire « des folies de son corps ».

– Tout va bien pour vous ? j'enchaîne. Vous n'avez besoin de rien ce soir ?

– Mais oui, tout va bien. C'est gentil de ta part de t'en inquiéter.

– Votre dîner est prêt ?

– Oui, je viens de mettre du… du… ah, comment ça s'appelle ?

J'entends ma voisine se déplacer et se parler à elle-même, avant qu'elle ne s'écrie :

– Du poulet, c'est ça ! J'ai mis du poulet à cuire.

Mon anxiété grimpe en flèche. Je déteste quand madame Lewinsky utilise son four, parce qu'il lui est déjà arrivé d'oublier qu'il était en marche et de frôler la catastrophe.

– Vous savez quoi ? je reprends. Ne vous donnez pas la peine de cuisiner ce soir, je vais vous faire livrer votre repas.

– Pourquoi donc ?

– Parce qu'il y a un nouvel épisode de votre série préférée qui passe à la télé, et que si vous êtes occupée à vous faire à manger, vous allez le louper.

Le silence de ma voisine m'indique qu'elle réfléchit à la logique de ma réflexion.

– Tu as raison, lâche-t-elle finalement. Mais qu'est-ce que je fais de mon poulet ?

– Sortez-le et ensuite, éteignez le four, s'il vous plaît.

Je l'écoute suivre mes instructions avec soulagement.

– Je vous fais livrer de la nourriture dans une heure, vous n'aurez rien à régler, je lui annonce ensuite. Vous m'avez entendue ? C'est très important, j'aimerais que vous le notiez, madame Lewinsky.

Elle râle, parce qu'elle n'aime pas être obligée d'avoir recours à des pense-bêtes ; en même temps, elle comprend que c'est dans son intérêt.

– Je t'écoute, me dit-elle.

– Inscrivez : « Livreur envoyé par Letty. 20 h. Commande déjà réglée. » Et ensuite, comme d'habitude, scotchez le morceau de papier sur votre porte d'entrée. Comme ça, quand la sonnette retentira dans une heure, vous saurez qui est derrière la porte.

– C'est parfait. Merci Letty. Tu penses toujours à tout.

Je raccroche en souriant, rassurée de savoir que ce soir, tout ira bien pour elle. Puis je balaye la chambre du regard et je décide que je n'ai ni besoin de me reposer, ni envie de rester seule ici. Je quitte donc la pièce et remonte le couloir en direction de l'escalier. Avant de l'emprunter, je repère un bureau installé sur la gauche, dans un recoin où trônait autrefois un fauteuil. Sawyer et moi adorions nous installer là pour paresser…

Je m'approche du bureau et laisse errer mes yeux sur l'endroit nouvellement aménagé.

– J'ai trouvé que Jody te regardait beaucoup aujourd'hui, en cours de chimie.

– Jody ?

Je lève les yeux au ciel.

– Ne fais pas comme si tu ne savais pas qui elle est, Sawyer.

Il ricane et m'attire un peu plus contre lui. Assise sur ses genoux, calée contre son torse, je fais doucement glisser mes doigts par-dessus son t-shirt. Il pose sa tête contre le dossier du fauteuil et me dévisage en souriant tendrement.

– Qu'est-ce que ça peut faire que Jody me regarde ? me demande-t-il.

– Je n'aime pas ça, je réponds. Elle sait que tu es avec moi, pourtant, et que maintenant que je t'ai, je ne te laisserai jamais partir. Je ne comprends pas pourquoi elle espère quand même te mettre la main dessus. Enfin, je veux dire, vous êtes trois ! Elle ne peut pas jeter son dévolu sur l'un de tes frères ?

Sawyer s'esclaffe, ce qui, inévitablement, me fait sourire. Je ne peux pas m'en empêcher : le voir heureux me rend heureuse. J'en profite pour embrasser son menton tandis qu'il passe sa main dans mes cheveux.

– Tu ne me laisseras jamais partir ? répète-t-il, les yeux brillants de malice.

– Pourquoi est-ce que je prendrais ce risque ? Si je te perdais, je sais que je passerais le reste de ma vie à tenter de trouver un substitut de toi. J'ai pour moi l'original, le seul et unique Sawyer Westwood, alors je te garde.

Il se penche et dépose une pluie de baisers sur mon visage avant de me glisser :

– C'est une bonne chose, parce que devine quoi ? Je n'ai pas prévu de te laisser partir moi non plus.

– Tant mieux.

Son nez vient caresser le mien. Immédiatement, nos lèvres se cherchent.

– Je t'aime tellement, Scarlett, murmure-t-il contre ma bouche.

– Je t'aime aussi.

Lorsque le souvenir s'estompe, je me surprends à passer mon index sur la surface lisse du bureau en regrettant que le fauteuil ait disparu.

Que tout ait disparu.

– Scarlett ?

Je sursaute, m'empresse d'essuyer les larmes que je n'ai pas senti couler sur mes joues, puis je me retourne pour trouver Dovie qui me dévisage, les mains croisées.

– Excuse-moi, je ne voulais pas te déranger, me dit-elle d'une voix douce.

– Oh non, ne t'en fais pas. J'étais juste… Je me remémorais quelques souvenirs, c'est tout.

Elle sourit, compréhensive.

– Je venais juste te dire que les garçons ont décidé d'aller faire un tour rapide dans Cape Cod, histoire de voir si la voiture qui vous a pris en chasse, Lennon et toi, est toujours dans le coin, m'informe-t-elle. Ils n'en ont pas pour longtemps.

Je hoche la tête tout en déglutissant.

– Dis-moi, est-ce que tu sais cuisiner ? me demande-t-elle ensuite, me prenant de court.

– Je me débrouille.

– Dans ce cas, est-ce que ça te dirait de venir m'aider à préparer le dîner ?

– Avec plaisir.

– Fantastique. Les garçons seront contents de manger quelque chose de décent ce soir.

Elle passe son bras sous le mien et m'entraîne avec elle vers le grand escalier en me glissant, sur le ton de la confidence :

– Je ne suis pas idiote : je sais que je n'ai aucun talent pour la cuisine, mais les triplés sont bien trop polis pour me le faire remarquer. Quoique, Sawyer, avec sa franchise légendaire, a bien failli cracher le morceau, mais Lennon l'en a empêché, évidemment.

– Tu leur fais à manger depuis longtemps ?

– Quelques jours seulement : je dépanne en l'absence de Michel. Le résultat est plus que moyen… c'est pour cela que je suis prête à te passer la main ce soir, pour le bien de leurs papilles gustatives.

Je m'esclaffe.

– J'adore concocter de petits plats, et la cuisine de ce manoir est digne de celle d'un restaurant. Ce sera avec plaisir que je te remplacerai.

– Alors c'est parfait ! s'exclame Dovie.

Nous arrivons dans la pièce de vie. Voldemort, le bouledogue, ronfle bruyamment, allongé sur le canapé.

– Oh, au fait, me lance la petite amie de Lennon tandis que nous nous dirigeons vers le plan de travail. Tu aimes *Harry Potter* ?

20
Scarlett

– Franchement, Dovie, c’est délicieux, s’extasie Sawyer en prenant de grandes bouchées de tourte au poulet.

– Je suis contente que le plat te plaise, mais tout le mérite revient à Scarlett, répond la jolie rousse. C’est elle qui l’a préparé.

Mon ex-petit ami fige son geste, sa fourchette à quelques centimètres de sa bouche.

– C’est délicieux, répète-t-il, en me regardant cette fois.

– Merci, je souffle.

– Je me disais aussi que c’était trop bon pour être *made in Dovie*, s’esclaffe Cruz.

Avant de réaliser qu’il l’a dit tout haut. Le regard assassin que lui jette Lennon me donne envie de hurler de rire. Discrètement, j’attrape ma serviette et fais mine de m’essuyer la bouche pour cacher mon hilarité.

– Je me demandais quand l’un de vous aurait le courage d’admettre à voix haute que ma cuisine est horrible, lâche la jeune femme en s’essuyant les lèvres.

– Quoi ? Attends, tu le savais ? lâche Sawyer.

– Que vous détestez mes plats ? Oui, évidemment. Je vois vos grimaces et vos tentatives pour vous débarrasser de vos restes… D'ailleurs, Jaxon, arrête de gaver Voldi, s'il te plaît, il ne va bientôt plus pouvoir marcher si ça continue.

Les sourires s'élargissent sur les visages des Westwood. Comme soulagés, les garçons poussent de longs soupirs.

– Je sais que je ne suis pas une bonne cuisinière, mais ça m'a fait plaisir de vous soutenir de cette manière au cours des derniers jours, ajoute Dovie.

Immédiatement, les remords s'abattent sur le groupe.

– Oh, mais tes plats n'étaient pas si…

– … enfin, juste un peu trop de sel…

– … et brûlé, mais pas toujours…

– … pas toujours identifiable, mais pas immangeable non plus…

Voir quatre grands types comme les Westwood tenter de se justifier a quelque chose de comique.

– Laissez tomber, je ne suis pas vexée, les rassure Dovie.

– Vraiment ? s'enquiert Lennon en se penchant vers elle. C'est dommage, parce que si ça avait été le cas, j'aurais pu m'atteler à te remonter le moral.

La jolie rousse cille, puis elle se lève et s'installe sur les genoux de son petit ami. Dès qu'elle prend son visage en coupe, le colosse sourit.

– Tu sais, je ne voulais pas le montrer, mais au fond de moi, je suis vraiment très touchée par la situation, déclare-t-elle. Je crois que je vais avoir besoin de réconfort, tout compte fait… Tu veux bien te dévouer ?

Elle se met à battre exagérément des cils, et Lennon et elle s'embrassent. Je détourne le regard, tandis que Cruz râle :

– Franchement, un peu de tenue. On est à table, après tout…

Soudain, un raffut assourdissant mêlant aboiements, grognements ainsi qu'une voix haut perchée résonne depuis le hall d'entrée.

– Oui, Voldi... Oui, mon grand, moi aussi je suis heureuse de te voir... Oh, le bon chien.

Sous mes yeux ébahis, une femme sublime, grande, élancée et blonde, juchée sur des escarpins vertigineux et vêtue d'une robe qui semble taillée pour elle et personne d'autre, débarque dans la pièce. À ses pieds, Voldemort continue de la saluer avec entrain, bondissant et remuant des fesses. Quant à moi, lorsque je parviens à détacher mon regard de ses jambes magnifiques, je me fige de stupeur en découvrant son visage.

– Eve, ma chérie.

Cruz bondit de sa chaise, presque aussi excité que Voldemort, et fonce en direction de la nouvelle arrivante. Il l'enlace, la soulève et la fait tourner, déclenchant ses rires, avant de foncer sur ses lèvres.

Nom de Dieu.

– Je ne rêve pas, dis-je dans un murmure. C'est bien...

– Eve DeLuca, termine Jax pour moi. Oui, c'est elle.

Je regarde Cruz et elle s'embrasser langoureusement sans parvenir à y croire. Et en même temps, cela me semble presque logique : Cruz a toujours été chargé de la protection des célébrités, alors qu'il finisse par se mettre en couple avec l'une d'elles était presque couru d'avance.

– Franchement, un peu de tenue, proteste Sawyer, reprenant les mots que son frère a eus un peu plus tôt. On est à table, après tout...

Cruz lui répond avec un inélégant doigt d'honneur sans cesser une seconde d'embrasser sa belle. Cette dernière finit pourtant par rompre le baiser, le souffle court. Elle passe son pouce sur les lèvres du bodyguard en riant avant de se tourner vers notre table et de lancer en se recoiffant :

– Salut tout le monde.

Lorsque son regard tombe sur moi, elle ajoute :

– Bonjour. On ne se connaît pas, je crois.

Puis elle s'approche, main tendue et sourire éclatant.

– Eve DeLuca, enchantée.

– Euh... je... enfin, je suis...

– Scarlett Weiss, intervient Sawyer pour me sortir de mon pétrin. C'est une nouvelle cliente.

La façon détachée dont il annonce cela me serre le cœur.

– Oh, super, réagit Eve. Qu'est-ce qui sent bon comme ça ?

– Viens, assieds-toi, je vais te servir, lui dit Cruz.

Il lui tend la main et l'aide à s'installer. Ils sont si sexy tous les deux que c'en est presque douloureux... Ils me font penser aux couples sublimes qu'on voit dans les pages des magazines.

– Désolée pour mon retard, déclare la jeune femme en se servant un verre d'eau. Après mon rendez-vous avec mon agent, j'ai dû aller rendre visite à mes avocats, et la lecture des contrats d'acquisition des bureaux dans l'Upper East Side dans lesquels vont s'implanter *DeLuca's Faces*, ma nouvelle agence de mannequins, m'a tellement accaparée que je n'ai pas vu le temps passer... Oh, pardon, je parle trop.

Eve DeLuca, star à la renommée internationale, qui s'excuse et rougit.

Incroyable !

Les conversations vont bon train tout au long du dîner, et je suis heureuse de parvenir à les suivre ; mieux, d'y être incluse. Après le dessert – une tarte aux fraises qui remporte un franc succès –, Dovie nous apprend que c'est sa dernière soirée à Cape Cod et qu'elle doit retourner à New York dès demain pour reprendre le travail. Cette information transforme Lennon en un colosse morose et il décide de s'isoler avec la jeune femme pour le reste de la soirée. Bientôt, Eve et Cruz disparaissent à leur tour. Enfin, alors que nous commençons à débarrasser la table, le téléphone de Billie s'anime. Après avoir lu le message qui lui a été envoyé, elle nous dit :

– Je sors, ce soir.

– Où ça ? demandent Sawyer et Jaxon de concert.

– En ville. C'est bien vous qui vouliez que je me bouge, non ?

– Oui, bien sûr. Et du coup, tu vas retrouver tes potes ? hasarde Sawyer.

– Non, je vais boire un verre avec Austin. D'ailleurs, il m'attend devant le portail.

Je ne sais pas si je suis la seule à le remarquer, mais Jaxon passe immédiatement de serein à irradiant de colère. Il nous laisse d'ailleurs en plan et s'éloigne en direction de sa chambre aussitôt après le départ de Billie.

– Sympa, la famille, grogne Sawyer.

– Laisse, je vais ranger, lui dis-je.

– Pourquoi est-ce que tu devrais faire ça seule ?

Je hausse les épaules.

– Vous m'hébergez gracieusement ce soir, c'est le moins que je puisse faire, je réponds.

– Tu as déjà préparé le repas, rétorque Sawyer.

Nous continuons à évoluer tous les deux dans la cuisine, en silence.

– J'ai remarqué que le fauteuil a disparu, dis-je alors, ne souhaitant pas laisser à la gêne le temps de s'installer.

Sawyer hausse les sourcils d'un air interrogateur. Je montre alors le plafond pour lui faire comprendre de quoi je parle.

– Oh, ce fauteuil, lâche-t-il. Oui, ma mère l'a enlevé il y a quelques années.

– C'est dommage, je l'aimais beaucoup.

– Moi aussi, souffle-t-il tout bas.

Mais pas assez pour que je ne l'entende pas.

Pendant de longues minutes, nous effectuons une sorte de chorégraphie parfaitement synchronisée : Sawyer jette les restes de nourriture à la poubelle puis me tend les assiettes, que je place dans le lave-vaisselle.

– C'est bizarre, dit-il finalement.

– Quoi donc ?

– Toi, moi, nous, ici, à faire ça après tout ce temps.

Je souris tout en attrapant les couverts qu'il me passe.

– C'est vrai. Mais tu trouves ça étrange… pas dérangeant ?

Il hausse les épaules.

– Pas autant que je le croyais, admet-il.

Mon pouls palpite, mais je retiens ma joie qui ne demande qu'à exploser.

– Tu as rencontré quelqu'un au cours de ces huit dernières années ? me questionne-t-il ensuite.

Et, étant donné qu'il fuit mon regard, je comprends qu'il n'a pas pu s'empêcher de poser cette question, et que cela le contrarie.

– Je ne sais pas si j'ai envie de parler de ma vie sentimentale, dis-je du bout des lèvres.

– OK, répond-il en faisant mine de ne pas être touché par ma réponse.

Mais je le connais. Il a beau se cacher derrière une façade de colère, il ne peut pas me mentir – il ne l'a jamais pu –, et je suis heureuse de voir qu'après tout ce temps, je parviens toujours à lire en lui avec facilité.

– J'ai rencontré deux hommes depuis que j'ai quitté Cape Cod, j'annonce alors. Le premier trois ans après ma fuite, l'autre un peu après : notre relation s'est terminée il y a deux ans. Je ne ressens pas le besoin de les évoquer, parce qu'ils ne font plus partie de ma vie aujourd'hui. Je suis célibataire, c'est tout ce qu'il y a à retenir. Dans ma situation, c'est presque impossible de vivre une histoire d'amour saine, d'en profiter alors que je dois me cacher et regarder sans cesse derrière mon dos.

Alors que j'espère que mes paroles vont apaiser Sawyer, je le vois au contraire se redresser lentement, poser un verre sur le plan de travail et tourner sa tête dans ma direction.

– C'est aussi ce que tu leur as dit de moi ? *Aux deux autres* ?

– Quoi ?

– Est-ce que tu as estimé que notre histoire à nous aussi était trop ancienne pour que je mérite d'être cité dans tes conversations ?

– Pas du tout, je réplique, le cœur battant. Sawyer, ce que toi et moi on a vécu n'a rien à voir avec…

– Et pourtant, je faisais bien partie de ton passé.

– Mais tu étais toujours présent dans ma tête.

– Pendant combien de temps ?

– Sawyer, bon sang…

Comme il voit que la conversation dégénère, il prend sur lui et décide de couper court. De manière plus sèche que tout à l'heure, il recommence à ranger la vaisselle. De mon côté, je n'ai soudain plus la force de rester près de lui. Sans un mot, je quitte la cuisine.

Avec Sawyer, c'est un pas en avant pour de grands bonds en arrière, et si je suis tout à fait honnête, je commence à me lasser de sans cesse devoir peser mes mots face à lui pour éviter de réveiller sa mauvaise humeur…

21
Scarlett

Je me retourne dans le grand lit confortable et je remonte la couverture sur mon visage en poussant un soupir épuisé.

– Scarlett ?

J'ouvre un œil et regarde autour de moi. Le temps que mon cerveau reconnecte les fils, un autre coup est doucement frappé contre la porte de la chambre.

– Scarlett ?

Sawyer ?

Et enfin, je me souviens.

La séance d'entraînement.

Le baiser que je lui ai arraché.

Son énervement et sa fuite.

Lennon me raccompagnant chez moi et réalisant que nous sommes pris en chasse.

Mon arrivée chez les Westwood.

Le dîner que j'ai partagé avec eux.

Ma discussion dans la cuisine avec Sawyer… Sa question sur mes ex… Une nouvelle dispute.

Je me redresse dans le lit, le regard rivé sur la porte fermée.

– Qu'est-ce qui se passe ? je demande.

– Est-ce que je peux entrer ?

Sawyer, avec moi dans une chambre ?

– Oui, je réponds immédiatement en aplatissant ma tignasse emmêlée.

Le battant s'ouvre lentement, laissant passer un faisceau lumineux. La large carrure de Sawyer remplit l'ouverture avant qu'il n'avance dans ma direction.

– Qu'est-ce que tu fais là ? je l'interroge en frottant mes paupières endormies.

Il s'assied au bord du lit, me regarde un instant, puis lâche :

– Ma proposition va peut-être te paraître étrange, mais est-ce que tu accepterais de venir prendre l'air avec moi ?

Je cligne des yeux, prise de court.

– Quelle heure est-il ?

– Une heure et demie du matin, répond Sawyer en grimaçant. Je sais qu'il est tard, et je sais aussi que vu les signaux contradictoires que je t'envoie, tu dois te demander pourquoi je...

– D'accord, dis-je en rejetant la couverture et en bondissant du lit.

C'est seulement à ce moment que je réalise que la nuisette en soie que m'a prêtée Billie dévoile un peu trop de mon anatomie.

L'air de la chambre se charge d'électricité au moment où les yeux de Sawyer glissent sur mon corps. Je reste immobile, tandis que, sous son regard brûlant, ma peau se couvre de frissons.

– Je vais... Je t'attends dans le salon, finit-il par décréter avant de se lever et de détaler brusquement.

Après son départ, il me faut quelques secondes pour réaliser ce qui est en train de se passer. Sawyer vient de me réveiller au beau milieu de la nuit pour me proposer de passer un moment avec lui… Évidemment, étant donné la fragilité de notre relation depuis nos retrouvailles, je serais idiote de refuser. Qu'il fasse un pas dans ma direction me donne de l'espoir… et puis, surtout, je suis heureuse de profiter de sa compagnie, peu importe l'heure.

Un peu plus alerte maintenant, j'attrape mes vêtements de la veille et les enfile rapidement, avant de quitter l'étage silencieux et de rejoindre Sawyer dans la pièce de vie. Je le trouve debout au milieu du salon ; savoir qu'il m'attend suscite de petites décharges d'excitation dans le bout de mes doigts.

– Il fait nuit et la température n'est pas très élevée, commence-t-il, mais je me suis dit qu'on serait au calme sur la terrasse pour discuter un peu…

Il ouvre l'une des baies vitrées, et je remarque alors que deux bains de soleil sont disposés à l'extérieur. Leur vue me projette dans un passé heureux et me serre la gorge.

Lentement, j'emboîte le pas à Sawyer et m'installe sur le transat à côté du sien. Il jette une couverture sur nos jambes, pour nous protéger de la fraîcheur, puis, pendant quelques secondes, nous nous contentons de détailler le ciel noir. Tout est presque comme avant… excepté le fait que Sawyer et moi avions l'habitude de partager un seul bain de soleil et que je passais des heures entre ses bras chauds. Mais je refuse de me plaindre. Pouvoir être aussi proche de lui est déjà une vraie chance.

Cependant, malgré la joie évidente que je ressens à ce rapprochement soudain entre nous, je ne peux m'empêcher d'être également déroutée. Hier encore, il a très mal pris l'évocation de mes autres histoires d'amour. Je ne sais pas vraiment comment me comporter avec lui, alors je décide de le laisser diriger ce moment, puisqu'il en est l'instigateur.

– Je me suis rendu compte que ma réaction d'hier soir n'était pas juste, déclare-t-il finalement. Je me suis braqué quand tu m'as parlé de tes ex alors que moi aussi j'ai vu d'autres personnes durant notre séparation. Je me suis donc dit que j'allais jouer cartes sur table avec toi ; comme ça, on sera sur un pied d'égalité tous les deux.

Instinctivement, ma main se serre autour de la couverture. Je ne sais pas à quoi je m'attendais, mais ce qui est certain, c'est que je n'imaginais pas que Sawyer évoquerait ce sujet. Je ne suis pas sûre d'avoir envie de l'entendre me parler des femmes qui ont partagé sa vie et son lit… et cela me permet de comprendre à quel point notre conversation d'hier a dû être difficile à vivre pour lui.

– J'ai eu trois relations au cours de ces huit dernières années, reprend-il. La première, presque deux ans après ton départ. Ça n'a pas duré longtemps, cependant. Je pensais être prêt à tourner la page, mais je me suis rapidement rendu compte que ce n'était pas le cas. Un an après, j'ai rencontré une autre femme, et nous sommes restés plusieurs mois ensemble… avant que je ne rompe avec elle parce que je n'étais pas satisfait de la façon dont je l'aimais. Ce n'était pas assez et ce n'était pas juste pour elle, ni pour moi d'ailleurs. J'étais à nouveau en couple au moment où j'ai eu l'accident de voiture avec ma mère… J'ai rompu quelques jours après, et depuis trois ans, je n'ai plus eu de relation.

Je suis tétanisée sur le transat. Je ne sais pas si je dois parler, si je peux réconforter Sawyer – parce que Dieu sait que j'en ai envie – ou si je dois continuer à garder le silence.

– Est-ce que tu as été amoureuse de l'un des types que tu as fréquentés ? me demande-t-il.

Je comprends alors que s'il a vidé son sac, c'est pour pouvoir mieux me questionner. Après les confessions qu'il vient de me faire, je me dois de lui répondre, et je le fais sans hésiter :

– Pas autant que je l'étais de toi.

Il emmagasine mes paroles.

– Et toi ? je lui renvoie.

– Pareil.

Je me sens si triste pour nous deux… Si la vie ne s'en était pas mêlée, nous serions ensemble et heureux à l'heure qu'il est. Nous serions peut-être même mariés ou parents. Sawyer est le seul avec qui je me suis imaginé non seulement un avenir, mais surtout un avenir heureux.

– Est-ce que tu ressens quelque chose pour Hassan ? me lance-t-il soudain.

Son obsession pour mon ancien garde du corps me laisse perplexe. Je n'ai jamais montré le moindre signe d'intérêt pour Hassan et je ne comprends vraiment pas pourquoi il s'attend à ce que ce soit le cas.

– Rien d'autre que de l'amitié, je réponds.

– Tu en es sûre ?

– Certaine. Sawyer, je…

Je passe une main sur mon front et me redresse avant de pivoter dans sa direction.

– J'ai passé huit ans à errer comme une âme en peine, à comparer chaque homme que je voyais à toi, à espérer qu'un jour on puisse se retrouver, j'affirme. Je ne tombe pas facilement amoureuse et tu le sais… La seule fois où j'ai craqué dès le premier regard, c'est quand je t'ai vu à notre entrée au lycée.

La tête baissée, Sawyer joue distraitement avec la chevalière à son doigt.

– Je ne sais pas quoi répondre à ça, souffle-t-il.

– Il n'y a rien à dire, je rétorque en haussant les épaules.

D'ailleurs, nous gardons le silence pendant les minutes qui suivent. Je m'allonge et me laisse bercer par le bruit des vagues en contrebas qui me donne envie de fermer les yeux – ce que je finis par faire sans vraiment m'en rendre compte.

22
Sawyer

Scarlett s'est endormie. Complètement hypnotisé par sa beauté, je détaille les traits de son visage.

Je ne sais toujours pas pourquoi j'ai décidé de la tirer du lit pour l'amener ici. Tout ce dont je suis certain, c'est que j'étais incapable de trouver le sommeil et que ressasser la discussion que nous avions eue dans la cuisine menaçait de me rendre dingue. Alors, presque malgré moi, mes jambes m'ont conduit jusqu'à sa chambre. J'avais besoin de la voir et de lui parler. J'avais besoin d'un moment avec elle, juste nous deux.

Je suis allé jusqu'au bout : je l'ai réveillée et je lui ai demandé de me suivre. Je ne m'étais pas préparé à ce qu'elle accepte aussi facilement et à ce qu'elle m'apparaisse dans une nuisette qui a bien failli me griller les neurones.

Tout en la fixant, je pense à ce que je lui ai confié, à ce qu'elle m'a dit. Au fond de moi, je sais que ce que nous avions, ce que nous ressentions l'un pour l'autre brûle encore. Sinon, comment expliquer que, malgré huit années écoulées, ni elle ni moi n'avons réussi à tourner la page ?

J'ai toujours été certain que Scarlett était la femme de ma vie… C'est vrai, j'avais fini par me dire que je m'étais trompé, mais depuis qu'elle a resurgi dans mon existence, toutes mes convictions d'adolescent la concernant sont en train de se reformer, plus fortes que jamais.

Un courant d'air la fait frissonner malgré la couverture étendue sur elle. Je me lève et m'approche doucement de son transat. Sauf qu'au moment où je m'apprête à la réveiller pour la seconde fois de la nuit, je change brusquement d'avis. Le cœur battant, je passe mes bras sous sa taille et ses jambes et je la soulève doucement. Ensuite, je reste un instant immobile, perturbé par son corps si proche du mien.

Elle est là, endormie, contre moi.

M'obligeant à me reprendre, je rentre dans le manoir et je grimpe à l'étage. La tête de Scarlett bouge et se cale d'elle-même sous mon menton. Le regard rivé droit devant moi, je retiens mon souffle. Si je perds mon objectif des yeux – la remettre au lit et lui laisser la tranquillité qu'elle mérite –, je vais enfouir mon nez dans ses cheveux et la respirer comme j'aimerais le faire depuis des jours.

Enfin, je passe la porte de la chambre d'amis et je dépose délicatement Scarlett sur le matelas. J'aimerais la déshabiller pour qu'elle soit plus à l'aise, mais je sais aussi que si je commence à la dévêtir, je ne vais plus rien contrôler.

– Sawyer, murmure-t-elle alors que j'étais sur le point de quitter la chambre à pas de loup.

– Oui ? je souffle, figé.

Scarlett pivote dans ma direction et, les paupières toujours closes, elle soupire :

– Ils n'étaient pas toi.

Incapable de déterminer si elle rêve ou si elle est consciente de ce qu'elle dit, je n'ose lui répondre. Mais quelques secondes après, elle ajoute :

– Je n'aimerai jamais personne comme toi.

Ma gorge se noue. Instinctivement, je m'agenouille à côté du lit et je reste ainsi, à observer Scarlett, tandis qu'elle replonge dans un sommeil profond.

« Je n'aimerai jamais personne comme toi. »

Mes yeux se ferment.

Le besoin de me glisser dans ce lit, juste à côté d'elle, est dévorant. Doucement, je me penche pour déposer un léger baiser sur sa tempe, avant de m'empresser de me redresser et de quitter la chambre.

Dans le couloir, je lâche une flopée de jurons.

Je ne peux pas laisser Scarlett m'attirer encore une fois dans ses filets. J'ai bien trop de questions, bien trop de rancœur en moi quand je pense à ce qui s'est passé et à ce qu'elle nous a infligé. Petit à petit, je suis de nouveau en train de glisser vers elle, mais pour l'instant, quelque chose en moi m'empêche d'accepter que nous redevenions ce que nous étions.

Si je suis honnête avec moi-même, je dois avouer que j'ignore si j'y serai prêt un jour.

23
Scarlett

– Rappelle-moi pourquoi c'est toi qui m'emmènes à l'institut ce matin ? je demande à Jaxon.

– Parce que Sawyer devait donner un cours très tôt avant de s'occuper de ton entraînement, et qu'il ne voulait pas que tu aies à te lever pour le suivre. Du coup, il m'a demandé si je voulais bien te servir de chauffeur à sa place, et comme je suis un mec génial, j'ai accepté.

Je souris tandis que Jaxon se gare sur le parking de l'institut.

– C'est vrai que tu es un mec génial, je commente.

– Je sais.

Nous quittons sa voiture et je le suis vers le bâtiment de l'agence. Au moment où nous traversons le terrain de tir, il se retourne pour me demander :

– Je suis attendu en réunion avec Lennon et Cruz, pour parler de nos nouvelles fonctions au sein du parc automobile. Est-ce que ça va aller pour toi si je te laisse seule ici ?

– Oh, bien sûr, pas de problème.

– Je vais envoyer un message à Sawyer. Il viendra te chercher dès que son cours sera terminé, d'accord ?

– Jax, relax. Je suis dans l'endroit le plus sécurisé de la région. Tu peux vaquer à tes occupations sans te préoccuper de moi.

– OK… Si tu as faim, n'hésite pas à te rendre au réfectoire. À plus tard, Scarlett.

Après un clin d'œil, Jaxon s'éloigne. Alors que je cherche un endroit où m'asseoir pour patienter, j'entends soudain une voix me héler.

– Letty !

Diego trottine dans ma direction. Je le serre dans mes bras lorsqu'il arrive à ma hauteur.

– Comment tu vas ? me demande-t-il.

– Parfaitement bien, je lui réponds.

– Tant mieux. Tu es ici pour une raison particulière ?

– Sawyer a repris mon dossier, du coup, c'est lui qui m'entraîne, maintenant. J'attends qu'il ait terminé son cours précédent pour qu'on puisse commencer le nôtre.

Diego croise les bras en fronçant les sourcils.

– C'est vrai, j'ai entendu parler de ce changement dans la mission, commente-t-il. Je t'avoue que je suis encore surpris, d'ailleurs.

– Pourquoi ça ?

– Parce que Sawyer refusait de prendre en charge des clients depuis plus de trois ans… mais apparemment, il a changé d'avis. Tant mieux, c'est un excellent bodyguard – comme les autres Westwood, tu me diras. À croire qu'ils ont ça dans le sang.

Je suis d'accord. J'ai du mal à imaginer cette fratrie effectuer un autre métier que celui de garde du corps. C'est comme si cette profession leur était destinée depuis toujours.

– Ça te dirait qu'on se balade un peu ? propose Diego.

J'accepte volontiers, et nous nous mettons à arpenter les abords du terrain de tir, actuellement vide. Par curiosité, je demande :

– Tu n'es pas en mission en ce moment ?

– J'en ai terminé une il y a trois jours et je reprends demain. Je m'envole pour les Caraïbes !

– La classe !

C'est alors que j'aperçois Hassan au loin : il sort de l'institut, son portable greffé à l'oreille.

– Hassan ! je l'appelle.

Il se tourne vers Diego et moi, m'aperçoit, puis s'approche en souriant déjà. Lorsqu'il arrive à notre hauteur, il met fin à sa conversation téléphonique et m'attire dans ses bras dans une accolade étouffante mais agréable.

– Comment vas-tu, ma petite Letty ? me lance-t-il. Est-ce que tu survis avec Sawyer ?

À peine. La frustration d'être proche de lui sans avoir le droit de l'être totalement me tue à petit feu.

– Pour l'instant, oui, je réponds. Dis donc, l'institut est plutôt calme ce matin, non ?

– Une grande partie des recrues ont été emmenées en cours de conduite, m'indique Diego. Elles reviendront dans deux heures.

– J'adorerais prendre un cours de ce genre, je lâche.

Puis je tourne la tête en direction du terrain de tir.

– Mais je crois que ce que j'aimerais par-dessus tout, c'est essayer ça, j'ajoute avec un petit signe du menton.

Hassan et Diego suivent mon regard avant de siffler en même temps.

– Tu recommences avec ton envie de toucher aux armes à feu ? commente Hassan.

– Ce serait une bonne idée que j'apprenne à m'en servir, non ? je réplique. On me forme au close combat pour que je sache me défendre, mais si on me confiait un pistolet, je mettrais encore plus de chances de mon côté en cas d'attaque. En plus, ça m'aiderait à me sentir en sécurité.

Les deux collègues échangent un coup d'œil.

– Elle m'a servi cet argument pendant des semaines en espérant que je cède, soupire Hassan.

– Et tu as bien fait de résister, ce n'est vraiment pas une bonne idée, lui répond Diego.

– Qu'elle possède une arme chez elle, peut-être… mais qu'est-ce qui l'empêche d'apprendre à tirer ici ?

Ils se dévisagent de nouveau, avant que Diego ne se mette à secouer la tête.

– Mec, franchement, si j'étais toi, je ne ferais pas ça, affirme-t-il.

– Pourquoi ? Après tout, Letty a raison : l'important, c'est qu'elle soit protégée, rétorque Hassan.

– Sauf que ce n'est pas dans le contrat. Oscar nous a demandé de veiller sur elle et de la former. En aucun cas il n'était question de lui mettre une arme à feu entre les mains.

– Mais… je tente.

– Ce n'est pas ce que j'envisage : je voudrais juste lui montrer comment tirer, ici.

– Peut-être que…

– Je pense que c'est une très mauvaise idée, tranche Diego. En plus, maintenant que Sawyer a repris le dossier, c'est à lui de décider, et tu peux être certain qu'il refusera.

– Vous allez m'écouter ? je m'écrie.

Les deux gardes du corps se tournent enfin vers moi et me toisent de toute leur hauteur.

– Je n'étais pas en train de dire que je veux me transformer en tireuse d'élite, j'évoquais simplement la possibilité d'*essayer* d'apprendre à manier une arme dans un endroit dédié à cette activité et totalement sécurisé, comme c'est le cas ici, je reprends. Alors, je ne veux en aucun cas vous apporter des ennuis, mais je pense vraiment que tu paniques pour rien, Diego. Je ne vois pas pourquoi Sawyer serait furieux que je profite de ma présence ici pour glaner quelques compétences supplémentaires.

Les deux bodyguards me dévisagent en silence, puis Diego lève les mains et recule lentement.

– Faites ce que vous voulez, mais je ne veux pas y être mêlé, lâche-t-il. À plus, Letty.

Sur ce, il nous laisse, Hassan et moi, au milieu du terrain. Son collègue roule des yeux, puis il passe un bras autour de mes épaules et m'entraîne près du stand de tir.

– Allez viens, ma petite tête brûlée, on va t'équiper.

••••

L'équipement, en l'occurrence, comprend un casque anti-bruit, des lunettes de protection… et un gilet pare-balles.

– Tu es sûr que j'ai besoin de ça, Hassan ? je m'étonne. Je suis la seule à tirer ici, alors à moins que je ne me vise moi-même…

– On n'est jamais trop prudent, réplique le garde du corps. Vas-y, mets-toi en position face aux cibles. Voilà. Maintenant, je vais te donner ton arme.

Il ouvre deux mallettes à ses pieds. Elles contiennent chacune des pistolets de différentes tailles.

– Bien, on va commencer par le plus petit.

Je m'empare de l'arme qu'il me tend, et je suis aussitôt surprise de son poids dans mes mains. Je l'inspecte attentivement, passant mon doigt sur ses reliefs, sa crosse en métal, puis, sans attendre, je tends le bras devant moi.

– Oh là, pas si vite ! m'arrête Hassan. On va d'abord travailler ta posture.

Il passe derrière moi et pose ses mains sur mes épaules.

– Redresse-toi, voilà, comme ça. Dis-moi, tu es droitière, c'est bien ça ?

– Oui, je confirme. Comment tu le sais ?

– Je t'ai entraînée pendant des mois, je te rappelle ! Allez, place ta main droite sur la crosse et laisse ton index s'étendre le long de la glissière, ici.

Pendant qu'il me donne ses instructions, Hassan m'aide à prendre correctement l'arme en main.

– Ensuite, ta main gauche doit venir recouvrir ta main droite, c'est ce qui va t'aider à avoir une prise solide, m'indique-t-il. Il faut que tu gardes en tête que, lorsque tu appuieras sur la détente, tu devras encaisser un recul important. Plus ta prise sera bonne, et moins tu sentiras ce contrecoup. C'est compris ?

– Oui.

– Parfait. Campe-toi sur tes pieds, tu peux légèrement écarter les jambes si tu veux. Maintenant, tends les bras devant toi et fixe la cible du regard. Quoi qu'il se passe, garde tes yeux rivés sur elle, ne te laisse distraire par rien d'autre.

– OK.

L'appréhension et l'excitation commencent à prendre possession de mon corps. Des fourmis parcourent mes doigts et ma respiration se bloque dans mes poumons.

– Tire quand tu te sentiras prête, me glisse Hassan avant de reculer.

Je prends le temps de me vider l'esprit, puis… j'appuie sur la détente.

Malgré le casque anti-bruit, le coup résonne jusque dans mon crâne. La balle se loge dans la cible, le recul de l'arme se ressent jusque dans mes radius, et pendant un instant, je reste figée, surprise par l'expérience.

Mais quelque chose en moi se réjouit. C'est mon premier tir, la première fois que je touche une arme, que j'en vois une d'aussi près, et je me félicite d'avoir réussi à la manier sans ciller. Je me tourne vers Hassan qui me regarde, bras croisés, et j'attends son aval.

– C'est pas trop mal, déclare-t-il. Qu'est-ce que tu ressens, là ?

– Je suis… un peu choquée, je crois, je souffle. C'est impressionnant. Mais je pense que j'ai aimé ça.

– Génial. Tu veux recommencer ? Plus tu prendras l'habitude de tirer, plus cela deviendra naturel… et précis.

Je me tourne vers la cible. Évidemment, l'impact de ma balle se trouve sur le cercle le plus extérieur, mais peu importe, je suis fière de moi.

– Je veux réessayer, dis-je, grisée.

– En position, dans ce cas, lance Hassan en s'approchant à nouveau de moi.

Je me replace comme il me l'a montré, mais il a tout de même besoin d'ajuster mes mains. Je le laisse faire, patiente, puis il reprend place à mes côtés.

– Allez, reconcentre-toi, Letty, m'encourage-t-il. Vise, maintiens ta prise autour de ton arme et dès que tu te sens prê…

Je tire avant qu'il ait terminé, car cette fois, je sais à quoi m'attendre. Cela ne m'empêche pas de subir le recul du pistolet, mais j'ai la satisfaction de voir mes mains rester en place.

– Waouh ! je m'écrie. C'est vraiment génial !

– SCARLETT !

Je sursaute lorsqu'une voix bien trop familière résonne dans toute la cour de l'institut.

– Scarlett ? s'étonne Hassan.

Je l'ignore et me retourne au ralenti, juste à temps pour voir Sawyer se précipiter dans notre direction, les traits déformés par la colère.

– Et merde, murmure Hassan.

– Comme tu dis… je soupire.

Soudain, je ne sais pas quoi faire de l'arme que j'ai entre les mains. Je pense un instant à la cacher derrière mon dos, mais ça ne servirait à rien, puisque Sawyer m'a vue l'utiliser il y a quelques secondes.

– Putain de merde ! rage-t-il en se plantant devant nous.

Je ne devrais pas être hypnotisée par la vision de son t-shirt blanc couvert de sueur qui laisse deviner ses abdos et ses pectoraux. Je devrais rester concentrée, surtout que je suis sans aucun doute dans le pétrin, mais les bras musclés de Sawyer sont bien trop attirants pour ne pas être reluqués.

– On peut savoir ce que vous faites ? s'écrie-t-il en me dévisageant de la tête aux pieds.

Il se tourne ensuite vers Hassan et, bon sang, la façon dont il le fixe me fait froid dans le dos.

– Tu as complètement perdu la tête ? crache-t-il. Faire tirer une novice, mais qu'est-ce qui t'a pris ?

– Ben, c'est ce qu'on fait tout le temps, se défend Hassan. Les recrues n'ont pour la plupart jamais touché une arme de leur vie avant de rejoindre la formation proposée à l'institut.

– C'est ce qu'*on* fait ? répète Sawyer, furieux. Et dis-moi un peu depuis quand tu fais partie des instructeurs ici ? Depuis quand tu as les qualités requises pour enseigner quoi que ce soit à qui que ce soit ?

Hassan déglutit, mais il garde un air imperturbable, on peut au moins lui reconnaître cela. De mon côté, je me sens stupide, coincée dans mon gilet pare-balles, avec une arme dont je ne sais toujours pas quoi faire.

– J'ai veillé à ce que les règles de sécurité soient respectées, argumente Hassan. Tu vois bien que Letty…

– Scarlett ! grogne Sawyer.

– Tu vois bien qu'elle est équipée. Je lui ai même mis un gilet pare-balles alors qu'elle est seule sur le stand de tir.

– Oh, waouh, alors c'est génial. Puisque tu as pensé à tout, il n'y a pas de quoi s'inquiéter, n'est-ce pas ?

– Est-ce que je peux dire un mot ? je tente.

– Non ! rugit Sawyer en pivotant vers moi. Donne-moi ton arme !

Je la lui tends avec plaisir. Il la prend, vide le chargeur et la place à sa taille, le tout avant que j'aie eu le temps de compter jusqu'à trois.

– C'est comme ça que tu passes ton temps, maintenant ? me lance-t-il, accusateur.

– J'ai simplement voulu essayer de tirer, je n'ai rien fait de mal, Sawyer.

– Décidément, vous êtes faits pour vous entendre tous les deux, grogne-t-il.

Il s'empare ensuite de son téléphone et le colle à son oreille.

– J'ai besoin que tu ramènes Scarlett au manoir… tonne-t-il à son interlocuteur. Oui, maintenant. Merci, Jax.

– Mais, et mon cours ? je demande lorsqu'il raccroche.

– Tu viens d'en recevoir un à l'instant, non ?

– Sawyer, franchement, ce n'est pas si dramatique, je soupire, trouvant sa réaction disproportionnée.

– Si tu penses ça, c'est que tu es idiote.

Je me fige, le souffle coupé, la poitrine serrée.

J'ai déjà pris des revers dans ma vie, j'ai essuyé des critiques et, comme tout le monde, j'ai été blessée par des répliques cinglantes. Seulement, elles ne m'ont jamais fait aussi mal que celle-ci, parce que la personne qui vient de me mettre l'équivalent d'une gifle verbale est la personne que j'aime, l'être humain que je préfère au monde.

Heurtée au possible, je retire mon casque anti-bruit et le jette par terre avec mes lunettes. Ensuite, je m'empresse de me délester du gilet pare-balles et de le lancer en direction d'Hassan, qui l'attrape sans mal. Enfin, je me plante devant celui que j'ai toujours considéré comme l'homme de mes rêves et, la voix rauque, je lui assène :

– Va te faire foutre, Sawyer.

24
Sawyer

Je ferme les yeux tandis que Scarlett s'éloigne, folle de rage.

Le premier coup de feu qui a retenti m'a immédiatement mis la puce à l'oreille : ce n'était pas normal. Je savais que les recrues étaient en cours à l'extérieur et qu'aucun bodyguard n'avait demandé l'autorisation de s'entraîner au tir aujourd'hui. Alors, lorsqu'en arrivant dehors j'ai reconnu Scarlett, lorsque je l'ai vue avec une arme mortelle à la main, j'ai cru devenir fou. Le garde du corps en moi ne pensait qu'à une chose : la protéger du danger qu'elle était elle-même en train de créer. Quant à l'homme, il était obnubilé par l'envie de la serrer contre lui et de l'éloigner d'Hassan, cet enfoiré qui lui tourne autour depuis le départ. La bataille que je me suis livrée dans ma tête pour savoir lequel j'allais laisser s'exprimer n'a désigné aucun vainqueur : les deux sont sortis de leurs gonds, et maintenant, je me sens minable. À la seconde où mes mots durs destinés à Scarlett ont franchi la barrière de mes lèvres, j'ai su que j'étais allé trop loin, que je l'avais blessée.

Parce que j'ai eu mal moi aussi, mal de voir dans ses yeux à quel point je l'ai déçue.

Je suis un connard de la pire espèce.

Scarlett est la plus belle femme que j'aie jamais vue, la plus gentille et la plus douce. Chaque fois que je pose mes yeux sur elle, je suis submergé, pas seulement par les sentiments qu'elle fait renaître en moi, mais par elle tout entière.

– Ce n'était pas mérité.

Je me tourne vers Hassan qui me dévisage, accusateur.

– Excuse-moi ? je gronde.

– Letty n'a rien fait de mal, elle voulait juste…

– Scarlett ! je martèle. Elle s'appelle Scarlett, pas Letty.

Mon collègue fourre les mains dans ses poches avant de répliquer :

– Je ne comprends pas pourquoi tu réagis comme ça. Dès que je m'approche de Let… Scarlett, tu en fais toute une histoire.

– Ce n'est pas ça le problème. Tu t'es permis de sortir du matériel pour une novice qui n'est pas en formation ici. Je te rappelle que ce stand de tir est géré par Jessie et je me fiche que tu penses que j'en fais trop, parce que je te garantis que, comparée à la réaction qu'elle aurait eue si c'était elle qui t'avait découvert, la mienne est mesurée.

– Est-ce qu'on peut juste s'arrêter une seconde sur le fait qu'il ne s'est rien passé ? Scarlett a tiré deux fois, les balles se sont logées dans les cibles, je suis resté juste à côté d'elle, je lui ai indiqué quelle posture elle devait prendre… D'accord, j'aurais dû demander la permission avant de me lancer dans cette petite initiation, mais je savais qu'il n'y avait aucun risque.

– Ah, vraiment ? Et si Scarlett avait pris peur, tout à coup ? Si, pour une quelconque raison, elle avait paniqué, manqué sa cible, et que quelqu'un était passé à ce moment-là…

– Les abords du stand de tir sont sécurisés.

Bon, il commence vraiment à m'emmerder.

– Hassan, écoute bien ce que je vais te dire, je siffle entre mes dents. Tu es un très bon élément de notre agence et on est tous très satisfaits de ton travail, mais ça ne te donne pas tous les droits. L'institut obéit à des règles strictes que tout le monde doit respecter, toi y compris. Alors j'aimerais qu'à l'avenir, au lieu de penser que tu gères, tu viennes trouver l'un de mes frères ou moi avant de prendre une décision qui peut mettre en danger les recrues ou n'importe qui ici. Est-ce que c'est clair ?

La mâchoire d'Hassan se contracte, mais il répond tout de même :

– Très clair.

– Bien. Oh, et une dernière chose…

Je m'approche de lui, si près que mes yeux ne sont plus qu'à quelques centimètres des siens.

– Scarlett est à moi, j'assène. Elle. Est. À. Moi. Est-ce que ça aussi c'est clair ou est-ce que je vais devoir être plus précis ?

– C'est très clair aussi.

– J'espère bien. Maintenant, range-moi ce merdier.

Je quitte le terrain, tout en envoyant un message à Lennon pour le prévenir de garder un œil sur Hassan. Dans notre métier, avoir confiance en soi, c'est bien, mais la limite avec l'arrogance est parfois fine, et cela peut finir par nous mettre en danger inutilement.

Je ne suis que peu étonné lorsque mon frère me rappelle alors que j'allais pénétrer dans le dojo à l'intérieur duquel j'ai laissé mes élèves en plan.

– Il y a eu un incident ? demande-t-il dès que je décroche.

– Heureusement, non.

– Qui Hassan a-t-il voulu entraîner ?

– Là n'est pas la question. Ce qui pose problème, c'est qu'il a pris des risques.

– Je suis d'accord avec toi, Sawyer, et je vais en parler avec lui, mais dis-moi juste qui est la recrue qu'il a voulu entraîner pour que je puisse la prévenir de ne pas accepter les coups de main de n'importe qui à l'avenir.

Je ferme les yeux, me pince l'arête du nez, puis avoue :

– C'était Scarlett.

Lennon marque une pause, avant de lâcher :

– Très bien. Je leur parlerai à tous les deux ce soir.

– Pas besoin, je me charge de Scarlett, je réplique aussitôt.

– J'imagine, oui, s'esclaffe mon frère.

– Au fait, comment tu vas ? je l'interroge pour changer de sujet. Ton petit génie est reparti à New York ce matin, c'est bien ça ?

– Oui, et crois-moi, si j'avais pu la suivre, je l'aurais fait. Elle me manque déjà.

– Je te comprends.

Si « être séparé de la personne qu'on aime » était un sport olympique, je serais sans aucun doute médaillé d'or, invaincu depuis huit ans.

– Au moins, elle t'a laissé un souvenir qui a quatre pattes et qui ronfle comme un camionneur, je ricane.

– Fais attention à ce que tu dis de Voldi, me prévient Lennon. Je te rappelle que je suis un père protecteur.

– C'est ça, oui. Bon, je te laisse, je dois retourner bosser.

– À ce soir.

Nous raccrochons, et je rentre dans mon dojo. J'y trouve le groupe de bodyguards de l'agence que j'entraînais. Installés par terre, ils sont en train de rire tous ensemble.

– Eh bien, je vois qu'on se relâche, dis-je en refermant la porte.

– C'était quoi, ce coup de feu ? demande Jeff, l'un de nos plus anciens gardes du corps.

– Hassan qui faisait des siennes, je réponds en me plaçant au centre de la pièce.

– C'est un bon petit gars.

– Il a encore un côté chien fou, mais il est attachant, intervient Solange, une autre de mes collègues.

– Bon, on est là pour vanter les mérites d'Hassan ou pour bosser ? je m'agace. Parce que vu ce que vous m'avez montré au début de ce cours, j'aurais tendance à dire que vous avez intérêt à vous concentrer. Cette remise à niveau ne vous fait pas de mal.

Les gardes du corps se remettent tranquillement en place, mais au moment où je m'apprête à relancer l'entraînement, mon téléphone sonne à nouveau. Je grogne d'impatience en m'en emparant… Toutefois, lorsque je vois le nom de Jaxon apparaître sur l'écran, mon estomac se serre.

– Quoi ? je lâche en décrochant.

– Il faut que tu rappliques, déclare-t-il aussitôt. On a un problème.

25
Scarlett

– Scarlett, s'il te plaît, remonte dans la voiture.

– Hors de question.

– Tu réalises qu'on se trouve au bord d'une route perdue au milieu de rien ?

– Et alors ?

Je croise les bras et m'adosse à la carrosserie. Devant moi, Jaxon perd patience.

Sur le chemin du retour au manoir, j'ai finalement décidé que je voulais rentrer chez moi, à Plymouth. La parenthèse « famille parfaite » avec les Westwood s'est refermée, et je réalise que je n'ai aucune raison de rester chez eux. En plus, c'est Sawyer qui m'a ordonné de retourner au manoir, et après la façon dont il m'a parlé tout à l'heure, il est hors de question que je lui obéisse.

Il a envie de jouer les abrutis ? Grand bien lui fasse, mais je ne serai pas sa partenaire.

Lorsque j'ai demandé à Jaxon de me déposer à Plymouth, il ne m'a pas écoutée. J'ai donc prétexté un malaise pour le forcer à se garer sur le bas-côté et, depuis, je refuse de remonter dans la voiture.

Le bodyguard soupire, regarde son téléphone, puis commence à faire les cent pas.

– Tu sais que Sawyer va devenir dingue en apprenant que tu veux rentrer chez toi ? me lance-t-il.

– Quand il s'agit de moi, il devient dingue quoi que je fasse… je soupire.

– Ça, tu l'as dit.

J'ai quand même de la peine pour le pauvre Jax : je suis en train de faire de lui une victime collatérale…

– Écoute, ce n'est pas contre toi, je lui assure, adoucie. C'est juste que je ne supporte plus la manière dont Sawyer se comporte avec moi. Je ne mérite pas sa colère disproportionnée. Donc, je préfère rentrer à Plymouth, et toi, tu dois juste accepter de m'y emmener.

– Tu sais que je ne peux pas faire ça, rétorque Jaxon. Sawyer veut te savoir près de lui. Il a besoin de ça.

– Oh oui, c'est flagrant, je marmonne.

Jaxon soupire, puis il se pose à son tour contre la berline.

– Vous êtes deux idiots, lance-t-il.

– Merci…

– Vous êtes attirés l'un par l'autre, mais aucun de vous deux n'ose faire le premier pas.

Je ricane, loin d'être amusée.

– Là, tu vois, tu ne pourrais pas avoir plus tort. J'ai essayé de percer les défenses de Sawyer, et pas qu'une fois. Mais il est tellement têtu…

– Il est différent ! Il n'est plus le Sawyer que tu as connu, me glisse Jax.

Je passe ma main dans mes cheveux avant de fermer les yeux.

– Je sais. Moi non plus, je ne suis plus celle que j'étais.

Puis je me tourne vers Jax et lui avoue :

– Mais l'amour que je ressens pour lui est intact. Mes sentiments n'ont pas changé… et ça me fait mal de voir que les siens, si.

Jaxon grogne avant de me tendre son épaule, sur laquelle je pose ma tête.

– Je ne crois pas qu'il existe quelque chose de plus compliqué au monde que l'amour, commente-t-il. C'est à t'en faire des nœuds au cerveau.

– Tu as l'air de parler en connaissance de cause.

Il décide de garder le silence, et je respecte cela. Parler de ses sentiments est une chose tellement difficile à faire… Je comprends qu'il préfère garder ses tourments pour lui.

– Je crois que tu te trompes, finit-il par déclarer. À propos de ce que Sawyer ressent pour toi. Si Oscar t'a souvent rendu visite, alors tu as forcément appris ce qui est arrivé à Ellen.

Je déglutis tout en hochant la tête.

– Je ne sais pas comment évoquer le sujet avec Sawyer, j'avoue du bout des lèvres. J'ai tellement envie qu'il se confie à moi, de le réconforter, de l'aider à surmonter ça, mais il est trop fermé et en colère contre moi.

– C'est vrai, mais en même temps, s'il y a bien quelqu'un qui est susceptible d'arriver à percer ses défenses, c'est toi. Tu sais, depuis l'accident de sa mère, il n'a plus jamais accepté de mission de protection. Il s'en veut énormément, au point de se convaincre qu'il n'est pas un bon garde du corps. C'est pour ça qu'il s'est changé en instructeur et qu'il s'est réfugié à l'institut… jusqu'à ce qu'il retrouve ta trace.

Je lève la tête pour croiser le regard de Jaxon. Il me sourit doucement, et la cicatrice qu'il a sur le menton se transforme en fossette.

– Il a accepté la mission, Scarlett, il a accepté de revenir dans la course simplement parce que c'était toi. J'imagine à peine à quel point cette décision a dû être difficile à prendre pour lui, mais il l'a fait. Et tu penses encore qu'il ne ressent plus rien pour toi ?

Je soupire, complètement perdue.

– C'est Oscar qui lui a demandé de reprendre mon dossier, je rappelle. Il ne l'a pas fait de gaieté de cœur.

– Il se réfugie derrière cette excuse, mais au fond, il a accepté pour pouvoir être à nouveau avec toi, tempère Jaxon.

– Ça, j'ai bien du mal à le croire.

– Tu n'auras qu'à lui demander de te confirmer ce que je te dis.

– Parce que tu crois qu'il va me répondre ? je lâche en secouant la tête.

Jaxon se redresse et jette un regard derrière lui.

– Ça, on va vite le savoir.

Je pivote à mon tour, et mon cœur se met immédiatement à cavaler dans ma poitrine lorsque j'aperçois un SUV rutilant se précipiter droit sur nous.

Malgré les vitres teintées, je *sais* qui se trouve à l'intérieur.

Pour oublier le tremblement soudain de mes jambes, je suis obligée de me souvenir que Sawyer a été infect avec moi il y a moins d'une heure et que je ne dois pas passer l'éponge comme si de rien n'était.

Le SUV se déporte sur le bas-côté, soulevant un nuage de poussière lorsque les pneus crissent pour s'arrêter. La portière s'ouvre, et Sawyer apparaît.

Je suis obligée de me tenir à la poignée de la berline de Jaxon pour éviter de flancher. La façon dont mon ex-petit ami sort du véhicule, dont sa stature se dresse, si haute et intimidante, et sa démarche déterminée…

Cet homme est mon fantasme vivant.

Sawyer parcourt la courte distance qui nous sépare, puis il se poste devant moi.

– Je refuse de retourner au manoir, j'affirme avant qu'il n'ait eu le temps de prendre la parole. Tu peux bien te mettre à hurler, t'énerver ou me menacer, ça ne changera rien. Je veux rentrer chez moi.

Il me dévisage quelques secondes, avant de tendre la main dans ma direction.

– D'accord, dit-il.

Je fixe sa paume ouverte, sa main large et ses longs doigts, puis je reporte mon attention sur son visage et j'exige :

– Je veux que ce soit Jaxon qui me ramène à Plymouth.

Sawyer soupire, puis s'écrie :

– Jax !

Alors que je me félicite de la façon dont j'ai gagné la bataille, je remarque que l'intéressé se dirige vers la berline, qu'il grimpe à l'intérieur… et qu'il démarre, me laissant là.

– Non, mais j'hallucine, je souffle.

– Tu es décidée à venir avec moi, maintenant ? demande Sawyer.

– Je préfère encore faire du stop !

Et, voulant donner du poids à mes mots, je m'approche de la chaussée et je tends mon pouce.

– Tu comptes grimper dans la première voiture qui s'arrêtera ? lâche Sawyer derrière moi.

– Exactement.

– Et tu as pensé au fait que tu pourrais tomber sur un serial killer ?

– Sa compagnie sera quand même bien plus agréable que la tienne.

Le grondement qui parvient à mes oreilles me fait sourire.

Soudain, un pick-up apparaît au loin et je m'empresse de lever mon pouce tendu un peu plus haut.

– Scarlett…

– Fous-moi la paix.

– C'est ridicule, enfin. Laisse-moi te raccompagner chez toi.

Mais je persiste dans ma démarche. À ma grande surprise, je vois que le pick-up commence à ralentir. Une vague d'appréhension me traverse. Bien que je regrette mon choix, je ne peux malheureusement plus revenir en arrière. Je dois assumer, désormais, sinon Sawyer pensera que je suis incapable d'aller au bout de mes idées et il aura le sentiment d'avoir gagné.

Le pick-up se gare sur le bas-côté. Je recule pour lui laisser de la place, puis je m'approche des vitres, qui ne tardent pas à se baisser. À l'avant du véhicule se trouvent deux hommes, âgés d'une vingtaine d'années. Je déglutis pour tenter de maîtriser mon angoisse.

– On vous dépose quelque part ? demande le conducteur.

– Je vais à…

– Nulle part. Elle n'ira nulle part avec vous.

Je sursaute lorsque la voix grave et menaçante de Sawyer résonne à mon oreille. Il est là, juste derrière moi, et je le *sens*, bien qu'il ne me touche pas. La chaleur de son corps agit comme un aimant sur le mien, m'attirant, me donnant envie de me laisser aller contre lui.

– Est-ce que cet homme vous embête, mademoiselle ? s'inquiète alors l'homme installé sur le siège passager du pick-up.

C'est pire, il me rend dingue.

– Scarlett, chuchote Sawyer. Letty… s'il te plaît, viens avec moi.

Cette fois, je suis cuite. Je ferme les yeux, vaincue, et mes épaules s'affaissent. Cela n'échappe pas à Sawyer, qui en profite pour m'attirer contre lui et annoncer aux deux hommes :

– Finalement, nous n'aurons pas besoin de vous, merci.

Il m'entraîne jusqu'au SUV, dans lequel je grimpe, furieuse contre moi, contre lui et probablement contre la terre entière. Après avoir claqué la portière et passé ma ceinture de sécurité, je fixe la route droit devant moi, bien décidée à ne pas lui accorder la moindre attention.

– Je n'en reviens pas. Tu étais prête à…

– Tais-toi, Sawyer. Juste… tais-toi.

••••

Il y a encore quelques jours, j'étais heureuse de trouver Sawyer sur le pas de ma porte, de le revoir après toutes ces années, éblouie par la façon dont le destin avait décidé de nous réunir ; mais aujourd'hui, j'ai envie qu'il me laisse de l'espace. Il a respecté ma demande : nous n'avons échangé aucun mot pendant le trajet jusqu'à Plymouth. Cependant, pour une raison que j'ignore, il a décidé de descendre du SUV et de m'accompagner à l'intérieur de ma petite maison.

– Tu peux partir, maintenant, lui dis-je en déposant mes clés sur la console de l'entrée.

– Et si je n'en ai pas envie ? rétorque-t-il.

Je me tourne vers lui d'un seul mouvement.

– T'es sérieux ? Après m'avoir tenue à distance et m'avoir donné envie de m'enfuir, tu me dis ça ?

– Je sais, je n'aurais pas dû me comporter comme je l'ai fait.

– Ça, je te le confirme.

Je lève les bras, impuissante, puis j'ajoute :

– J'en ai assez de ton comportement, Sawyer. J'ai essayé d'être patiente, mais tu es allé beaucoup trop loin tout à l'heure.

Lorsqu'il s'approche, je peux sentir à quel point il est partagé entre la volonté d'apaiser les tensions et celle de laisser exploser sa colère. Je connais par cœur le Sawyer adolescent mais ce Sawyer-là, cet homme, m'est largement inconnu, notamment la partie de lui dans laquelle se loge la rancœur qui semble le dévorer.

– Moi aussi, j'ai essayé, commence-t-il. J'ai essayé d'oublier tout ce que ton départ a provoqué dans ma vie, mais je n'y arrive pas.

– Tu penses encore que c'était un choix ? Combien de fois va-t-il falloir que je te le répète, Sawyer ? Je n'avais aucune envie de te quitter !

– Mais je ne peux pas m'empêcher de penser que tu aurais dû trouver un moyen de me contacter. Me laisser huit ans sans nouvelles, c'était de la torture pure et simple !

– Je ne pouvais pas... Oh bon sang, on est en train de tourner en rond, je geins en passant mes mains dans mes cheveux, à bout de patience. Je t'ai déjà tout raconté, je t'ai dit à quel point j'ai souffert de cette situation et à quel point j'en souffre encore !

– Et moi, je te dis que je n'arrive pas à accepter que tu aies vécu une partie de ta vie sans moi. Peu importe ce qui va se passer à l'avenir pour nous, il y aura toujours un laps de temps de huit putains de longues années durant lesquelles nous avons été séparés. C'était pas censé se passer comme ça... On devait tout traverser ensemble, tout découvrir, et aujourd'hui, tu es devenue une femme sans que j'aie pu en être témoin. Tu m'as pris ça, Scarlett !

– *Ils* te l'ont pris, pas moi, je réplique, tremblante de colère. *Ils* t'ont enlevé ce qui te revenait de droit. J'étais prête à te donner toutes mes années, Sawyer, prête à te donner tout ce que j'avais. J'étais totalement à toi et je voulais l'être pour toujours.

– Tu vois, c'est là que ça coince ! Notre « pour toujours » n'existe plus, pas alors que près de dix ans nous ont été arrachés.

– Oh, mon Dieu, Sawyer, je t'en prie, arrête. Passe à autre chose, s'il te plaît. On est en train de se faire du mal inutilement. Je ne sais pas ce que tu attends de moi, je ne comprends pas ce que tu veux que je te dise ou que je te montre pour te prouver que, malgré mon départ, je n'ai pas une seconde cessé de penser à toi et de…

Soudain, je me fige.

C'est ça.

Sawyer a besoin d'une preuve. Ce qui le ronge, c'est tout ce qu'il a loupé de ma vie durant notre séparation, c'est la certitude que nous étions loin des yeux *et* loin du cœur. Sauf que c'est faux. Il a toujours été avec moi, quoi que je fasse, où que je sois.

Il était là. Et je peux le lui prouver.

Je me précipite sur mon sac à main qui gît par terre, l'attrape et fouille à l'intérieur.

– Qu'est-ce que tu fais, Scarlett ? me demande Sawyer, aussi las que moi.

Continuant de fouiller frénétiquement, je trouve enfin ce dont j'ai besoin, ce dont *nous* avons besoin. J'ouvre mon portefeuille, en tire le petit cliché qui se trouve à l'intérieur, puis je le tends à Sawyer. Il s'en empare lentement et passe plusieurs secondes à regarder la photo sur laquelle nous apparaissons tous les deux, souriants, enlacés et heureux.

– Tu te souviens de ce jour-là ? je souffle, la gorge nouée.

– On était allés au centre commercial et tu as voulu qu'on prenne des photos dans le Photomaton, se remémore-t-il.

Je souris, heureuse de voir que le souvenir est aussi vif pour lui que pour moi.

– Le jour de mon départ, j'ai refusé de quitter la maison tant que je n'avais pas retrouvé cette photo, je révèle. Je ne savais pas quand ni si je te reverrais un jour, alors j'ai décidé d'emporter un morceau de nous avec moi. Mon père a attendu patiemment que je retourne ma chambre entière pour mettre la main dessus.

Tandis que Sawyer continue de détailler le cliché, j'ouvre une autre poche de mon portefeuille, puis je relève les yeux pour plonger dans ceux de mon ex-petit ami.

– J'ai toujours pensé qu'on ferait notre vie ensemble et qu'un jour je deviendrais officiellement tienne, dis-je, la voix brisée par les sanglots. C'est ce que je voulais plus que tout, tu sais. Pouvoir grandir et vieillir avec toi… Devenir ta femme.

Par-dessus la photo de nous deux, je dépose ma carte d'identité, celle sur laquelle est inscrit mon nouveau nom… mon nouveau moi. Sawyer la parcourt du regard… et son si beau visage pâlit instantanément.

– Letty Westwood, lit-il d'une voix rauque avant de relever la tête. Tu t'appelles Letty Westwood !

Je hoche la tête en essuyant une larme solitaire.

– Est-ce que tu comprends, maintenant ? Depuis le début, je ne cesse de te répéter que tu étais là, avec moi, partout où j'allais. J'ai dû quitter ma vie, ma ville, l'homme que j'aimais pour recommencer ailleurs. Mais on m'a laissé un choix, rien qu'un : celui de ma nouvelle identité. Et parmi toutes les possibilités qui s'offraient à moi, j'ai choisi comme prénom le surnom que *tu* m'avais donné et de porter *ton* nom.

Je fais deux pas dans sa direction pour me retrouver à quelques centimètres de ses lèvres.

– Je t'ai emmené avec moi, je t'ai gardé durant toutes ces années parce que tu es le grand amour de ma vie, Sawyer Westwood, je murmure, complètement bouleversée par ses yeux brillants d'émotion. Je t'avais promis d'être à toi pour toujours et j'ai tenu ma promesse.

La tête penchée en arrière pour réussir à croiser son regard émeraude tant il est grand, j'attends qu'il réagisse, qu'il dise quelque chose. Mais il semble complètement paralysé, incapable du moindre mot, du moindre geste envers moi.

Au fond de moi, j'espère qu'il va enfin réaliser, comprendre que nous pouvons recommencer tous les deux. Ce qui me terrifie le plus, là, c'est qu'il décide de camper sur ses positions et de faire passer sa fierté avant notre amour. Parce que je sais qu'une part de lui a encore des sentiments pour moi, je sais qu'elle est là, bien vivante, et qu'il suffirait qu'il accepte de la libérer pour nous permettre de renaître ensemble.

Notre avenir est entre ses mains. Il ne tient qu'à lui.

Alors que, inquiète de son mutisme, je m'apprête à lui demander de me parler ou au moins de se manifester, il lâche ma carte d'identité ainsi que ma photo, puis il tombe à genoux devant moi.

– Scarlett…

Immobile, je n'ose pas bouger un muscle ; c'est à peine si je m'autorise à reprendre mon souffle. Sous mon regard choqué, les yeux de Sawyer se remplissent de larmes et, bouche bée, je le vois passer ses bras autour de ma taille et enfouir son visage contre mon ventre.

Oh. Mon. Dieu.

Je ne sais pas quoi faire, quoi dire. Je suis complètement abasourdie alors que cet homme, si fort et si inébranlable d'habitude, est agenouillé devant moi, en train de craquer.

– Sawyer…

Incapable de le regarder souffrir sans rien faire, je me laisse à mon tour glisser au sol. Nous voilà face à face, désespérés, torturés par l'amour qui nous consume. Lentement, tendrement, les mains tremblantes, je m'empare de son visage et je l'incite à me regarder.

– Pardon… murmure-t-il tandis que sa mâchoire se contracte et que ses bras se resserrent autour de ma taille. Pardonne-moi, Scarlett.

– Ce n'est rien, je souffle en caressant ses joues.

– Pardonne-moi… répète-t-il.

– Mais de quoi ?

– De ne pas avoir été là, de m'être comporté comme le dernier des enfoirés depuis des jours… d'avoir douté de toi. Pardon, mon amour.

Mon cœur gonfle et éclate en un million de morceaux. Impossible de prononcer le moindre mot tant ma gorge est serrée : je continue de caresser son beau visage, d'essuyer ses larmes tandis qu'il essuie les miennes.

Enfin, après de longues minutes, lorsque nous parvenons à apaiser nos émotions, Sawyer passe une main dans mes cheveux, se saisit de mon menton de l'autre et puis…

Il m'embrasse.

26
Sawyer

Elle a choisi de porter mon nom.

Mon cœur se lance dans une course folle dans ma poitrine alors que je suis agrippé à Scarlett, en train de l'embrasser. Je ne sais pas si c'est le baiser ou l'idée qu'elle se soit autoproclamée Westwood qui me chamboule le plus.

Elle est à moi.

Depuis le début, depuis la seconde où j'ai posé mes yeux sur elle le jour de notre entrée au lycée, où je l'ai *vue*, si belle dans sa petite robe d'été jaune, avec ses cheveux bouclés noirs qui tombaient en cascade…

Elle est à moi.

Malgré la distance, la colère et le désespoir, elle est restée le grand amour de ma vie.

Mes bras se resserrent autour de sa taille, mon corps se plaque contre le sien. Ma bouche dévore la sienne. La seule chose que je veux, c'est me rassasier du goût de ses lèvres, de son odeur, de sa respiration qui vient se loger dans mes poumons, les remplissant de l'oxygène dont ils ont tant manqué depuis son départ.

– À moi, je murmure.

Un besoin frénétique explose en moi. Plus elle m'embrasse, plus ses mains passent dans mes cheveux, plus ses doigts s'agrippent à mes vêtements, plus j'ai envie d'elle.

– Oui, à toi, chuchote-t-elle avant de glisser ses mains sous mon t-shirt.

Le gémissement qui s'échappe de ses lèvres lorsque sa peau entre en contact avec la mienne menace de me faire perdre la tête. Notre position a quelque chose de désespéré, là, à genoux en plein milieu de l'entrée de sa petite maison, alors que nous nous embrassons comme deux affamés.

Lentement, je fais basculer Scarlett sur le dos.

– À toi, lui dis-je avant de passer ma langue sur le contour de ses lèvres.

Naturellement, ses jambes s'écartent, me laissant la place de m'installer.

– Oui, à moi, répond-elle.

Puis elle agrippe mon visage et commence à y déposer des dizaines de petits baisers. Les yeux fermés, j'attends patiemment qu'elle ait terminé son parcours. De mon nez à mes joues, en passant par ma mâchoire qu'elle mordille au passage et en terminant par mon front, pas un centimètre carré n'échappe à sa bouche. Lorsqu'elle s'écarte finalement, essoufflée, ses lèvres sont gonflées et sa poitrine se soulève frénétiquement. Elle est dans le même état que moi : excitée et impatiente de ce qui va suivre.

Tranquillement, je me redresse et je passe les mains sous mon t-shirt pour le retirer. Scarlett pousse un autre gémissement, ce qui me fait sourire.

– J'ai tellement envie de toi, Sawyer, glisse-t-elle, les pupilles dilatées, en détaillant mon torse.

Elle se redresse d'un coup, pose ses mains fraîches et délicates sur mes bras, puis elle recommence à m'embrasser, flattant mes abdominaux, mes pectoraux, léchant la veine qui part du dessous de mon nombril et qui disparaît sous mon jean.

– Laisse-moi te regarder un peu, lui dis-je, la voix plus rauque que jamais.

À son tour, elle retire son haut et s'empresse de laisser tomber son soutien-gorge à terre, dévoilant sa poitrine généreuse. Hypnotisé par cette vision divine, je fais d'abord glisser le bout de mes doigts le long de ses bras, puis sur le côté de sa poitrine, ce qui lui déclenche des frissons. Enfin, n'y tenant plus, je penche la tête et pose mes lèvres sur la peau douce de ses seins.

– Ils m'ont manqué, je souffle, entre deux baisers.

– Tu leur as manqué aussi.

Scarlett me caresse le haut du dos, en respirant plus fort. Mon doigt effleure son sternum, trace un chemin le long de son ventre et contourne son nombril, puis ma main se faufile sous son jean, sa culotte, pour trouver son sexe déjà humide. Je masse doucement son clitoris ; ses ongles se plantent dans ma peau, elle gémit de plaisir et s'agrippe à moi de toutes ses forces. L'érection qui commence à déformer mon pantalon devient de plus en plus gênante, mais j'ai besoin de voir Scarlett s'abandonner à moi, à mes caresses, j'ai besoin de voir son plaisir déformer son visage avant de penser au mien.

– Sawyer, mon Dieu…

Maintenant fermement Scarlett contre moi alors que son corps commence à se laisser aller dans mes bras, j'augmente la pression de mes lèvres sur ses seins, ainsi que celle de mes doigts sur son sexe brûlant. De son côté, elle tente de m'embrasser partout où sa bouche parvient à m'atteindre. Plus le plaisir enfle en elle, plus ses baisers se transforment en morsures qui ne font que m'exciter davantage. Je gronde contre son téton trempé par ma salive. Elle se tortille, soupire et gémit avec une intensité croissante à mesure que j'augmente le rythme de mes mouvements.

– C'est trop bon, Sawyer, c'est trop…

Trop bon, oui.

De la voir exploser entre mes bras, de pouvoir à nouveau assister à ça, à la façon qu'elle a de se perdre en moi, de me laisser lui donner ce que je désire, de me faire confiance.

Elle s'affale contre mon torse, à bout de souffle. Je profite qu'elle marque une pause afin de se reprendre pour retirer mon jean ainsi que mon caleçon, et pour m'asseoir contre le mur de l'entrée. La vision de mon sexe tendu, de mon érection impressionnante qui lui est destinée, suffit à la réveiller de son moment post-orgasmique et elle s'empresse à son tour de se délester des derniers vêtements qui la couvrent.

Aucune femme ne m'a jamais fait autant d'effet que Scarlett Weiss. Aucune des formes qui m'excite chez elle ne m'a excité chez une autre. Je rêve de pétrir ses hanches jusqu'à y laisser la trace de mes doigts, de sentir ses seins s'écraser contre mon torse. Plus que tout, je rêve de…

– Ça, dis-je en montrant son corps nu. Je veux ça, maintenant.

Je tends les bras et l'attire sur moi, ce qui la fait glousser. Elle s'installe à califourchon sur moi, s'empare de mon sexe qu'elle caresse tranquillement, passant son pouce sur mon gland chaque fois qu'elle remonte de la base jusqu'en haut.

– Tu es si beau, chuchote-t-elle en suivant à l'aide de sa main libre les veines qui saillent un peu partout sur mon corps à cause du plaisir qu'elle me procure.

Puis elle passe ses doigts sur ma nuque et attire ma bouche contre la sienne, tout en guidant mon érection jusqu'à l'entrée de son intimité.

– Je te veux tout de suite, sans rien, parce que je refuse que quelque chose vienne se mettre entre nous, murmure-t-elle contre mes lèvres.

Je comprends sans mal qu'elle refuse que nous mettions un préservatif, et je ne le souhaite pas moi non plus. Ça fait trois ans que je n'ai pas eu de relation à proprement parler, et mon dernier plan cul remonte à plusieurs mois. Avant le retour de Scarlett, ma vie était un tel désastre, j'étais dans une telle spirale infernale que je me refusais tout plaisir, toute joie.

– Je n'ai fait l'amour avec personne depuis… commence-t-elle.

– Ne le dis pas, je la coupe. Je ne veux pas savoir et surtout, je m'en fiche. J'ai envie de toi, de te retrouver, de nous sentir ne faire qu'un à nouveau, et moi non plus, je ne veux pas que quoi que ce soit vienne nous empêcher d'avoir ça.

Scarlett penche la tête sur le côté et me couve d'un regard tendre.

– Je n'ai même pas besoin de te demander si tu as récemment couché avec quelqu'un, Sawyer Westwood, je le vois dans tes yeux. Je te fais confiance comme à personne d'autre.

Sur ces mots, elle se laisse glisser sur ma verge, m'arrachant un grondement sourd et me faisant rejeter la tête en arrière.

C'est trop bon. C'est inexplicable, inégalable.

Sans attendre, j'agrippe les hanches de Scarlett, les serrant comme j'ai envie de le faire depuis tout à l'heure, et je l'aide à se soulever pour nous donner le rythme parfait. Nos râles sont synchronisés, la sensation de son sexe qui se serre autour du mien comme s'il cherchait à le garder pour toujours est si intense que je me penche à nouveau pour couvrir sa bouche de baisers, mordant sa lèvre avant de réaliser que j'y suis allé trop fort.

– Oh, Scarlett, mon amour, je…

– Chut, fait-elle en m'agrippant plus fermement. Embrasse-moi encore.

Et alors, je ne maîtrise plus rien. Je l'attrape, la plaque contre mon torse, et je donne un tempo endiablé à notre corps à corps.

Plus rien d'autre n'est important à cet instant. Je me fiche de ce qui se passe dehors, des menaces qui planent sur nous, de l'incertitude, des drames… Plus rien ne compte qu'elle, que nous, que ce que je ressens, que cet amour qui me percute et me redonne espoir.

– Ne me laisse plus jamais, j'implore Scarlett, sentant l'orgasme se former à la base de ma colonne vertébrale.

– Plus rien ne m'y obligera, je te le jure.

J'agrippe son visage, puis je plonge dans son regard en donnant trois derniers coups de reins. Ma vue se brouille instantanément, les contours du visage de Scarlett deviennent flous, ses gémissements de plaisir se mêlent à mes râles.

Le plaisir me paralyse.

Scarlett s'écroule dans mes bras.

Et je retrouve enfin ma place.

••••

– Ils m'ont vraiment terriblement manqué, tu sais.

Scarlett s'esclaffe tandis que j'enfouis ma tête entre ses seins, respirant l'odeur si envoûtante de sa peau.

– On est quand même mieux dans mon lit que par terre, tu ne trouves pas ? dit-elle en caressant mes cheveux.

– Je trouve qu'on était très bien en bas.

Pivotant contre son corps, je remonte le drap sur nous avant de parcourir sa poitrine de baisers.

– Je ne vais plus jamais réussir à quitter ce lit, je soupire.

– J'aimerais qu'on ne quitte plus jamais cette maison, renchérit Scarlett. Que le monde se mette sur pause et nous permette de rattraper ces huit dernières années.

– J'aimerais aussi… mais il faut qu'on passe à autre chose, maintenant.

– C'est toi qui dis ça ? lance-t-elle en riant.

Cela fait bouger ses seins ; j'y dépose deux nouveaux baisers avant de me forcer à les délaisser pour regarder Scarlett droit dans les yeux.

– Je suis désolé pour ce que j'ai dit, j'affirme. C'est moi l'idiot, dans l'histoire.

– Je suis d'accord.

Elle éclate encore une fois de rire, et je crois que c'est la première fois que je la vois aussi heureuse depuis que je l'ai retrouvée. L'idée que ce soit *moi* qui lui fasse cet effet me donne l'impression d'être important, d'être utile dans ce monde, sentiment que je n'avais pas éprouvé depuis longtemps.

– Plus sérieusement, tu n'es pas idiot : tu es compliqué, reprend-elle en caressant mes joues. Tu es différent, mais je t'aime toujours autant, Sawyer Westwood.

– Je t'aime toujours autant, moi aussi.

– Alors c'est parfait.

Et ça l'est vraiment.

Malgré tout, il va falloir mettre fin à cette parenthèse idyllique. J'aimerais faire fi de l'univers… mais c'est impossible. Le rendez-vous avec le détective privé que Lennon a engagé doit avoir lieu ce soir, et c'est quelque chose que je ne peux décemment pas louper.

– Ne va pas travailler ce soir, j'implore Scarlett en embrassant son ventre nu. Viens avec moi au manoir.

– Tu sais que je ne peux pas. J'ai déjà raté mon service au bar hier, je ne peux pas récidiver.

– Pourquoi ? Tu sais, tu n'as même pas besoin de bosser, quand on y réfléchit.

– Sawyer…

– C'est vrai. Ce job faisait partie de ta couverture pour passer inaperçue, mais maintenant que je suis là pour te protéger, il n'est plus nécessaire. Tu pourrais t'installer avec moi à Cape Cod, je veillerais sur toi et nous n'aurions plus à être séparés.

Scarlett commence par sourire en entendant ma proposition, mais lorsqu'elle constate que je suis on ne peut plus sérieux, elle fronce les sourcils.

– Non, je ne veux pas dépendre de toi, affirme-t-elle. Ce boulot, c'est mon revenu et il est important pour moi.

– Ce n'est pas…

– Si, Sawyer, c'est exactement ce que tu me suggères. Ne plus travailler, rester à la maison à t'attendre…

– Non, tu ne m'as pas bien compris…

– J'ai besoin de ce job, *j'aime* ce job.

Je soupire en posant mon front contre le sien, et souffle :

– D'accord.

– D'accord ?

– Si tu ne veux pas que ton quotidien change, alors je vais m'adapter à toi.

Elle sourit tendrement tout en caressant ma joue.

– Mais quand même… accompagne-moi au manoir, là, maintenant, j'ajoute. Mes frères et moi avons un rendez-vous important, mais ensuite, je te promets que je te déposerai au bar à l'heure pour ton service.

– J'accepte volontiers.

Je capture ses lèvres douces, avant de murmurer en écartant ses cuisses :

– Enfin, peut-être qu'on aura un peu de retard, finalement…

27
Sawyer

Bon, on est complètement à la bourre. Lorsque Scarlett et moi arrivons au manoir, mes frères et Billie sont déjà installés dans la salle à manger… face à Mike Connor.

– Je vous laisse discuter en famille, me glisse Scarlett à l'oreille, avant de déposer un baiser à la commissure de mes lèvres.

Elle salue tout le monde puis rejoint Eve à l'extérieur : sur la terrasse, la petite amie de Cruz sirote un verre tout en jouant avec Voldemort.

– Excusez-moi, dis-je en prenant place à table. Qu'est-ce que j'ai loupé ?

– Pas grand-chose, me répond Lennon, mais nous, on a quelques chapitres à rattraper, apparemment.

Son coup d'œil en direction de Scarlett est explicite et provoque même le ricanement de Cruz. Je décide d'ignorer mes frères pour me concentrer sur le rendez-vous : je n'ai aucune envie de me lancer dans un grand déballage en présence d'un inconnu. Lenny le comprend, parce qu'il reprend :

– Monsieur Connor s'apprêtait à nous dire comment il a entendu parler de nous et pourquoi il tient absolument à nous aider.

Le détective me scrute avant de déclarer :

– Comme je vous l'ai dit, j'ai entendu parler de l'agression survenue ici et lorsque j'ai compris que le coupable était en fuite, je me suis dit que je pouvais sans doute mettre mes compétences à votre service.

– Moyennant combien ? lance Cruz. Donnez-nous votre prix.

Les lèvres de Connor se pincent.

Je sens que la note va être salée...

– Écoutez-moi, croyez-le ou non, mais je ne suis pas attiré par l'appât du gain, se défend le détective.

– Ah, vraiment ? réplique Jaxon.

– Oui, vraiment. Et je ne comprends pas : si vous vous méfiez tant de moi, pourquoi m'avoir fait venir ici ce soir ?

Nous jetons un rapide coup d'œil à Lenny, qui reprend la parole :

– Parce que la police semble être au point mort sur son enquête et que nous avons besoin de réponses. Nous ne faisons pas appel à vous de gaieté de cœur, mais si cela peut nous permettre de retrouver la personne qui s'en est pris à notre père et à notre majordome, alors soit.

Connor hoche doucement la tête.

– Qu'est-ce que vous avez à nous proposer ? je demande.

– Eh bien, je pourrais pénétrer dans les fichiers de la police pour voir ce qu'ils ont en stock et qu'ils vous cachent peut-être, mais je pense que ce n'est pas de ce côté que nous devons chercher en priorité.

– C'est-à-dire ? réagit Cruz.

– Ça me semble évident, répond le détective. Il faut creuser dans la vie de votre père pour savoir qui lui en voulait au point de l'attaquer chez lui. À mon avis, il devait avoir des choses à se reprocher, sinon, pourquoi quelqu'un aurait-il voulu l'éliminer ?

Nous dévisageons Connor, choqués. Remarquant le changement sur nos visages, il s'éclaircit la gorge et reprend :

– Si vous me donnez assez d'informations, je peux lancer des recherches et essayer de voir à quel moment une menace a commencé à se développer.

– Des informations… personnelles ? je devine. Hors de question.

– C'est la seule façon pour moi d'ouvrir un dossier, se défend le détective. Tout ce que j'ai trouvé jusque-là n'est que très superficiel. Un nom, Oscar Westwood, et un lieu de naissance, Rochester, guère plus.

– Attendez une minute, intervient Lennon. Notre père est né à Lancaster en Pennsylvanie, pas à Rochester.

– Un vrai détective… ironise Jaxon. Pas foutu de trouver une information aussi basique.

Le visage de Connor s'assombrit alors qu'il affirme :

– Oscar Westwood n'est pas né en Pennsylvanie.

– Non mais vous pensez qu'on pourrait se tromper sur le lieu de naissance de notre propre père ? je m'emporte. Lennon, si tu ne mets pas ce charlatan dehors, je m'en charge.

– Non, attendez, s'écrie Connor. Je peux vous prouver ce que j'avance.

D'une petite chemise cartonnée, il sort un document qu'il pose devant nous : la version imprimée d'une carte d'identité. Sur celle-ci apparaît le visage de notre père, lorsqu'il avait la vingtaine. Et en effet, à côté de la mention « ville de naissance » figure « Rochester, État de New York ».

Pendant un moment, mes frères et moi détaillons ce papier sans oser prononcer un mot.

– J'ai effectivement trouvé un autre document qui fait état de la Pennsylvanie, reprend Connor, mais je suis persuadé qu'il est faux.

– Pourquoi notre père nous aurait-il dissimulé son lieu de naissance ? je réagis à voix haute. Ça n'a pas de sens de mentir là-dessus.

– À moins qu'on ait envie de s'en détacher pour éviter que d'anciennes actions nous rattrapent, suggère le détective.

À nouveau, nous le dévisageons en silence. C'est lui qui le brise en déclarant :

– Bon, je comprends que l'idée de remettre en cause la parole de votre père vous semble impossible, mais si vous voulez que je puisse avancer de mon côté et essayer de trouver de nouvelles pistes, il va falloir que vous acceptiez de me dire tout ce que vous savez.

– Vous ne nous avez toujours pas dit combien ça allait nous coûter, rappelle Jaxon.

– Pour l'instant, rien, répond Connor. Je vous l'ai dit, je souhaite sincèrement vous aider. Nous ferons le point sur ma rémunération à la fin de mon enquête, en fonction de ce que j'aurai trouvé.

Nous demandons au détective de nous laisser quelques instants le temps que nous nous concertions ; aucun de nous n'est réellement enthousiaste à l'idée de lui parler, mais nous n'avons pas non plus de vraie raison de nous y refuser… Nous le rappelons donc et commençons à lui parler de notre père, tandis qu'il prend assidûment des notes.

– … jusqu'à ce qu'ils nous adoptent tous les trois à l'orphelinat de Cape Cod, termine Lennon.

À cette précision, Connor relève la tête de son calepin.

– Vous trois… vous avez été adoptés ?

– Moi aussi, indique Billie.

– Et moi, presque, ajoute Jaxon. En quelque sorte…

Le détective nous étudie attentivement, avant de lâcher :

– Donc, aucun de vous n'est l'enfant biologique d'Oscar et Ellen Westwood ?

La façon dont il le dit me dérange.

– Ils sont nos parents, j'affirme en le fusillant du regard.

– Exactement, m'appuie Cruz. Et nous ne laisserons personne le remettre en cause.

– Ce n'est pas ce que je fais, se justifie Connor, je suis simplement surpris. Ce n'est pas tous les jours qu'on rencontre une famille nombreuse composée exclusivement d'enfants adoptés.

– Nos parents étaient exceptionnels, je clame. Ils étaient généreux, aimants et ils ont fait en sorte de nous donner une seconde chance, ce qui démontre leur courage et leur bonté hors du commun.

– D'accord… Qu'en est-il de vos parents biologiques ? demande le détective.

Mes frères et moi haussons un sourcil.

– Pourquoi cette question ? réplique Lennon.

– Avez-vous des informations les concernant ? Leurs noms, peut-être ?

– Qu'est-ce que ça a à voir avec toute cette affaire ? réagit Cruz. En quoi l'identité de ceux qui nous ont lâchement abandonnés est-elle importante ?

Connor griffonne quelques mots sur son carnet avant de le refermer et de hausser les épaules.

– Je ne sais pas, je rassemble juste autant d'informations que possible pour augmenter mes chances de comprendre pour quelle raison quelqu'un a souhaité s'en prendre à votre père. Je pense que j'ai assez d'éléments pour lancer mon enquête, d'ailleurs. Merci d'avoir pris le temps de répondre à mes questions. Dès que j'ai du nouveau, je vous recontacte.

Sur ce, il quitte les lieux… et après son départ, nous restons tous désorientés. Eve et Scarlett nous rejoignent, accompagnées d'un Voldemort surexcité, et elles s'intègrent à notre conversation.

– Pourquoi papa nous aurait-il menti sur son lieu de naissance ? je lance, perplexe.

– Je me pose la même question… soupire Cruz.

– Je suis sûr qu'il doit y avoir une explication plausible, nous rassure Lennon. Peut-être que c'est une erreur du service administratif, et que papa a dû refaire une carte d'identité pour la corriger ?

Je vois dans les yeux de Jax et Cruz qu'ils ont envie d'acquiescer… pourtant, nous ne parvenons pas à bouger la tête.

– Ce serait louche si on embauchait un détective privé pour surveiller l'autre détective privé ? je tente. Au moins, on serait plus sereins.

Lennon sourit tandis que Cruz lève les yeux au ciel. Mais ma tentative d'humour n'allège pas l'ambiance bien longtemps. Rapidement, Lenny reprend, la voix rauque :

– Écoutez, je ne sais pas ce que ce détective va trouver, mais j'ai besoin de savoir que peu importent les informations qui seront découvertes, nous resterons unis. Je peux avoir votre parole ?

– Bien sûr, je déclare en premier. Jamais rien ne changera mon regard sur notre père.

– Pareil, m'appuie Cruz.

– Pareil, affirme Jax.

– Face à l'adversité, ensemble, toujours, déclame Billie de sa voix douce.

Il se passe quelques secondes avant que Scarlett ne dise :

– Je ne fais peut-être pas partie du clan, mais quoi qu'il arrive, je suis avec vous.

– Moi aussi ! approuve Eve.

La façon dont notre famille s'agrandit me donne le tournis autant que cela me ravit. Je suis touché que Scarlett n'hésite pas à une seconde à nous apporter son soutien, alors que notre réconciliation est si récente… et même si mes relations avec Eve ne sont pas au beau fixe, je ne peux que reconnaître qu'elle se montre exemplaire en cet instant.

– Alors, tous les deux… commence Cruz en nous dévisageant, Scarlett et moi, tout en jouant exagérément des sourcils.

– C'est officiel ? complète Jax, mettant les pieds dans le plat.

Je sens un sourire idiot s'installer sur mes lèvres. Quant à la rougeur qui colore les joues de Scarlett, elle est on ne peut plus explicite.

– Ouais, c'est officiel… je confirme, bourru.

– C'est génial, je suis heureux que vous vous soyez retrouvés, nous félicite Lennon.

Billie m'attire contre elle, me prenant par surprise.

– Ta longue nage solitaire est terminée, murmure-t-elle, véritablement émue.

Je ferme les yeux et embrasse ses cheveux avant de la relâcher, au moment où Cruz s'écrie :

– Et encore un Westwood qui quitte le marché du célibat. Jax… il ne manque plus que toi, mon pote.

– Laisse-le tranquille, Cruz, intervient Eve.

– Euh… excusez-moi ? réagit Billie. Je ne fais plus partie de la famille ?

Nous la dévisageons tandis qu'elle croise les bras sur sa poitrine.

– « Jax, il ne manque plus que toi… » répète-t-elle. Moi aussi, je suis célibataire, mais vous n'avez pas l'air impatients que je remédie à cette situation.

– Oh non, Billie, ne recommence pas, je soupire.

– Je recommencerai chaque fois qu'il le faudra. Je ne suis plus une enfant, il va bien falloir que vous finissiez par vous rentrer ça dans le crâne !

– Bien dit ! s'exclame Eve.

Sous nos yeux écarquillés, Billie, Scarlett et elle se tapent dans la main. J'ai l'impression qu'une sorte d'alliance est en train de se créer entre elles… et je n'ose imaginer le quatuor qu'elles formeront quand Dovie les rejoindra.

On est bons pour se faire continuellement remettre dans le droit chemin.

Mes frères continuent à plaisanter, la tension causée par notre entretien avec Connor dissipée. Scarlett se penche alors pour me glisser à l'oreille :

– Je déteste t'embêter dans un moment pareil, mais je vais devoir aller prendre mon service au bar.

– Bien sûr, je lui réponds avec un hochement de tête. Allez viens, je t'accompagne.

28
Scarlett

– C'est comme ça que ça va se passer, maintenant ? je demande tandis que Sawyer se gare sur le parking du bar. Tu vas m'accompagner partout, je n'aurai plus le droit de conduire ?

– Exactement !

Je hausse les sourcils en détachant ma ceinture de sécurité.

– Évidemment que non, reprend Sawyer. Mais pourquoi compliquer les choses ? Je suis assigné à ta protection – non, mieux : je suis à ta disposition, alors profites-en.

– Comme je le veux ? dis-je en faisant remonter ma main le long de sa cuisse.

– Comme tu le veux, confirme-t-il avant de se pencher pour m'embrasser.

J'ai encore du mal à réaliser que nous sommes passés d'une ambiance exécrable… à ça. Qu'en l'espace de quelques heures, la vapeur s'est inversée et que Sawyer est redevenu officiellement mien.

– J'ai déjà loupé une journée de travail hier, alors il faut vraiment que j'aille bosser, je geins tout en mettant fin à notre baiser. Dieu sait pourtant comme j'aimerais rester avec toi…

– Mais je serai là, réplique Sawyer. Je ne te quitterai pas d'une semelle.

Nous descendons du SUV en même temps, puis nous pénétrons dans le bar main dans la main. Je salue Samson et Mad, les responsables de la sécurité, puis je me faufile jusqu'au comptoir.

– Pourquoi est-ce que tu as voulu qu'on passe par l'entrée principale ? demande Sawyer en s'installant au bar.

– Parce que je voulais t'exhiber, je lui réponds, ce qui le fait rire.

– Letty, ma chérie ! s'écrie soudain Nate en arrivant depuis la réserve.

Enthousiaste, il me fonce dessus, comme souvent, mais alors que je m'apprête à subir son accolade, il est coupé dans son élan par le bras de Sawyer, qui s'étend par-dessus le comptoir et se place entre nous deux.

– N'y pense même pas, grogne mon garde du corps.

– Qu'est-ce que…

– Nathan, je te présente Sawyer… mon petit ami, j'interviens.

Honnêtement, je suis si heureuse de pouvoir à nouveau l'appeler ainsi que je me trouve presque ridicule… *presque* seulement. Après les huit années solitaires que je viens de passer, j'ai décidé que j'ai le droit de me shooter au bonheur, quitte à passer pour la niaise de service.

– D'accord… lâche Nate. Mais je suis le collègue de Letty et je ne fais que la saluer.

– Je suis sûr que tu peux y parvenir en restant à une distance raisonnable.

Nathan et Sawyer se défient du regard, puis le barman recule en levant les mains devant lui.

– OK… Ben je vais me mettre à bosser, moi.

Sur ce, il s'éloigne en secouant la tête. Dès qu'il a disparu, je me tourne vers Sawyer, qui se contente de hausser les épaules en lâchant :

– Quoi ?

Je soupire, amusée, puis je me penche vers lui, lui donne un rapide baiser et commence à préparer les commandes des clients qui affluent au bar.

C'est fou comme l'amour peut influer sur l'humeur. Comme aimer et se sentir aimé en retour peut donner une force incroyable.

Je me souviens que l'une des choses qui me fascinaient quand Sawyer et moi étions ensemble au lycée, c'est à quel point je me sentais invincible en sa présence. Son soutien me donnait l'impression de pouvoir tout essayer, et surtout, tout réussir. Ces sentiments se sont réinstallés en moi à la minute où nous nous sommes embrassés et où mon corps a su qu'il avait retrouvé son carburant, et à présent, j'ai l'impression de marcher sur un petit nuage.

Tandis que je prépare des cocktails tout en souriant comme une idiote devant mes morceaux de citron, un groupe d'une quinzaine de personnes fait irruption dans le bar.

– Oh non… je râle.

– Quoi ? me demande Sawyer, qui m'a entendue.

Discrètement, je lui fais signe de se tourner en direction des clients qui s'approchent du comptoir.

– C'est un groupe d'habitués, je lui indique. Ils boivent comme des trous, et généralement, ils finissent par créer des conflits avec les autres clients, ou tout simplement entre eux. Mad et Samson ont déjà dû les virer à plusieurs reprises, mais comme ce sont des amis du patron, ils se permettent de revenir et de recommencer.

Je tends trois cocktails à Naomi, puis je souffle à Sawyer :

– Je crois malheureusement que la soirée va être mouvementée…

– J'aime bien les soirées mouvementées, réplique mon petit ami en haussant frénétiquement les sourcils.

Je pose mes coudes sur le comptoir et lui glisse :

– Tu sais te battre mieux que n'importe qui, mais contre quinze personnes, j'ai bien peur que tu ne survives pas, et je refuse que quiconque amoche ton joli minois.

Il ricane, sûr de lui, et je lève les yeux au ciel avant de me remettre au travail.

De temps à autre, dans les heures qui suivent, je passe devant Sawyer et je lui sers un verre tout en l'aguichant éhontément, ce qui ne manque jamais de le faire réagir. Il gronde chaque fois que je le frôle intentionnellement, et j'ai parfois l'impression qu'il est prêt à me basculer sur son épaule pour m'emmener à l'abri des regards. Mon euphorie se dissipe soudain lorsque Nathan m'aborde, l'air contrarié, pour me demander :

– Letty, tu peux venir une seconde dans la réserve ?

Je jette un rapide coup d'œil à Sawyer, qui semble détester cette idée, mais je suis tout de même mon collègue. Une fois dans la petite pièce qui nous sert d'espace de stockage, je lance :

– Un problème ?

– Écoute, je t'apprécie beaucoup, tu le sais, et je suis très heureux que tu aies rencontré quelqu'un, commence Nate. Mais c'est le troisième verre que tu sers à ce Sawyer de la soirée, et le fait qu'il soit ton mec ne l'autorise pas à consommer à l'œil.

– Oh… oui, je comprends, tu as raison. Tu sais quoi ? Ses consommations sont pour moi. Je prélèverai dans mes pourboires pour les payer.

Nathan hausse les sourcils.

– T'es sûre ? On ne se fait pas un salaire d'enfer ici, alors les pourboires, c'est pas négligeable.

– Certaine.

– Bon… Comme tu veux.

Nate quitte la réserve. C'est vrai que je ne roule pas sur l'or, mais peu importe. Si j'ai envie d'offrir des boissons à Sawyer, alors je ne m'en priverai pas.

Comme je le disais tout à l'heure, je me sens si heureuse que rien ne peut m'atteindre.

Avant de quitter la réserve, j'attrape une bouteille de rhum puisque, vu la demande accrue de mojitos ce soir, nous allons bientôt en manquer, puis je pivote pour retourner dans le bar. Mais au moment où je m'apprête à passer la porte, je percute le torse en béton de Sawyer. Secouée, je redresse la tête pour croiser son regard. Il est si grand et si imposant que j'ai l'impression d'être submergée par lui.

– Qu'est-ce que tu…

Je n'ai pas le temps de terminer ma question. Sawyer place ses mains sur mes hanches et me fait reculer à nouveau dans la réserve, nous offrant de l'intimité en refermant la porte du pied.

– Sawyer, tu…

– Qu'est-ce que Nathan te voulait ? attaque-t-il.

Mon Dieu, je ne sais pas si c'est normal que sa possessivité flagrante me plaise autant.

– Me parler boulot, je réponds en agrippant son biceps d'une main. Juste parler boulot.

– Tu es sûre ?

– Pourquoi est-ce que je mentirais ?

– Parce que tu aurais peur que je lui éclate la gueule si j'apprenais qu'il t'a fait une proposition… déplaisante.

Je pince les lèvres, amusée.

– Aucune proposition déplaisante, promis.

Les yeux verts de Sawyer parcourent mon visage et s'arrêtent sur ma bouche. Doucement, il passe son pouce sur ma lèvre inférieure, à l'endroit où il m'a mordue tout à l'heure, pendant que nous faisions l'amour. Lentement, il embrasse le petit gonflement rougi, preuve de son passage, et je manque de laisser échapper la bouteille de rhum.

Pourquoi, bon sang, mais pourquoi est-ce que l'idée que tout le monde puisse voir cette marque éphémère m'excite à ce point ?

Le visage de Sawyer est désormais à quelques millimètres du mien, et son souffle balaye mon menton lorsqu'il chuchote :

– J'ai envie de te faire l'amour ici.

Oh oui…

Je passe un bras autour de ses épaules. Ma bouche s'entrouvre d'elle-même lorsque celle de mon bodyguard de petit ami se l'accapare. Il est si facile de tout oublier quand il est tout contre moi, quand sa proximité fait disparaître le monde autour de nous et déclenche une folle envie de lui…

Sauf qu'il m'est malheureusement impossible de me laisser aller à cet instant.

– C'est une très mauvaise idée, je murmure, complètement alanguie dans ses bras. Nate va bientôt remarquer que je ne suis pas revenue en salle et si jamais il a l'idée de venir voir ce qui se passe dans la réserve, il…

Soudain, des cris furieux viennent percer notre bulle. Il me faut quelques secondes pour comprendre qu'il se passe quelque chose dans le bar.

Sawyer et moi quittons la réserve en trombe, juste à temps pour voir deux hommes appartenant au groupe de trouble-fête se jeter sur un autre client.

– Oh merde ! je lâche, avant de me précipiter derrière le comptoir.

Samson et Mad sont déjà en train d'intervenir, mais la situation dégénère à vue d'œil. Les amis du client attaqué ripostent, d'autres membres du groupe se jettent dans la bagarre… et soudain, c'est le chaos.

Les coups pleuvent, les insultes fusent, les hurlements résonnent.

– Scarlett ! s'écrie Sawyer en attrapant ma main. Viens, on sort d'ici.

– Non, je dois aider à évacuer.

Je m'arrache à sa prise et je me précipite vers des clients apeurés.

– PAR ICI ! je hurle pour me faire entendre par-dessus le brouhaha.

Dès qu'ils me repèrent, ils se précipitent dans ma direction. Je les conduis jusqu'à la porte arrière et la laisse ouverte pour faciliter l'évacuation, avant de retourner au centre du bar, à la recherche de Naomi. Au loin, j'aperçois Sawyer qui incite les gens à s'enfuir par l'entrée principale tout en me jetant des coups d'œil toutes les trois secondes.

– Letty ! Letty !

Je reconnais la voix de Naomi et je m'empresse de courir dans sa direction… ce qui ne m'empêche pas d'apercevoir Nathan en train de quitter le navire aussi vite qu'il le peut.

Quel lâche.

Un homme est soudain projeté devant moi, et son apparition me fait pousser un cri de surprise. Il s'écrase par terre, met quelques secondes à reprendre ses esprits, puis il se redresse pour foncer à nouveau sur un type qui lui beugle des insultes.

Bon sang, le bar va être totalement détruit.

– Naomi ! je hurle lorsque je vois ma collègue.

Je lui tends la main, l'agrippe et la tire vers moi.

– Passe par la porte de derrière et…

Je ne parviens pas à terminer ma phrase, percutée de plein fouet par un corps et projetée en avant. Je me retiens de justesse à une table, qui m'est aussitôt arrachée des mains et lancée à travers le bar. Son atterrissage brise un nombre incalculable de bouteilles et de verres. Maintenant au cœur du combat, incapable de voir où se trouve Sawyer tant la foule est dense, je crains de me prendre un coup à tout moment… ce qui ne tarde pas. Tandis que je me redresse, je sens un coude s'enfoncer violemment dans mon dos, me faisant un mal de chien.

– Scarlett… SCARLETT !

Je lève la tête juste à temps pour croiser le regard de Sawyer. Sans ménagement, il dégage de son chemin chaque personne qui tente de lui barrer la route, jusqu'à ce qu'il parvienne enfin devant moi.

– Tu vas bien ? me demande-t-il.

– Ça va, je réponds.

Mais visiblement, malgré tous mes efforts pour masquer ma douleur, j'échoue lamentablement, en atteste la fureur qui prend place dans les yeux émeraude de Sawyer.

– Cette fois, je te sors d'ici, gronde-t-il.

Au moment où il se baisse pour me soulever, deux hommes qui viennent de recevoir des coups de poing magistraux titubent vers nous. Sawyer a le réflexe de se placer devant moi avant qu'ils ne tombent, amortissant leur poids à l'aide de son dos.

– Putain de merde, hurle-t-il en se redressant.

Il s'empare de l'un des hommes et lui décoche un crochet du droit dans la mâchoire avant de le repousser en arrière et de réitérer avec le second. Cela déclenche la colère d'un des bagarreurs qui fonce sur lui, furieux.

– Espèce d'enfoiré je t'interdis de toucher à mon frère ! braille-t-il en pointant rageusement Sawyer du doigt.

Mais il est reçu à la manière Westwood. Mon garde du corps l'agrippe par le col de sa veste et lui donne le plus violent coup de tête que j'aie jamais vu. Le nez du type se brise dans un bruit écœurant qui me parvient malgré la cohue, me faisant grimacer.

Lorsque j'aperçois du sang sur l'arcade sourcilière de Sawyer, mon cœur se serre. Je dois à tout prix nous sortir de là, sinon il va massacrer tous ces gens et se blesser par la même occasion. Il en est déjà à son quatrième K.-O., fendant la foule pour nous ouvrir un chemin jusqu'à la sortie la plus proche. Le voir se battre a quelque chose d'hypnotisant. Ses gestes sont si naturels, ses attaques si souples, il rend tout cela si facile…

L'aura sexy qu'il dégage me met dans tous mes états.

Reprends-toi, Scarlett.

– Sawyer ! je hurle pour attirer son attention.

En même temps, je me précipite dans sa direction, me courbant pour tenter de passer inaperçue.

– Putain, mais t'es qui, toi ? s'écrie l'un des membres du groupe à l'initiative de la bagarre générale, alors que Sawyer se dresse devant lui.

– Quelqu'un qu'il ne fallait pas énerver, répond mon petit ami.

Sur ce, il donne au type un coup de pied en plein dans l'estomac, l'envoyant valser plus loin. Le problème, c'est qu'à force de se démener comme il le fait, il attire l'attention, et d'autres gars commencent à vouloir en découdre avec lui. Pendant qu'il se bat contre un nouvel homme, un second s'approche de lui par-derrière et lui saute dessus.

La peur explose dans mes veines.

C'est à cet instant que j'aperçois une bouteille de scotch sur le sol. Elle est vide, certes, mais elle fera parfaitement l'affaire pour ce que je projette. Je m'en empare, me redresse, et sans réfléchir une seconde de plus, j'éclate de toutes mes forces mon arme de fortune sur le crâne de l'homme qui essaye d'étrangler Sawyer. Il s'écroule, assommé, et mon bodyguard profite de ma distraction pour mettre son premier adversaire au tapis. Ensuite, il attrape ma main et nous entraîne vers la sortie. Il court si vite que je crains de trébucher et de m'étendre par terre, mais il me tient fermement la main, prêt à me rattraper en cas de besoin.

Une fois sur le parking, il déverrouille son SUV en hâte et nous grimpons à l'intérieur, puis il démarre en trombe pour nous emmener loin d'ici.

••••

– Tu es sûr ? Très bien… Merci de m'avoir prévenue, Nate. Et au passage, félicitations pour ta fuite magistrale. J'ai été très impressionnée.

Je raccroche et lance mon téléphone sur une serviette avant de retourner me placer devant Sawyer, installé sur une chaise dans ma salle de bain.

– Est-ce que tu as mal ? je lui demande.

– Non.

– Sawyer, ne joue pas les héros.

– Je t'assure que tout va bien.

J'ai du mal à le croire. Je désinfecte la plaie de son arcade avec des gestes aussi doux que possible. Je *sais* qu'il doit avoir mal, mais il reste droit, immobile, et ne laisse transparaître aucune émotion.

– Franchement, arrête de t'inquiéter, grogne-t-il. Ce n'est pas la première fois que je prends part à une bagarre.

– Et tu voudrais que je t'en félicite ?

– Hé… Moi, je voulais te sortir de là dès le début, c'est toi qui as voulu te jeter dans la mêlée. Qu'est-ce que tu attendais de moi ? Que je reste bras croisés à te regarder prendre des risques ?

Je soupire, pose mon coton imbibé de sang pour en prendre un autre, puis recommence à tapoter.

– Non, bien sûr que non, je souffle. C'est juste que je n'aime pas l'idée qu'on te fasse du mal.

Sawyer passe ses bras autour de ma taille et m'incite à m'installer à califourchon sur lui.

– Moi non plus, je ne veux pas qu'on te fasse du mal, me répond-il. Que t'a dit Nathan ?

– Que les flics sont en train de faire les premières constatations et qu'ils prendront les dépositions des témoins au cours des prochains jours. Les dégâts sont assez impressionnants, le bar sera fermé pendant quelque temps.

– Quelle bande d'abrutis, gronde Sawyer. Mais voyons le bon côté des choses : tu ne vas plus être obligée de venir travailler et tu pourras rester au manoir avec moi.

– Sawyer…

– Juste le temps que les choses s'arrangent. Ensuite, tu pourras reprendre tes habitudes.

Je triture distraitement le coton que j'ai dans la main. Ces huit dernières années ont fait naître en moi un véritable besoin d'indépendance. J'ai appris à ne compter que sur moi-même et à ne me reposer sur personne. Il est vrai que je suivrais Sawyer n'importe où et qu'il est la personne en qui j'ai le plus confiance au monde ; malgré tout, j'ai peur qu'en m'installant au manoir, je finisse par m'oublier et ne devenir qu'un prolongement de mon petit ami, lui qui a une vie si remplie.

Me voyant préoccupée, il passe doucement ses mains sous mon t-shirt pour effleurer l'endroit où le coup de coude que l'on m'a assené me fait encore souffrir.

– Hé, n'y pensons plus, chuchote-t-il. On fera comme tu voudras. Maintenant, laisse-moi te soigner.

– Laisse-moi d'abord finir de prendre soin de toi.

– Ce n'est qu'une arcade ouverte et quelques égratignures sur les jointures, proteste-t-il en tournant la tête pour que je ne puisse plus l'atteindre. Je veux prendre soin de toi, Scarlett. Maintenant.

Mes épaules s'affaissent, et je capitule. Je quitte les genoux de Sawyer, il se lève et m'incite à m'asseoir sur la chaise en amazone pour que mes bras puissent prendre appui sur le dossier. Ensuite, il s'empare d'un tube de gel pour les coups et, le plus délicatement possible, commence à masser mon dos. Au départ, le produit est froid, mais ses mains brûlantes le réchauffent en un clin d'œil.

– Faire des bleus à une si belle peau, c'est criminel, grogne-t-il derrière moi. J'espère que le connard qui t'a frappée va rester inconscient un long moment.

Je me surprends à fermer les yeux tant l'effet de ses doigts sur moi est apaisant.

– Tu me fais du bien, je murmure.

– Je l'espère, répond-il avant de déposer des baisers sur ma nuque.

– Ça a toujours été le cas, même quand on était ados, j'ajoute en posant ma joue sur mon avant-bras. Chaque fois que je savais que j'allais te voir au lycée, j'avais l'impression que mon cœur allait exploser. Et dès que tu étais devant moi, c'est comme s'il grandissait subitement, tellement que j'avais peur de ne pas avoir assez de place dans ma poitrine pour le contenir. Tu avais cette faculté de m'apporter de la joie, de la paix… et tu me donnais le sentiment d'être unique. Comme si j'étais…

– Une reine. Parce que c'était ainsi que je te voyais. C'est toujours le cas…

Je souris doucement tandis qu'il continue de me masser.

– J'ai su dès que je t'ai revu sur le pas de ma porte que, pour moi, rien n'avait changé, je lui avoue. Que tu serais toujours mon refuge et mon repère.

Je sens un baiser sur le haut de mon crâne, et je poursuis :

– Tu es un homme incroyable, Sawyer Westwood. Tes parents ont fait de l'excellent travail.

Ses doigts se crispent sur ma peau.

– Malheureusement, je ne crois pas avoir été un très bon fils… lâche-t-il.

– Quoi ? je m'indigne. Enfin, Sawyer, qu'est-ce que tu racontes ?

– J'ai envoyé ma mère dans le décor, et depuis, je n'ai pas réussi à lui rendre visite. Mon père est dans le coma, et malgré toutes les explications que j'ai reçues à ce propos depuis, une part de moi ne cesse de lui en vouloir de t'avoir cachée à moi. Alors tu vois, je suis loin de me qualifier pour la médaille de l'enfant de l'année.

Je me retourne pour lui faire face et lui montrer mon désaccord.

– Au contraire, je sais sans aucun doute qu'Oscar et Ellen étaient très fiers de toi, j'affirme. De vous tous, d'ailleurs.

La moue triste de Sawyer me serre le cœur.

– Dis-moi quoi faire pour te convaincre que j'ai raison, je lui demande en caressant sa joue. S'il te plaît, laisse ta culpabilité et ta douleur derrière toi.

Il pousse un soupir tremblant, que j'aspire entre mes lèvres en lui volant un baiser. Il prend alors ma main et la serre aussi fort qu'il le peut, avant de plonger ses yeux dans les miens.

– Si je veux y parvenir, il va falloir que j'aille quelque part, me confie-t-il. Et je suis incapable de faire ça sans toi.

– Sawyer… je te suivrai où tu veux, dis-je le plus solennellement possible.

29
Sawyer

Nous sommes garés depuis plusieurs minutes sur le parking de la clinique où mes parents sont soignés, et je ne parviens toujours pas à sortir de la voiture. Mon cœur bat à tout rompre dans ma cage thoracique ; à mes côtés, je sens que Scarlett est fébrile, elle aussi. Je n'aurais jamais réussi à rassembler assez de courage pour venir ici si elle n'avait pas accepté de m'accompagner. Depuis qu'elle fait à nouveau partie de ma vie, je retrouve petit à petit les forces qui m'avaient abandonné, ce qui me permet de faire face à mes démons.

Alors que je fixe le bâtiment imposant de la clinique sans dire un mot, Scarlett doit sentir que j'ai besoin d'encouragements, car elle me murmure avec douceur :

– Tout va bien se passer.

Je déglutis, puis j'ouvre la portière de la voiture et en descends. Scarlett fait le tour du véhicule pour venir se poster à mes côtés. Elle glisse sa main dans la mienne, enlaçant nos doigts, et c'est ensemble que nous pénétrons à l'intérieur de la clinique. Étant donné l'heure tardive, nous ne croisons pas de visiteurs, seulement quelques soignants. En silence, nous montons jusqu'au dernier étage, mais lorsque je sors de l'ascenseur, mes jambes cessent d'avancer.

Il y a quelques jours, les médecins ont terminé l'aménagement d'une chambre double spécialement prévue pour que mes parents puissent y reposer tous les deux côte à côte. Je sais donc que, lorsque j'y entrerai, ce n'est plus seulement mon père que je verrai allongé sur son lit d'hôpital, mais aussi ma mère.

Je redoute de la revoir, après plus de trois ans. Durant tout ce temps, j'ai tenté de pallier son absence en me replongeant dans nos souvenirs. Me la remémorer heureuse et en bonne santé sur des photos et des vidéos était plus simple pour moi que de faire face à son corps inerte. Je ne cesse de me demander si elle a changé, vieilli, si des traces de l'accident sont visibles sur elle.

Surtout, je me demande si elle ressemble toujours à la femme que j'ai connue.

Lorsque nous sommes enfants, nos parents sont comme des héros à nos yeux. Ils sont notre exemple, détiennent le savoir, la sagesse. Ils donnent le sentiment d'avoir réponse à tout, qu'aucun problème ne leur résiste, et on se plaît à les imaginer immortels. En grandissant, on comprend que personne ne l'est… mais malgré tout, quand la réalité vient frapper à notre porte, elle est difficilement acceptable.

– Nous ne sommes pas obligés de faire ça aujourd'hui, Sawyer, me glisse Scarlett. Si tu as besoin d'encore un peu de temps, alors…

– Non, il le faut, je décrète. J'ai déjà trop reculé, te retrouver me l'a fait réaliser. Même si ma mère n'est pas consciente, *elle est là*, et je peux lui rendre visite.

Rassemblant mon courage, je parcours les quelques mètres qui me séparent de la porte de la chambre et je trouve la force d'en actionner la poignée.

C'est mon père que j'aperçois en premier… avant d'enfin poser mon regard sur celle que je pleure depuis si longtemps. Mon souffle se raréfie dans mes poumons lorsque je découvre son visage, et alors que je pensais me retrouver paralysé et incapable d'avancer, mes jambes avancent au contraire d'elles-mêmes.

– Maman.

Ma voix se brise en prononçant ce mot si réconfortant. Je m'approche de son lit et me laisse tomber sur le matelas avant de la prendre dans mes bras. Je m'aperçois avec horreur que des sanglots m'échappent, mais je suis incapable de les retenir.

Elle est là. Ma mère est près de moi. Et soudain, je me fiche de savoir si elle a changé : tout ce qui importe, c'est que je sois à nouveau près d'elle, que je puisse prendre sa main et toucher sa peau douce.

– Pardon, maman, je chuchote.

Mes pleurs augmentent. Derrière moi, je sens la présence de Scarlett qui, bouleversée, renifle elle aussi. Elle pose une main compatissante sur mon épaule et pendant un long, très long moment, nous n'échangeons pas un mot. Je reste ainsi, tenant le corps de ma mère contre moi, jusqu'à ce que la crise passe, que la douleur s'apaise. Lorsque c'est enfin le cas, je me redresse, et c'est là que je prends le temps de la détailler.

Lors du dernier jour que nous avons passé ensemble, elle était heureuse, enjouée et souriante, tandis que je la conduisais à sa fête surprise d'anniversaire. La contrariété et l'inquiétude se sont installées sur son beau visage quand elle a compris que nous étions pris en chasse par un vautour de paparazzi… La seconde d'après, elle était inconsciente sur le siège passager et mon monde s'est effondré.

Je suis heureux de voir qu'aucune cicatrice ne marque son corps. Ellen Westwood a toujours eu une grâce folle et même ainsi, allongée sur un lit d'hôpital et reliée à des machines, elle est magnifique. J'ai l'impression qu'elle est juste en train de dormir, et cette vision que j'ai tant redoutée est en réalité apaisante. Savoir que ma mère ne souffre pas est un véritable soulagement.

À cet instant, je me demande comment j'ai pu refuser si longtemps de venir lui rendre visite. Je me rends compte qu'en m'imposant cela, j'ai contribué à alimenter ma colère et mon repli sur moi-même. Peut-être que si j'étais venu dès le départ j'aurais pu démarrer un travail de reconstruction. Peut-être que j'aurais pu m'éviter trois années d'auto-flagellation.

Mais il est trop tard pour tout recommencer. Désormais, je dois aller de l'avant, profiter de la seconde chance que me donne la vie en me permettant de recroiser le chemin de Scarlett, et profiter du présent.

Cette pensée me fait tourner la tête en direction de mon père. La proximité entre son lit et celui de ma mère me donne envie de sourire. S'ils savaient, je crois qu'ils seraient ravis d'être aussi proches l'un de l'autre.

– Oscar…

Le murmure de Scarlett me serre le cœur. Elle lâche ma main et, prudemment, s'approche du lit. Désespérée par ce qu'elle voit, elle joint ses mains sous son menton et laisse couler ses larmes silencieusement avant de s'installer sur le bord du matelas et de prendre la main de mon père avec précaution pour la porter à ses lèvres.

– Vous me manquez, Oscar, reprend-elle.

Elle se tourne ensuite vers moi et me demande, les yeux humides :

– Qui a pu lui faire du mal ?

– C'est ce qu'on essaye de découvrir.

– Je n'arrive pas à y croire. Il prenait toujours de mes nouvelles. Il venait me voir aussi souvent qu'il le pouvait. On discutait pendant deux, trois heures parfois. Il me parlait de tout, de l'institut, de l'agence, de la vie au manoir… de vous. La fierté dans la voix de cet homme lorsqu'il évoquait ses enfants était exceptionnelle.

Je m'approche de Scarlett tandis que, en larmes, elle poursuit :

– Il a pris soin de moi, il a tout fait pour me protéger… Il a été comme un père pour moi durant toutes ces années.

Je pose mes mains sur ses épaules, mon menton sur le haut de sa tête, et laisse les larmes couler à mon tour.

– Il t'aimait, tu sais, lui dis-je.

Oscar avait cette capacité hors norme de s'intéresser aux gens, de les accepter dans sa famille. Je n'ai aucun doute quant au fait que s'il pouvait nous voir aujourd'hui, Scarlett et moi, il serait heureux que nous ayons renoué. Il faut dire qu'il savait ce qu'il faisait en me remettant ce dossier…

Alors que je me fais cette réflexion, ce qu'elle signifie me frappe de plein fouet.

Il savait.

Mon père est organisé, et il est surtout prévoyant, tous ceux qui le connaissent peuvent le dire. Je me souviens parfaitement du jour ou Lennon, Cruz et moi avons intégré la formation proposée par l'institut, peu après avoir terminé le lycée. À ce moment-là, j'étais détruit par le départ de Scarlett et je n'avais plus goût à rien. Devenir bodyguard m'a aidé à remonter la pente… et maintenant que j'y pense, je crois que mon père m'a depuis toujours préparé à mes retrouvailles avec Scarlett. Parce que, si Lennon et Cruz ont eu la possibilité de tester plusieurs types de missions avant de choisir celui qui leur convenait parfaitement, de mon côté, j'ai immédiatement été orienté par notre père vers les dossiers sensibles.

Il savait. Mieux, il voulait qu'un jour je devienne le garde du corps de Scarlett. Je comprends que c'était sa façon à lui de nous garder elle et moi en contact, avant que les circonstances ne nous permettent de nous retrouver.

Le cœur lourd, je m'approche de lui, me penche, puis je dépose un baiser sur son front.

– Merci, je souffle.

Et juste comme ça, je fais la paix avec mon père et avec moi-même.

30
Scarlett

Une routine agréable se met en place au fil des jours. Nous passons chaque nuit ensemble, parfois au manoir, parfois chez moi. Depuis le soir où il a rendu visite à ses parents, Sawyer n'est plus le même. Il paraît plus léger, comme s'il s'était délesté d'un poids qui l'étouffait depuis trop longtemps. Il garde malgré tout un air revêche sur le visage en permanence, mais j'ai fini par m'y habituer.

Mieux, je crois que je l'aime bien, le Sawyer grognon…

Quant à mes entraînements, étant donné que j'ai beaucoup plus de temps libre puisque le bar n'a pas encore rouvert, ils se sont intensifiés. Je passe des heures à l'institut, et je suis heureuse de constater que je fais de vrais progrès.

– C'est bien, vas-y… Encore ! Frappe sans t'arrêter.

Un filet de sueur coule dans mon dos. Je suis en train de me défouler sur le gant que porte Sawyer à sa main droite, sous ses encouragements.

– Plus fort, Scarlett.

Je grogne, parce que les muscles de mes bras sont de plus en plus douloureux. Mais je ne veux pas arrêter, je veux montrer à Sawyer que je suis une battante.

– Tu es incroyable, me lance-t-il avec tendresse.

Je souris. Son compliment me donne encore plus de force. Mes poings s'écrasent contre le rembourrage du gant en cadence.

Gauche, droite.

Droite, gauche.

Gauche, droite.

Droite, gauche.

– Encore deux fois de suite… Tu y es presque… Et on relâche !

Je laisse retomber mes bras épuisés et libère mon souffle.

– C'était un super entraînement, tu t'en es magnifiquement bien sortie.

J'attrape la bouteille d'eau que Sawyer me tend et j'en prends de longues gorgées. Je la repose ensuite et retire les bandes de mes mains.

C'est lorsque je les laisse tomber au sol que je remarque le regard lubrique que mon petit ami pose sur moi. Tranquillement, il fait glisser deux doigts sous l'élastique de mon legging de sport, puis il tire d'un coup sec, m'attirant contre son torse.

– Ça fait presque un quart d'heure que je vois tes seins se balancer sous mes yeux. Je crois que tu cherches à m'allumer, ronronne-t-il en laissant errer sa main sous ma brassière.

Je ricane en secouant la tête.

– Bien sûr. J'ai décidé de frapper dans un gant exprès parce que je savais que ça te rendrait dingue.

– Oh oui, tu le savais.

Je ris à nouveau et le laisse m'entraîner dans un baiser passionné. C'est magique et fascinant de voir à quel point nos lèvres trouvent immédiatement le bon rythme dès qu'elles entrent en collision… mais alors que je voudrais me perdre dans l'instant, je suis surprise de sentir Sawyer s'écarter. Il me lâche pour marcher à grands pas vers la porte du dojo, et je me demande s'il ne s'apprête pas à me laisser en plan, comme ça a été le cas la première fois qu'on s'est embrassés ici… enfin, que *je* l'ai embrassé.

Cependant, quand il tourne le verrou puis revient dans ma direction, je comprends immédiatement ce qu'il veut. Tout dans son attitude est limpide. La façon qu'il a de se déplacer, les épaules si droites, l'air déterminé et sûr de lui, m'incite à rester exactement là où je suis… et à le laisser faire.

Dès qu'il est de retour près de moi, il agrippe mon visage et s'empare à nouveau férocement de ma bouche. Mes mains se posent sur sa taille, froissant le tissu de son t-shirt.

– Tu sais combien d'heures j'ai passées dans cette salle ? me demande-t-il tout en mordillant mes lèvres.

– Des centaines ?

– Des milliers ! rectifie-t-il.

Il passe ses mains sous ma brassière et me la retire avant de la jeter derrière lui. L'air frais sur ma peau couverte de sueur me fait frissonner.

– Putain, geint Sawyer en découvrant ma poitrine.

Je ne comprendrai jamais pourquoi mes seins lui font tant d'effet, mais je ne vais certainement pas m'en plaindre. La lueur affamée qui naît dans ses iris dès qu'il les découvre me galvanise comme jamais.

– J'ai toujours considéré ce lieu comme ma base, mon repaire, reprend-il, et j'y instaure une discipline stricte.

– Hm hm…

Les mains glissées dans son jogging, je suis bien trop occupée à caresser ses fesses musclées pour vraiment me concentrer sur ce qu'il me dit.

– Mais depuis que je t'y entraîne, tu as transformé cette pièce en un enfer de tentation.

Je fige mes mouvements pour croiser les yeux émeraude de Sawyer, qui poursuit, les prunelles assombries :

– Chaque jour, dès que tu pénètres à l'intérieur de ce dojo, je n'arrête pas de penser aux différentes positions dans lesquelles je pourrais te prendre.

– Ah oui ? je couine.

Sawyer me soulève dans ses bras, et je noue immédiatement mes jambes autour de sa taille.

– Ça pourrait être contre le mur et tous les gens qui passeraient dans le couloir entendraient ton dos cogner contre la paroi, dit-il, sa bouche effleurant la mienne tandis que mes seins sont plaqués contre son torse. Ou je pourrais t'étendre sur le banc de muscu… les cuisses écartées, juste pour moi. Ou alors…

Il nous emporte au sol, m'incite à m'allonger sur le ventre puis prend place au-dessus de moi, sans faire peser son corps sur le mien.

– Ou alors, on pourrait le faire comme ça… termine-t-il. Qu'est-ce que tu choisis, Scarlett ?

Sa voix est si rauque, son souffle si chaud contre mon oreille… Tremblante d'excitation, je balbutie :

– Tout ce que tu veux, peu importe… Juste, prends-moi, Sawyer.

Sans se faire prier, il agrippe mon bassin et le redresse, me mettant à genoux sur les tapis d'entraînement. D'un coup, il baisse mon legging de sport ainsi que mon sous-vêtement et les fait descendre jusqu'à la pliure de mes genoux.

– Quelle vue… souffle-t-il.

Mes joues sont écarlates. Je sais que dans cette position Sawyer peut détailler les moindres replis de mon sexe, et cette idée me tord l'estomac d'une envie dévorante.

Derrière moi, je l'entends se délester de son jogging. Deviner ses gestes au lieu de les voir rend les choses encore plus excitantes…

Enfin, ses grandes mains s'étendent sur mes fesses. Dès que sa peau entre en contact avec la mienne, je gémis. Je sens qu'aujourd'hui il n'y aura pas de place pour les préliminaires. Aujourd'hui, Sawyer me veut brutalement, immédiatement et je le désire avec la même ardeur.

Lorsque je sens son érection grossissante se glisser contre mon intimité, je retiens mon souffle et ferme les yeux. Ma bouche s'assèche, mes muscles se contractent, et j'attends.

– Tu es si belle, ma Scarlett. Ton corps est parfait pour le mien, tes courbes me donnent le vertige…

Chaque allée et venue de la verge de Sawyer contre mon clitoris m'arrache une plainte. Mais je sens qu'il n'a pas envie de jouer, qu'il ne le peut pas. À l'instant où il me pénètre, je perds pied. Mes bras tremblent tant il est long et large en moi, ma tête part en avant et un râle bestial quitte mes lèvres, me surprenant moi-même. Les paumes de Sawyer enrobent mes seins et, sans attendre, il entame son va-et-vient puissant. Mes ongles s'enfoncent dans le tapis, je me mords la lèvre pour m'empêcher d'exprimer mon plaisir. Si Sawyer a évoqué le fait que les recrues qui passent dans le couloir pourraient nous entendre, c'est que c'est vrai, et je n'ose imaginer l'embarras que cela créerait s'ils surprenaient le moindre bruit.

Les doigts de Sawyer caressent mes seins tandis que ses hanches claquent contre les miennes à un rythme endiablé. Nos peaux se rencontrent et glissent l'une contre l'autre, notre souffle est saccadé.

Soudain, je sens son torse s'étendre sur mon dos. Ses bras se placent à côté des miens et sa tête vient se nicher dans mon cou. Il m'entoure, me submerge, m'étouffe de son corps et j'adore ça.

Je l'adore, lui.

Mes propres bras commencent à faiblir à cause de l'entraînement et de cette séance plus que spéciale, et Sawyer le sent. Il glisse l'un des siens en travers de mon buste et ouvre sa main pour que je puisse venir y nicher ma joue.

– Je te tiens, gronde-t-il à mon oreille. Laisse-toi aller.

Et c'est vrai. Je peux relâcher mes bras, Sawyer me garde parfaitement en place.

– Continue… je murmure, ma tête contre sa paume. Continue, je t'en prie.

– Je n'avais pas prévu d'arrêter. Et je n'ai pas prévu de jouir sans toi non plus…

Pour donner du poids à ses mots, il se retire presque entièrement avant de me pénétrer à nouveau, d'un coup, et je ne peux m'empêcher de gémir.

– Pourquoi tu te retenais, hein ? susurre-t-il à mon oreille. Pourquoi tu me prives de tes gémissements ? Ils me rendent dingue.

La façon dont il me parle, l'adoration que je ressens dans chacun de ses mots… c'est indescriptible.

Cet homme sait faire l'amour… Merde, il est carrément né pour *me* faire l'amour.

L'orgasme s'empare de moi sans que je l'aie senti venir. C'est stupéfiant, explosif et dévastateur. Accrochée aux bras de Sawyer, je laisse le plaisir m'envahir, m'électriser, me vivifier. Un instant plus tard, mon petit ami s'empresse de reprendre un rythme puissant pour atteindre son propre plaisir.

Lorsqu'il se répand en moi, c'est incroyable, mais je jouis à nouveau.

Et quand il cesse de bouger, je m'effondre par terre.

••••

– Est-ce que je suis morte ? Est-ce que c'est ça, le paradis ? je demande, alanguie.

– Ça dépend de l'idée que tu t'en fais, répond Sawyer, satisfait.

Nous n'avons pas bougé depuis plusieurs minutes. Mon petit ami est allongé sur le dos et il m'a installée sur lui, ses bras m'entourant, me cajolant.

– C'est toi, mon paradis, je souffle, les yeux fermés.

– Scarlett…

– C'est vrai. Il n'y a pas un endroit sur terre où je me sens mieux que lorsque je suis à tes côtés.

Sawyer inspire : sa poitrine se soulève et mon visage, posé contre son torse, accompagne le mouvement.

– Toi aussi, tu es mon paradis, dit-il enfin.

Nous retombons dans le silence, nous caressant tendrement pendant un long moment.

– Tu dors au manoir ce soir ? me demande-t-il finalement.

– Avec plaisir, je réponds.

– Parfait !

Le ronronnement de contentement dans la voix de Sawyer me fait lever les yeux au ciel.

– C'est si satisfaisant pour toi de me savoir là-bas ? je demande.

– Tu n'as pas idée, déclare-t-il. Le bodyguard en moi apprécie que tu y sois en parfaite sécurité, mais surtout, ton parfait et incroyable petit ami ne se lasse pas d'admirer tes belles jambes se glissant sous mes draps.

Nous nous esclaffons, puis je réplique :

– Eh bien, je suis d'accord avec mon parfait et incroyable petit ami : j'ai de belles jambes. Quant à monsieur le bodyguard, il va devoir accepter de me laisser disparaître quelques minutes le temps de passer un appel important.

Voyant que Sawyer me lance un regard étonné, j'ajoute :

– C'est aujourd'hui que la police de Plymouth doit me contacter pour que je fasse ma déposition concernant la bagarre au bar.

– D'accord. Mais je peux rester près de toi pendant que tu leur parleras, tu sais.

Je souris malgré moi et affirme :

– Je suis une grande fille, je peux me débrouiller seule.

D'un certain côté, j'apprécie la présence constante de Sawyer à mes côtés : après notre si longue séparation, je crois que je ne pourrai jamais être rassasiée de lui. Mais en même temps, au cours des huit dernières années, j'ai appris à chérir mon indépendance. Même si Sawyer fait son travail de garde du corps en m'accompagnant partout où je vais, cela me pèse de me dire que tant que la menace qui plane au-dessus de ma tête ne sera pas dissipée, il ne pourra jamais en être autrement. D'ailleurs, rien ne dit qu'elle s'estompera un jour…

Le silence est retombé entre nous. Soudain, Sawyer passe ses bras sous les miens pour me faire remonter sur son corps et que nos visages se retrouvent face à face.

– Est-ce que tu penses que je te mérite ? m'interroge-t-il.

– Comment ça ?

– Est-ce que tu crois que je suis assez bien pour toi, Scarlett ?

Mes yeux s'écarquillent.

– Mais enfin, évidemment ! je m'exclame. Pourquoi est-ce que tu me poses une telle question ?

Sawyer place ses paumes sur son visage avant de répondre :

– Je ne sais pas… J'ai été un vrai connard avec toi ; avec tout le monde, en fait, ces dernières années…

J'agrippe son poignet pour écarter ses mains et lui assène :

– Déjà, ne cache plus jamais tes yeux, c'est clair ? C'est l'une des choses que je préfère chez toi. Bon, je ne les aime pas autant que tes fesses musclées, mais quand même…

Son petit rire me rend heureuse.

– Ensuite, tu as vécu des choses terribles, je poursuis. Tu as réagi comme tu l'as pu pour te protéger et le premier qui te le reprochera aura affaire à moi.

Le visage de Sawyer se détend un peu alors qu'il lâche :

– Comment est-ce que j'ai réussi à survivre sans toi toutes ces années ?

– Râler et grogner a été ton salut, dis-je pour alléger son humeur.

Ses sourcils se froncent.

– Tu trouves que je râle, moi ?

– Ben… quand même, oui.

– Et que je grogne ?

– Je dois vraiment répondre ?

Il bascule pour m'allonger sur le dos, m'arrachant un rire à son tour, et je me rends dans ses bras sans opposer la moindre résistance.

31
Sawyer

Lorsque Scarlett et moi arrivons au manoir, nous sommes accueillis par un Voldemort surexcité, qui fonce dans les jambes de ma petite amie dès que nous entrons. Aussitôt, elle se met à lui gratter le ventre en lui parlant d'une voix haut perchée. Le bouledogue a réussi à se mettre une humaine supplémentaire dans la poche, et j'ai l'impression qu'il comprend qu'il sera d'autant plus gâté.

– Alors, mon pote, je lance au chien, t'es tout seul ? Où est ton père ?

Je ne peux m'empêcher de ricaner en prononçant ces mots.

Lennon, père d'adoption de Voldemort…

C'est bien la preuve que par amour on peut tout accepter.

À mes pieds, Voldemort se déchaîne, dévoilant ses minuscules dents. Lui et moi ne sommes pas les meilleurs amis du monde, surtout parce que, contrairement aux autres membres de ma famille, je refuse de lui passer tous ses caprices. Malgré tout, je dois admettre que ce chien a quelque chose d'attachant et que j'ai fini par m'habituer à sa présence au manoir.

Face à cette scène, Scarlett papouillant celui qui est désormais la mascotte des Westwood, mon cœur se gonfle d'amour. J'aime voir ma petite amie ici, au sein de mon foyer, j'aime qu'elle s'y sente à l'aise, mais par-dessus tout, j'aime que nous nous endormions ensemble tous les soirs. Si je pouvais faire en sorte qu'elle s'installe définitivement chez moi, je n'hésiterais pas une seconde. Mais j'ai déjà évoqué deux fois cette possibilité avec elle, et j'ai bien vu qu'elle n'est pas encore prête pour cette étape. Il est vrai que nous ne nous sommes retrouvés que depuis quelques jours seulement, et même si nous avons pu constater que nos sentiments n'avaient rien perdu de leur intensité durant notre séparation, nous devons réapprendre à nous aimer. Cela me frustre que nous prenions notre temps alors que nous en avons déjà perdu tellement, mais je respecte le besoin d'indépendance de Scarlett et je m'adapte à son rythme.

Alors que nous nous installons sur le canapé pour nous détendre un peu après notre séance d'entraînement plus qu'intense, Lennon sort du bureau de notre père, téléphone collé à l'oreille, l'air grave.

– Très bien, nous vous attendrons, fait-il avant de raccrocher.

– Qui était-ce ? je demande.

– Connor. Il m'a dit qu'il a trouvé des infos et qu'il préférerait nous les communiquer de vive voix. Je lui ai dit de venir ici dès que possible.

À cette perspective, je me rembrunis.

– Qu'est-ce qu'il va encore nous annoncer ? je marmonne.

– Je ne sais pas, mais vu le ton qu'il a employé, quelque chose me dit que ça ne va pas nous plaire. Je préviens Jax, Cruz et Billie, en espérant qu'ils puissent nous rejoindre à temps.

Les deux premiers, qui étaient au parc automobile de l'institut, prennent la décision de le quitter sur-le-champ pour assister au rendez-vous avec le détective. Lorsqu'ils arrivent au manoir un gros quart d'heure plus tard, je découvre qu'Eve était avec eux et qu'elle a passé la journée avec Cruz. C'est marrant, je ne me souviens pas de les avoir croisés, mon frère et elle... Je n'ose même pas imaginer les endroits dans lesquels ils se sont cachés pour passer du temps ensemble. Ce serait bien hypocrite de ma part d'en être gêné, sachant ce que Scarlett et moi avons fait dans mon dojo tout à l'heure...

Quant à Billie, lorsque Lennon l'appelle, elle nous informe qu'elle quitte immédiatement la bibliothèque de la ville, où elle bossait ses cours. Elle n'est pas encore arrivée quand Connor sonne chez nous, un dossier sous le bras. Nous le conduisons dans la salle à manger, et immédiatement, je remarque son air fermé.

– Je vais vous laisser, me glisse Scarlett avant que nous ne nous installions. La police doit m'appeler d'un instant à l'autre pour prendre ma déposition. Je vous rejoins tout à l'heure.

Je dépose un baiser léger sur ses lèvres avant qu'elle ne se dirige vers l'escalier. Eve s'éloigne également, et je comprends qu'elle souhaite nous laisser en famille.

Je dois l'admettre, à mesure que je la côtoie, j'apprécie de plus en plus cette fille...

Mes frères et moi prenons place autour de la table, puis le détective nous dévisage, l'air grave.

– Avant toute chose, je voudrais vous prévenir que les nouvelles que j'ai à vous communiquer risquent de vous déstabiliser, commence-t-il. Cependant, j'aimerais vraiment que vous m'écoutiez jusqu'au bout. Je sais à quel point la vérité peut blesser, d'autant plus lorsqu'elle concerne un être cher, mais il faut que vous gardiez à l'esprit que je ne suis que le messager.

– Venez-en au fait, je grogne.

– Très bien. J'ai découvert au cours de mes recherches que votre père était très doué pour cacher les informations qui le dérangeaient. En premier lieu, je vous confirme qu'il est né à Rochester, dans l'État de New York, et non en Pennsylvanie. Voici son acte de naissance. C'est une copie de l'original, évidemment.

Connor sort le document de son dossier et le fait glisser vers nous. Effectivement, le doute n'est plus possible… Plissant les lèvres, le détective ajoute :

– Ce que vous devez également savoir, c'est que votre père n'est pas seulement né à Rochester : en réalité, il y a vécu pendant de longues années. Jusqu'à ce qu'il vienne s'installer ici il y a vingt-sept ans, en fait.

Mes frères et moi nous jetons un coup d'œil, perplexes. Mais Connor n'en a pas terminé. Il inspire profondément avant de lâcher :

– Bon, écoutez, il n'y a pas trente-six façons de vous annoncer cela, donc autant être franc : tous les trois, vous n'avez pas été adoptés à l'orphelinat de Cape Cod. Vous aussi, vous êtes nés à Rochester.

– Qu'est-ce que c'est que cette connerie ? réagit aussitôt Cruz, incrédule.

– Laisse-le finir, intervient Lennon.

– Tu le crois ? je lui lance.

Il semblerait : mon frère fixe le détective, l'air impassible.

– Qu'est-ce que vous avez d'autre ? lui demande-t-il.

– Lennon, enfin… tente Jax.

– Parlez ! exige Lenny.

Son poing droit est serré sur la table, et je ne suis pas le seul à le remarquer. Connor n'en mène pas large lorsqu'il reprend :

– Je crois que, de la même façon que votre père a fait fabriquer de faux documents le concernant, il a falsifié les papiers officiels concernant votre adoption. J'ai trouvé la déclaration faite à la Mairie de Cape Cod indiquant que vous avez été recueillis à l'orphelinat, mais il existe également un acte de naissance vous concernant établi à Rochester. Au regard des éléments que j'ai pu recueillir, il semble que vous y ayez vécu quelques semaines, deux mois tout au plus…

Le détective croise ses mains et nous annonce, d'une voix rauque :

– Tout porte à croire qu'Oscar et Ellen vous ont enlevés.

Un silence de plomb s'abat sur la pièce, tandis qu'un courant douloureux commence à parcourir mes veines. Une souffrance qui se mêle à une colère sourde. Je fixe Connor, qui semble attendre une réaction de notre part, et je n'ai qu'une envie…

– SAWYER !

Je réalise que j'ai foncé sur le détective et que je l'agrippe par le col de sa veste lorsque la voix de mes frères me parvient.

– Vous dites des conneries, je crache à quelques centimètres de son visage. Vous êtes en train d'accuser nos parents d'un crime, dans leur propre maison… Vous n'avez donc honte de rien ?

– Sawyer, lâche-le ! m'ordonne Lennon.

Je me tourne vers mon frère tout en resserrant ma poigne autour du col de la veste de Connor.

– Pourquoi est-ce que ça ne te fait pas réagir, hein ? je balance. Pourquoi est-ce que tu le crois ?

– Je n'ai pas dit ça, nuance Lenny en levant les mains.

– Mais tu n'exclus pas qu'il dise la vérité. Pourquoi ?

– Sawyer… tente Jax en posant une main sur mon avant-bras.

– Allez, mon frère, reprends-toi, l'appuie Cruz.

– Lennon ! je m'écrie, les ignorant. Dis-moi pourquoi tu le crois !

– Parce que papa nous a menti ! explose-t-il. On vient d'avoir la preuve qu'il dissimulait son véritable lieu de naissance, et il n'y a pas si longtemps, on a appris qu'il t'avait caché ce qui est arrivé à Scarlett pendant des années. Merde, j'ai toujours eu une confiance aveugle en papa, mais nous devons regarder la vérité en face : il avait des secrets.

– Et tu crois que notre enlèvement était l'un d'eux ? s'offusque Cruz. C'est n'importe quoi.

– S'il vous plaît…

Je me tourne vers le détective, qui tente de se dégager de ma prise, et je décide de le relâcher.

– Sawyer ?

La petite voix de Scarlett me parvient depuis le seuil du salon.

– Qu'est-ce qui se passe ? demande-t-elle.

Du coin de l'œil, je remarque qu'Eve aussi est là, et je déteste l'idée qu'elles aient pu être témoins de l'un de mes coups de sang, surtout Scarlett. Les éclats de voix ont dû les alerter. Mais ce qui est en train de se dire dans cette pièce est beaucoup trop grave pour que je reste calme.

– Écoutez, reprend le détective, je sais que tout cela est difficile à avaler…

– Vraiment ? ricane Cruz.

– J'aurais aimé me tromper, mais je suis certain de ce que j'avance. Vos parents biologiques ne vous ont pas abandonnés ; en fait, votre père est…

– Notre père s'appelle Oscar Westwood, je martèle.

Les sourcils de Connor se froncent alors qu'il rétorque :

– Il vous a arrachés à votre famille.

– Il *est* notre famille, m'appuie Cruz.

– Bon, je pense que c'est assez d'informations pour ce soir, intervient Jaxon.

– Je suis d'accord, l'approuve Lennon.

Je suis soulagé de constater qu'il semble s'être repris. Je déteste quand Lenny, le plus solide d'entre nous, perd les pédales.

– Nous vous avions demandé de nous aider à retrouver l'agresseur de notre père, ajoute-t-il à l'attention de Connor, pas de remettre en cause son intégrité.

– Je n'ai pas…

– Je pense qu'il est temps pour vous de partir, tranche Jax.

Le détective le dévisage avec un air mauvais.

– Je ne crois pas que ce soit à vous d'en décider, ce n'est pas chez vous ici, lâche-t-il.

Sa réplique nous prend tous de court ; d'ailleurs, lui-même a l'air de se demander comment il a pu oser dire une chose pareille. Alors que j'espère que Jaxon va faire regretter ses paroles à Connor, au contraire, sa mine s'assombrit. Il a l'air… blessé. Et s'il l'est, c'est que, quelque part, il pense que le détective dit la vérité. À nouveau, je m'apprête à attraper ce sale type avec l'idée, cette fois, de l'emplafonner, mais Lennon me devance. Il s'approche lentement jusqu'à se retrouver face à Connor. Il dégage des ondes menaçantes… et cela me fait sourire. Cruz et moi nous montrons régulièrement impulsifs, mais Lenny, lui, ne se laisse pas facilement dominer par ses émotions, tout comme Jaxon… si bien que lorsque la colère s'empare de lui, il est tout bonnement terrifiant.

– Ne manquez plus jamais de respect à mon frère, énonce-t-il avec un calme feint. Il y a quelque chose que vous ne semblez pas saisir, c'est que ce qui fait de nous une famille hors du commun, c'est que nous n'avons pas besoin de partager le même ADN pour nous considérer comme tels. Je ne sais pas à quoi vous vous attendiez, mais même si ce que vous dites est vrai, nous ne tournerons *jamais* le dos à notre père. J'ai accepté d'écouter ce que vous aviez à nous dire parce que j'ai pensé que vous pourriez peut-être nous être utile, mais je me suis trompé. Nous nous passerons de vos « services » à l'avenir, monsieur Connor. Je vous conseille de partir, maintenant, parce que si vous ne le faites pas, je vous garantis que je me ferai un plaisir de vous mettre dehors moi-même et de m'assurer que vous ne remettiez plus jamais les pieds chez nous.

Le silence retombe, et le détective abdique sans demander son reste. Nous le regardons traverser la pièce de vie, tendu, puis se diriger vers la porte d'entrée. Au moment où il l'ouvre, Billie apparaît derrière, en train de remonter les marches du perron. Elle croise Connor en entrant, le battant claque derrière lui et notre petite sœur nous lance, surprise :

– J'ai loupé quelque chose ?

32

Scarlett

La tension qui circule entre les Westwood remplit toute la pièce. Leurs visages sont figés et la similitude entre leurs postures crispées serait comique si l'atmosphère était moins pesante.

Eve, qui, comme moi, s'est empressée de descendre au salon lorsque des éclats de voix nous sont parvenus, se dirige vers Cruz. Aussitôt, il l'attire vivement contre lui. De mon côté, je brûle d'aller réconforter Sawyer, mais je peux sentir des ondes de colère émaner de lui, et cela m'en dissuade. Je n'ai entendu qu'une partie de la discussion entre le détective et les garçons, mais cela a suffi à me choquer profondément… alors j'imagine à peine ce que peuvent ressentir les triplés, les premiers concernés par les révélations qui viennent d'être faites.

– Lennon ? demande Billie en s'approchant de son frère. Qu'est-ce qui s'est passé ?

L'intéressé soupire avant de faire un résumé de la situation à sa sœur, dont le visage pâlit à mesure qu'elle prend conscience de la gravité de ce qui s'est produit ici il y a quelques minutes. Pour ma part, je décide que je ne peux plus rester à l'écart et je me dirige vers Sawyer. Je passe les bras autour de sa taille et me blottis contre son torse. Il dépose un baiser sur le haut de ma tête, mais je le sens ailleurs, probablement encore au beau milieu de l'altercation qui l'a opposé au détective. Je revois parfaitement la violence avec laquelle il s'est saisi de l'homme, la force avec laquelle il l'a maintenu contre le mur, et la colère si vive qui transparaissait dans sa voix lorsqu'il s'est adressé à lui. Je dois l'admettre, le voir ainsi m'a perturbée au départ : j'ai encore besoin de m'habituer à la part d'ombre qui vit en Sawyer. Je dois accepter que les épreuves qu'il a endurées ces dernières années ont changé sa personnalité et que la rage fait désormais partie de lui. Cependant, je ne crois pas qu'elle le rongera éternellement. Je suis certaine qu'il finira par l'évacuer totalement et qu'un jour il retrouvera la sérénité qui l'habitait avant que des drames ne viennent bouleverser sa vie. En tout cas, je ferai tout ce qui est en mon pouvoir pour l'y aider.

– Je trouve cette histoire complètement dingue, réagit Billie lorsque Lennon termine ses explications. Papa et maman n'étaient pas des kidnappeurs d'enfants.

– On le sait, la rassure Sawyer.

– Alors pourquoi est-ce que vous donnez l'impression de douter d'eux ?

– Ce n'est pas le cas, affirme Lennon.

– Vraiment ? grince Sawyer, et je fais pression sur son flanc pour l'intimer au calme.

– J'ai voulu écouter ce que Connor avait à dire, se défend Lennon, mais en aucun cas je ne prends sa parole comme argent comptant.

– Tu as pourtant admis devant lui que papa nous a menti, intervient Cruz.

Face aux accusations de ses frères, Lennon soupire de lassitude.

– Peut-être qu'on devrait tous s'asseoir et essayer de faire redescendre la pression ? propose alors Eve. Je sais par expérience que le stress n'aide pas à faire les meilleurs choix.

D'accord avec elle, j'incite Sawyer à venir s'installer sur le canapé, ce qu'il fait en attrapant ma main. Je me sens instantanément mieux en constatant qu'il me rend mes gestes tendres…

Finalement, ce sont tous les Westwood qui suivent le conseil d'Eve et prennent le temps de se poser.

– Ça va, Jax ? demande Billie en prenant place à côté de lui.

– Ouais, répond-il, évasif.

– Jax, l'appelle Lennon.

Voyant qu'il se contente de fixer ses chaussures, Lennon insiste :

– Jaxon Perry !

L'intéressé redresse la tête, l'air abattu.

– Je veux que tu oublies ce que cet enfoiré a dit, d'accord ? lui assène son ami, un doigt pointé dans sa direction.

– Franchement, Jax, comment peux-tu te laisser atteindre par ce qu'a balancé un type qui ne connaît rien de nous ? renchérit Cruz.

– Ce mec est un connard, termine Sawyer.

– Qu'est-ce qu'il a dit ? s'enquiert Billie.

Cruz lui rapporte la réflexion que Connor s'est permis de faire, et que Lennon avait omis de mentionner dans son propre récit. Les grands yeux bleus de la jeune femme s'écarquillent.

– Laisse tomber, ça n'a pas d'importance, prétend Jaxon alors qu'il voit la colère enfler dans son regard. Concentrons-nous sur le sujet principal, qui est…

– Le fils de pute !

Un silence s'abat sur la pièce. Je jette un rapide coup d'œil à la ronde, et cela me suffit pour constater que tous sont aussi surpris que moi par la réaction de Billie. Le peu de temps que j'ai passé au manoir depuis que j'ai retrouvé Sawyer m'a suffi pour savoir que la plus jeune des Westwood jure rarement. Aussi, entendre des propos si virulents sortir de sa bouche est très étonnant.

– J'espère que quelqu'un a fait regretter ses propos à cet immonde détective, enchaîne-t-elle en croisant les bras.

– Je m'apprêtais à lui régler son compte avant ça, mais on m'a retenu, déclare Sawyer.

– Heureusement… j'interviens.

– Pour une fois, je t'aurais soutenu ! éructe sa sœur.

– Bon, ça suffit, Billie Balboa, intervient Cruz. Cet abruti de Connor ne remettra plus les pieds ici, crois-nous.

Alors que ses frères tentent d'apaiser la jeune femme, Sawyer se penche soudain près de mon oreille.

– Tu veux bien venir avec moi sur la terrasse ? murmure-t-il.

J'accepte immédiatement. Laissant le reste du groupe à sa discussion, nous quittons le salon pour sortir dans la fraîcheur de la nuit. Je suis sur le point de resserrer les pans de mon gilet pour me protéger du froid lorsque les bras musclés de Sawyer s'enroulent autour de ma taille, m'offrant la chaleur dont j'avais besoin. Son menton se pose sur mon épaule et il me souffle :

– Je suis désolé que tu m'aies vu comme ça.

– Ce n'est rien, je réponds en posant mes mains sur ses avant-bras.

– Non, ce n'est pas rien, insiste-t-il. Je n'ai pas envie que tu penses que je suis le genre de gars qui perd facilement son sang-froid. C'est juste que… quand j'ai entendu ce type dire que…

– Tu n'as pas besoin de te justifier, Sawyer. Un homme qui vous est inconnu s'est permis d'attaquer tes parents en insinuant qu'ils ont commis un crime. N'importe qui aurait eu envie de le remettre à sa place. Le plus important, c'est que tu te sois arrêté à temps.

Je tourne la tête pour croiser son regard alors que j'ajoute :

– Tu peux être qui tu veux, avec moi.

J'effleure sa tempe d'un baiser. Il ferme un instant les yeux avant de se redresser, puis de poser ses lèvres sur les miennes. Je pivote dans ses bras pour pouvoir l'enlacer. Mon corps trouve immédiatement sa place contre le sien et je me laisse porter par la manière si tendre dont il m'embrasse. Il enfouit ensuite sa tête dans mon cou.

– Que t'a dit la police ? demande-t-il en faisant glisser son nez le long de ma jugulaire.

– Hein ? je souffle, alanguie.

Le rire rauque de Sawyer se répercute contre ma peau.

– Je parle de ta déposition, Scarlett, précise-t-il en plongeant son regard amusé dans le mien.

– Oh… oui, c'est vrai, je me reprends. Eh bien, les policiers m'ont demandé si je connaissais les noms des clients à l'origine de la bagarre, et j'ai donné ceux qui me venaient en tête. Malheureusement, comme ils sont de la famille du propriétaire, ce dernier a décidé de ne pas porter plainte et ils n'écoperont que d'une amende… qui devrait cependant être salée. Espérons que ça les dissuade de recommencer.

– Quand pourras-tu reprendre le travail ?

– J'ai appelé Nate après avoir raccroché avec la police pour lui demander s'il en savait plus concernant la réouverture. Les réparations se terminent dans trois jours, donc nous pourrons rouvrir dans la foulée.

– Ce qui veut dire que je vais encore pouvoir profiter de toi pendant trois journées entières.

– Exactement !

Je me hisse sur la pointe des pieds pour claquer un baiser bruyant sur la bouche de Sawyer.

– J'espère qu'on trouvera une façon sympa de s'occuper, je murmure.

Mon petit ami me sert un sourire carnassier avant de me basculer en arrière, m'arrachant un cri.

– Je crois que je peux effectivement trouver quelques idées d'activités pour nous éviter l'ennui… me glisse-t-il.

Gloussant comme une adolescente, je me pends à son cou. Cependant, à l'instant où Sawyer s'apprête à m'embrasser, la baie vitrée derrière nous coulisse et Lennon apparaît, un petit sourire amusé aux lèvres.

– Désolé de vous déranger, nous dit-il de sa voix grave. Sawyer, avec les autres, on vient de penser que des réponses à nos questions pourraient peut-être se trouver dans les affaires de papa. On va aller jeter un œil dans son bureau. Tu veux te joindre à nous ?

Je sens mon petit ami tiraillé entre le besoin de mener l'enquête sur ses origines et l'envie de rester avec moi. Je le rassure en posant une main sur sa joue.

– Vas-y, lui dis-je. Je t'attends.

Reconnaissant, il dépose un baiser sur mon front, puis il quitte la terrasse pour rejoindre le reste des Westwood. Tandis que je rentre dans le manoir à mon tour, je croise Eve, qui se dirige vers le bar. Lorsqu'elle me voit, elle me sourit et me lance :

– Je ne sais pas toi, mais j'aurais bien besoin d'un petit remontant. Tu me tiens compagnie ?

– Avec plaisir !

33
Sawyer

– J'ai l'impression qu'on fait quelque chose de mal, déclare Billie.

Elle, mes frères et moi venons de pénétrer dans le bureau de notre père. Ils ont raison : si nous voulons des réponses, c'est ici que nous avons le plus de chances d'en trouver…

– Bon, allez, au travail, dis-je en ouvrant en grand les portes du meuble installé au fond de la pièce.

Il est rempli de dossiers et de documents : les passer tous en revue ne va pas être une mince affaire. Lenny s'installe au bureau, Cruz inspecte les étagères ; Billie et Jaxon, eux, se concentrent sur la bibliothèque. Nous œuvrons en silence pendant un long moment, lorsque le rire de Lennon résonne soudain. Dans une synchronisation presque parfaite, nous nous tournons vers lui. Assis sur la chaise de notre père, la tête rejetée en arrière, il s'esclaffe de plus en plus fort.

– Euh… Lenny, ça va ? je l'interroge.

– Venez voir, répond-il.

Intrigués, nous nous précipitons tous derrière le bureau pour voir ce qu'il veut nous montrer. Mais à part les tiroirs ouverts et les documents éparpillés devant lui, rien n'attire notre œil.

– Qu'est-ce qu'on doit regarder ? demande Cruz, traduisant la pensée du groupe.

– Vraiment, vous ne voyez pas ? s'étonne Lennon.

– Mais non, enfin, qu'est-ce que tu veux nous montrer ? je lâche, agacé.

Il pointe les tiroirs du doigt et nous explique :

– Ils ont des doubles fonds ! Regardez de plus près, bon sang.

Puis il tire sur le premier d'un coup sec, laissant apparaître un rangement caché.

– Ils en ont tous, poursuit-il. Tous !

Sur ce, il éclate de rire à nouveau, et je comprends que ses nerfs sont lentement en train de lâcher. Cruz prend le relai pour dévoiler les doubles fonds des autres tiroirs, qui se trouvent être totalement vides… sauf le dernier. Il en sort une petite boîte en bois, qu'il pose sur le bureau après avoir échoué à l'ouvrir : manifestement, elle est verrouillée. Muets, nous la détaillons tous sans savoir quoi dire.

– C'est maintenant clair, papa avait des secrets, cingle Lennon. Peu importe ce que contient ce coffret, on a maintenant la preuve qu'il ne nous disait pas tout. On n'a pas recours à ce genre de cachettes quand on n'a rien à se reprocher. Merde !

Brusquement, il referme l'un des tiroirs vides. Je vois sa colère, je la ressens, et surtout, je la comprends. En découvrant le dossier de Scarlett, j'ai moi aussi dû accepter l'idée que notre père m'avait menti, et cela a été un choc difficile à encaisser.

– Attendons de voir ce qu'il y a à l'intérieur de cette boîte avant de juger, propose Jaxon. Je me charge de l'ouvrir.

Il s'empare d'un coupe-papier et en glisse la fine lame dans la jointure du coffret, tentant d'en faire sauter le mécanisme d'ouverture.

– Il aurait pu laisser la clé à côté de la boîte, ça nous aurait aidés, je marmonne.

Personne ne relève : tout le monde est concentré sur les gestes de Jaxon, moi y compris. Enfin, lorsqu'il parvient à ouvrir la boîte, nous retenons notre souffle. Je ne sais pas vraiment à quoi nous nous attendions ; en tout cas, pour ma part, je n'imaginais pas qu'à l'intérieur nous trouverions… des photos. Jaxon s'en empare et les étale sur le bureau. Ce qui est frappant, c'est qu'elles se ressemblent toutes. Même si le décor change d'un cliché à l'autre, les protagonistes restent les mêmes : trois bébés et une femme.

Dans le bureau s'étire un silence de cathédrale. Notre lien de triplés s'éveille, et je n'ai aucun doute : Lennon et Cruz *savent* eux aussi.

Ils savent que c'est nous qui figurons sur ces photos, dans les bras de notre mère biologique.

Hypnotisé par ce que je vois, je tends la main et m'empare du cliché le plus proche de moi pour l'observer avec attention.

Ayant grandi entouré d'amour, je n'ai jamais ressenti le besoin viscéral de connaître l'identité de mes parents biologiques, et je sais qu'il en est de même pour mes frères. Bien sûr, nous nous sommes parfois demandé à quoi pouvaient bien ressembler ceux qui nous ont conçus, mais Ellen et Oscar nous ont donné un foyer sain et nous ont aimés inconditionnellement. Alors pourquoi aurions-nous désiré autre chose ? Pourquoi aurions-nous cherché à retrouver ceux qui nous avaient abandonnés, alors que nous avions à nos côtés deux parents exceptionnels ?

On n'a pas besoin de partager le même sang pour former une famille. Il suffit de s'aimer sans condition, sans jugement, et ce quoi qu'il arrive. C'est pour cela que nous, les Westwood, serons pour toujours un tout uni et indissociable.

Malgré tout, la curiosité s'empare de moi. Je ne peux m'empêcher de dévisager la jeune femme installée sur un lit d'hôpital qui porte maladroitement trois bébés dans ses bras. Ses joues sont creusées, elle paraît si mince, presque écrasée sous le poids des nouveau-nés que nous sommes… Ses cheveux sont très longs, bruns, et sa peau est pâle, presque trop. Malgré tout, elle sourit et son bonheur se reflète dans ses yeux verts. Il y a dans son expression quelque chose de sincère, de réel.

– « Mes fils », je lis en retournant la photo. C'est ce qu'il y a écrit.

– Ici aussi, déclare Cruz, un autre cliché à la main.

– C'est pareil partout, termine Lennon.

Je soupire et pose l'image que je tenais avant de m'emparer des autres pour les passer en revue. Elles ne sont pas nombreuses, il n'y en a qu'une dizaine, mais ce qui me marque, c'est le sourire brillant de la jeune femme sur chacune d'entre elles… excepté les deux dernières. Sur ces deux-là, son teint est terne, ses yeux dans le vague, et ses cernes lui mangent presque le visage. Enfin, sa pâleur et sa maigreur semblent empirer au fil des clichés.

– Pourquoi est-ce que papa cachait ça ? demande Cruz, même s'il sait qu'aucun de nous ne pourra lui apporter de réponse.

– Et comment il les a eues, ces photos ? renchérit Lennon.

– Elle était belle, souffle Billie.

Nous nous tournons vers elle et remarquons qu'elle a les yeux brillants de larmes. En deux enjambées, Lennon la rejoint et l'attire contre lui.

– Qu'est-ce qui se passe ? s'inquiète Jaxon en posant une main sur le bras de notre sœur.

– Rien... je suis juste... en fait, je commence à avoir peur, avoue-t-elle en baissant la tête.

– De quoi ? Billie, on est là, rien ne peut t'arriver, je lui assure en déposant un baiser sur sa tempe.

– Ce n'est pas pour moi que j'ai peur... soupire-t-elle. Je redoute juste que ce qu'a dit ce détective soit vrai.

– Tu crois que nos parents nous auraient kidnappés ? je comprends, ébahi.

– Je ne sais pas... répond Billie. Mais avoue que c'est étrange que papa nous ait caché ces photos.

– Ma puce, je crois que tu te fais des films, lui glisse Lennon. Kidnapper un enfant est déjà une sacrée organisation, alors trois ? D'un coup ? Et surtout, réussir à disparaître de la circulation avec eux ? Papa n'était pas un criminel.

– Non, mais il était organisé, plus que n'importe qui, et il a des contacts partout, alors...

– Billie, la coupe Jaxon, tu penses vraiment qu'Oscar aurait été capable d'une chose pareille ? Je suis d'accord avec Lennon : l'idée que, poussés par le désespoir lié à leur stérilité, Ellen et lui se soient lancés dans l'enlèvement d'enfants est déjà bancale, mais j'ai du mal à imaginer qu'ils aient jeté leur dévolu sur des triplés par-dessus le marché.

Billie renifle, je passe tendrement ma main dans ses cheveux.

– Vous avez peut-être raison, admet-elle.

– En tout cas, il y a quand même quelque chose de pas net dans cette histoire, avance Cruz. Et je ne sais pas ce que vous en pensez, mais je suis convaincu que les autres tiroirs ont été vidés.

– Tu crois ? je lui lance.

– J'en suis même presque sûr. Si papa a décidé d'installer autant de doubles fonds, c'est qu'il savait qu'il en aurait l'utilité.

À mon avis, ce qui était à l'intérieur a été déplacé, peut-être dans son autre bureau, à l'institut.

– Il faut qu'on aille vérifier, je décide.

– Attendez ! nous arrête soudain Billie. Je sais qui pourrait répondre à nos questions : Carmen.

Elle sort son téléphone et fouille dans son répertoire, tandis que je peste intérieurement.

Bon sang, comment n'y avons-nous pas pensé plus tôt ?

Carmen est la directrice de l'orphelinat dans lequel nos parents nous ont – je l'espère – adoptés. S'il y en a bien une qui est à même de nous confirmer ou pas la version de Connor, c'est elle. En grandissant, nous avons gardé contact avec elle, même si cela fait un moment que mes frères et moi ne sommes pas allés lui rendre visite. Billie, elle, se déplace très souvent à l'orphelinat – d'où elle vient elle aussi –, pour prendre le thé avec la directrice autant que pour profiter de la présence des enfants.

Rien de plus normal pour une future pédopsychologue.

– T'es un génie, Billie, lui dit Lennon.

Notre sœur active le haut-parleur de son smartphone, puis le pose sur le bureau. Une voix légèrement éraillée ne tarde pas à se faire entendre :

– Billie ?

– Salut, Carmen.

– Tout va bien ? s'inquiète la directrice. Tu ne m'appelles jamais si tard, généralement.

– On ne peut rien te cacher… J'ai besoin que tu me rendes un petit service. Enfin, plutôt aux triplés, d'ailleurs. Ils sont à côté de moi.

– Bonjour Carmen, disons-nous à l'unisson.

– Je suis contente de vous entendre, les garçons. Comment allez-vous depuis le temps ?

– Pour être tout à fait honnête, ça pourrait aller mieux, répond Lennon.

– J'ai appris ce qui est arrivé à votre père. Je suis vraiment désolée pour vous.

– Merci, Carmen. Justement, nous voudrions te poser une question à propos de lui.

Elle garde le silence pendant quelques secondes avant de dire :

– Je vous écoute.

Lennon croise notre regard, à Cruz et à moi, nous demandant silencieusement si l'un de nous veut prendre la parole. Comme nous secouons la tête, il se lance :

– Alors voilà, je sais que ma question va certainement te surprendre, mais depuis l'agression de papa, on se pose beaucoup de questions et on a découvert des zones d'ombre qu'on aimerait tenter d'éclaircir. L'une des choses qui nous préoccupe concerne notre adoption. Carmen... est-ce que nos parents sont bien venus nous adopter à l'orphelinat ?

Un nouveau silence flotte à l'autre bout de la ligne.

– S'il te plaît, Carmen, j'implore. Quelle que soit la vérité, on a le droit de la connaître.

Elle soupire, puis d'une voix grave, elle nous annonce :

– Non, vous n'avez pas été adoptés à l'orphelinat.

Même si Connor nous avait déjà communiqué cette information, la confirmation de Carmen nous ébranle tous. Parce que, contrairement au détective privé, cette femme a connu nos parents, elle était même leur amie, alors sa parole ne peut pas être remise en cause.

– Je suis désolée, les garçons, s'empresse-t-elle d'ajouter. Je sais comme ça doit vous choquer, mais je vous assure que ce mensonge visait à vous protéger.

– Raconte-nous, lui ordonne Cruz.

– Je ne sais pas si...

– Carmen... tonne Lennon. S'il te plaît !

– Bon, très bien.

On entend des bruits de pas, signe qu'elle se déplace, ainsi que celui d'une porte qui se ferme.

– Je ne connais pas tous les détails de cette histoire, commence-t-elle. Tout ce que je sais, c'est que lorsque vos parents se sont installés à Cape Cod, vous étiez déjà avec eux. Quelques mois après leur emménagement, ils sont venus à l'orphelinat et ils m'ont spontanément fait un don qui, comme vous pouvez l'imaginer, était très généreux. Je leur ai demandé s'ils envisageaient une adoption mais ils m'ont répondu que non, qu'ils venaient d'être bénis par l'arrivée de trois petits garçons dans leur vie et qu'ils voulaient simplement donner un coup de pouce à mon établissement. Après ça, ils sont revenus régulièrement, en vous emmenant parfois pour que vous jouiez avec les enfants. Chaque fois, ils faisaient un don, à tel point que j'en étais gênée… mais nous avons fini par devenir amis. Un jour, lors de l'une de leurs visites, ils ont croisé le regard de Billie, qui n'avait alors que quelques semaines. Je ne saurais pas expliquer ce qui s'est passé, mais à la seconde où ils l'ont vue, ils sont tombés fous amoureux et ils ont décidé de l'accueillir chez eux.

Je jette un coup d'œil à ma sœur, qui a les yeux rougis par l'émotion. À ses côtés, Jaxon lui serre la main pour lui apporter un peu de réconfort.

– C'est à ce moment-là qu'ils m'ont demandé d'inventer cette histoire d'adoption pour vous aussi, poursuit Carmen. Ils m'ont expliqué que vous n'étiez pas leurs enfants biologiques, sans me raconter comment vous étiez entrés dans leur vie. Ils étaient préoccupés par le fait qu'en grandissant vous réaliseriez que vous aviez d'autres géniteurs. Ils pensaient que ce serait plus simple pour vous s'ils vous disaient qu'ils vous avaient adoptés à l'orphelinat vous aussi : comme ça, vous auriez quelque chose en commun avec Billie, et vous pourriez traverser cette phase de questionnement plus simplement. J'ai toujours su qu'il y avait quelque chose d'autre, quelque chose qu'ils refusaient de me dire, mais par respect pour notre amitié, je n'ai jamais cherché à savoir ce que c'était, et j'ai accepté de vous laisser croire ce qu'ils vous ont raconté. Vous étiez choyés, heureux, en bonne santé et aimés par des parents formidables. C'était tout ce qui m'importait.

Dans le bureau, personne ne parle. Le spectre de Connor plane au-dessus de nous et cela m'agace de reconnaître qu'il avait raison. Nous avons désormais la certitude que notre père nous a menti quant à nos origines. Mais cela ne veut pas dire que l'hypothèse de l'enlèvement est vraie.

– Je suis désolée, les garçons, termine Carmen.

– Ce n'est pas ta faute, lui assure Cruz. Tu as été une amie loyale pour nos parents, et on ne peut pas te le reprocher.

– Passez me voir si vous avez besoin qu'on discute de tout ça. Ça me fera plaisir de parler avec vous.

– Bien sûr, dis-je. Merci pour ta franchise, Carmen.

Nous raccrochons, avant d'échanger de longs regards.

– Bon… qu'est-ce que vous allez faire, maintenant ? nous demande Jax, brisant le silence.

– Ce qui était prévu, décrète Lennon. On va aller à l'institut pour essayer de trouver d'autres réponses. Il faut qu'on sache comment Oscar et Ellen nous ont eus.

Alors que tout le monde commence à se lever, j'attrape l'une des photos éparpillées sur le bureau.

– Je peux garder celle-ci ? je m'enquiers en montrant le cliché.

Lennon et Cruz se jettent un coup d'œil.

– Quoi ? Ça ne vous fait rien de voir à quoi elle ressemblait ? j'ajoute. De savoir de qui nous tenons nos gènes ?

– Ça te fait quelque chose, à toi ? contre Lennon.

Je m'esclaffe, bouche bée.

– À ton avis ? Enfin, les gars, ce sont des photos de la femme qui nous a mis au monde !

– Et qui nous a ensuite abandonnés, assène Cruz. Elle n'a jamais cherché à reprendre contact avec nous ni à nous retrouver. Alors pourquoi est-ce que je me pâmerais devant des photos d'elle ?

– Après ce qu'on vient d'apprendre, nous ne pouvons plus être certains de ce qui s'est réellement passé…

– Ce n'est pas parce que l'histoire de l'orphelinat est fausse que tout le reste l'est, objecte mon frère. Peut-être que notre génitrice nous a effectivement abandonnés et que nos parents nous ont trouvés.

– Cruz… je grogne.

– Quoi ? Je n'ai pas envie de croire que nos parents nous ont *volés*, j'ai le droit, non ?

Lennon pose une main sur son épaule.

– Est-ce que tu aimerais la connaître, Sawyer ? me demande Billie avec douceur.

Je me tourne vers elle, et elle reformule :

– Je veux dire, si tu en avais la possibilité, est-ce que tu voudrais prendre contact avec cette femme ?

Avec un sourire, je prends sa main et la serre tendrement.

– Tu veux savoir si j'échangerais ma famille actuelle pour retrouver des gens qui ne m'ont pas désiré ? La réponse est non, dis-je. Vous avez beau être des plaies la plupart du temps, je ne renoncerais à vous pour rien au monde. Je suis curieux, rien de plus. J'ai deux parents, Ellen et Oscar, trois frères et une sœur, et ça me convient parfaitement.

J'enlace Billie, qui se blottit contre mon torse.

– Oui, bon, c'est pas le moment pour les discours larmoyants, grommelle Cruz.

Mais je peux constater qu'il est ému, tout comme Jax et Lennon.

– Tous les trois, nous allons aller à l'institut pour fouiller le bureau de papa là-bas, je reprends. Toute cette histoire tourne autour de nos origines, c'est de plus en plus clair. Il faut que nous comprenions ce qui s'est passé exactement il y a vingt-sept ans, d'où nous venons. Jaxon, Billie…

Je n'arrive pas à terminer ma phrase. Nous formons une famille, tous ensemble, et je déteste avoir à les exclure, mais ce qui se passe concerne avant tout Lennon, Cruz et moi. Si notre monde doit être bouleversé, nous devons l'apprendre ensemble, juste nous trois. Heureusement, Jaxon comprend ce que je cherche à dire, et lâche :

– Pas de souci, mec. Je resterai ici, au manoir. Il faut bien que quelqu'un assure la protection d'Eve et Scarlett, de toute façon.

Billie, elle, se contente de s'approcher de moi et de glisser sa main dans la mienne. Dans le regard qu'elle pose sur Lennon, Cruz et moi, je lis que, quoi qu'il arrive, elle sera là pour nous, même si elle ne nous accompagnera pas pour la prochaine étape de notre enquête.

– « Face à l'adversité, ensemble, toujours », murmure-t-elle.

Et rarement notre devise familiale ne m'a semblé résonner avec autant de justesse.

34
Scarlett

– Robert Pattinson ?

– Je l'ai rencontré une fois, lors d'une avant-première. Sympathique, un peu timide mais très simple. C'est l'une des rares personnalités à avoir gardé les pieds sur terre.

Fascinée, je secoue la tête, avant de prendre une gorgée de vin. Depuis quelques minutes, je m'amuse à citer des noms de personnes célèbres et je suis médusée de constater qu'Eve les a déjà toutes croisées au moins une fois. Même Barack et Michelle Obama. Étant donné que la jeune femme est elle-même une star internationale, cela ne devrait pas me surprendre, et pourtant… à force de la côtoyer au manoir, j'ai fini par la considérer comme une personne lambda. Ce qui est ridicule : vu l'aura de beauté que dégage Eve DeLuca, il me semble impossible qu'elle puisse un jour entrer dans cette catégorie.

Nous sommes toutes les deux installées au salon, un verre de vin à la main. À ma droite, Eve a les jambes repliées sous ses fesses, son coude est nonchalamment posé sur l'accoudoir de son fauteuil et ses cheveux, coupés au carré, frôlent la peau de ses épaules. La robe qui moule son corps à la perfection dévoile ses jambes jusqu'au-dessus de ses genoux, et très franchement, elle est si belle à cet instant qu'elle pourrait aisément faire la une des magazines dans cette pose.

– Tu as une chance incroyable de côtoyer tout ce beau monde, lui dis-je.

Son sourire se fane légèrement.

– Le truc, commence-t-elle, c'est que ce monde n'est pas si beau que ça, justement. Ça va peut-être te paraître d'une ingratitude folle, vu les privilèges auxquels mon statut m'a donné droit, mais c'est maintenant que je me suis éloignée de l'industrie de la mode que je me sens chanceuse. La vérité, c'est que les strass et les paillettes, ce n'est pas toujours glamour. C'est même souvent l'inverse…

Nous portons nos verres à nos lèvres en silence. Je suis tellement éloignée de l'univers dans lequel Eve évolue que j'ai du mal à comprendre le côté toxique de la célébrité, mais je veux bien la croire sur parole.

– Qu'est-ce qui est le plus difficile à supporter ? je lui demande. Je me doute qu'il doit y avoir de nombreuses choses qui…

– Les paparazzis, répond-elle sans même avoir besoin d'y réfléchir.

Elle se penche, attrape la bouteille de vin posée sur la table du salon, puis remplit son verre comme si le sujet qu'elle s'apprête à évoquer lui demandait un peu de force. Elle en profite pour me resservir également, avant de poser la bouteille et de pousser un soupir.

– J'ai rencontré beaucoup de mauvaises personnes au cours de ma carrière, me raconte-t-elle. Des gens peu scrupuleux, intéressés par l'argent, la célébrité ou les deux… Il y a aussi les haters, qui déversent leur fiel sous couvert d'anonymat sur Internet. Mais tout ça, ce n'est rien à côté des paparazzis. Ils se nourrissent de tes faiblesses, ils ont besoin que tu sois au plus bas pour que leur business fonctionne. Avant ma rencontre avec Cruz, ils étaient mon pire cauchemar. Je ne pouvais pas faire un pas sans qu'un de ces vautours surgisse. Ils étaient partout, tout le temps. J'avais l'impression d'être comme un rat de laboratoire qu'on examine et qu'on aimerait disséquer pour tout connaître de lui.

Eve prend une grande gorgée de vin avant d'ajouter :

– Ils étaient la première chose à laquelle je pensais le matin, et ils hantaient mon esprit quand je me couchais… Je n'arrêtais pas de réfléchir à ce que je pourrais faire pour leur échapper, pour me cacher. J'en étais venue à un point où je n'aspirais qu'à une chose, m'enfermer chez moi et ne plus sortir, juste pour qu'ils me foutent la paix.

Figée, j'écoute la mannequin me détailler son calvaire, et je ne peux m'empêcher de me retrouver dans son discours. Nos histoires sont différentes, et pourtant, elles se ressemblent un peu…

Eve a désormais le regard perdu dans le vide. Elle doit certainement repenser à cette période difficile, et je comprends qu'elle en garde encore des cicatrices… Je ressens soudain le besoin de me confier à mon tour. Si la petite amie de Cruz a trouvé le courage de parler de son traumatisme, je dois pouvoir parler de ce qui me ronge, m'angoisse.

– Je sais ce que tu ressens, dis-je, le regard rivé sur mon verre.

Je sens qu'Eve redresse la tête. Je déglutis, mais je parviens à ajouter :

– Être observée, épiée, avoir l'impression que s'enfermer chez soi serait la seule solution pour échapper à tout ça… Je connais ça.

– Quand je t'ai rencontrée, Sawyer a précisé que tu étais une cliente… Est-ce que ça signifie que tu te trouves dans une position délicate… Enfin, ça ne me regarde pas, tu n'es pas obligée de m'en parler si tu ne le souhaites pas.

– Ne t'inquiète pas, ça ne me dérange pas. Oui, je suis dans une situation… compliquée, pour ne pas dire critique.

Je m'installe au fond du canapé, avant de commencer mon récit :

– Mon père était flic et il adorait son métier. S'il avait su que c'était le job qu'il aimait tant qui causerait sa perte… Avec son équipe, il enquêtait sur un réseau de trafiquants de drogue et il a réussi un sacré coup de filet qui en a envoyé un bon paquet en prison. Malheureusement, il n'a pas réussi à mettre la main sur le numéro 1 du réseau et ce dernier a décidé de mettre sa tête à prix, ainsi que celle de tous ceux qui lui étaient liés. Nous avons dû fuir Cape Cod et nous cacher pendant quatre ans… jusqu'à ce que les trafiquants retrouvent notre trace et qu'ils assassinent mon père.

J'entends le soupir choqué d'Eve, mais je l'ignore. Si je m'arrête maintenant, je serai incapable d'aller jusqu'au bout de mon histoire. Devoir la raconter à Sawyer a déjà été si difficile… Je ne sais pas pourquoi, mais je me sens assez à l'aise avec la mannequin pour avoir envie de me confier, alors je continue :

– C'est à ce moment que je me suis tournée vers Oscar, le seul qui pouvait me protéger. Pendant encore quatre longues années, je n'ai cessé de regarder derrière moi, j'ai changé de ville plusieurs fois. J'étais terrifiée à l'idée que ceux qui avaient tué mon père me retrouvent et me réservent le même sort. Au début de cette année, deux trafiquants qu'il avait mis en prison se sont échappés, et comme un contrat a été mis sur ma tête, je n'ai aucun doute sur le fait qu'ils sont à ma recherche en ce moment même. Ils peuvent me retrouver à tout moment et…

J'inspire profondément sans terminer ma phrase. Dans le salon, le silence est total. Enfin, je trouve le courage de croiser le regard d'Eve. J'ai juste le temps de la voir essuyer une larme avant qu'elle ne s'empare à nouveau de la bouteille de vin et la vide dans nos deux verres. Après avoir bu la moitié du sien d'une traite, elle souffle :

– Bon sang, Scarlett. Et moi qui me suis plainte devant toi de mes petits problèmes, je…

– Non, s'il te plaît, ne dis pas ça, je l'arrête. Ça me donne l'impression que ma situation est tellement merdique que rien ne peut l'arranger.

La mannequin déplie ses longues jambes et se rapproche de moi, posant sa main sur mon bras.

– Tu as retrouvé Sawyer, maintenant, ce qui signifie que tu ne seras plus jamais seule, affirme-t-elle. Il ne laissera jamais rien t'arriver. Tu es ici, *on* est ici tous ensemble et tout va bien se passer.

Je souris doucement avant de cogner mon verre contre le sien. Étonnamment, alors que je pensais que mon récit plomberait l'ambiance, j'ai l'impression qu'elle s'est au contraire allégée. Évoquer nos fardeaux à voix haute nous a permis de nous libérer un peu.

– Si je ne me trompe pas, tu as connu les garçons au lycée ? me lance alors Eve.

– Exact.

– Je t'en prie, dis-moi que tu as des secrets honteux à me révéler sur Cruz. Cet homme a beaucoup trop confiance en lui pour son propre bien et je refuse de croire qu'il en a toujours été ainsi, surtout à l'âge si ingrat de l'adolescence.

Je m'esclaffe.

– Je suis désolée de te décevoir, Eve, mais le Cruz d'aujourd'hui ressemble au Cruz d'avant… si ce n'est que son aplomb s'est encore renforcé avec le temps.

La mannequin geint en posant son verre vide sur la table.

– C'est si injuste ! s'exclame-t-elle.

– Que ton petit ami soit incroyablement canon et sûr de lui ?

– Oui ! Parce que ça ne fait que renforcer son ego.

Je ris à nouveau, et elle m'imite avant de me demander :

– Est-ce que ça fait de moi une femme aveuglément amoureuse si j'avoue que c'est aussi ce qui me fait craquer chez lui ?

Je termine mon propre verre, me redresse et réplique :

– Ça fait de toi une femme prise au piège du charme Westwood… mais tu n'es pas la seule, loin de là, au point qu'on peut considérer ça comme la normalité. Sérieusement, il y a quelque chose dans cette famille, ils ont une espèce… d'aura qui fait qu'on est incapable de leur résister. C'est comme ça depuis le lycée et ça continue. En plus, je suis convaincue que les triplés ont déteint sur Jaxon. Je veux dire, regarde-le : il est un Westwood des orteils jusqu'à sa fossette.

– En parlant de lui, est-ce que tu ne trouves pas toi aussi qu'avec Billie, ils sont…

À cet instant, des pas résonnent dans le couloir. Eve se tait subitement tandis que nous nous redressons, prêtes à accueillir la fratrie de retour. Vu les mines fermées que nos hommes arborent, nous devinons sans mal qu'ils ont trouvé les réponses qu'ils cherchaient et qu'elles sont loin de les enchanter.

– Lennon, Cruz et moi, on doit aller à l'institut, m'informe Sawyer alors que je m'approche de lui.

– Tout va bien ? demande Eve à Cruz, en le dévisageant intensément.

– Ça pourrait aller mieux, lui répond-il. On doit poursuivre nos recherches : on pense que papa a sans doute caché d'autres choses à son bureau à l'agence.

– Billie et Jaxon vont rester ici avec vous, nous annonce Lennon.

Je hoche immédiatement la tête, compréhensive. Ce qui se joue ce soir ne concerne que les triplés, et il est normal qu'ils désirent être seuls pour en apprendre plus sur les circonstances de leur naissance…

Je dépose un baiser sur les lèvres de Sawyer tout en murmurant :

– Rejoins-moi dans la chambre quand vous aurez terminé.

– Je…

– Tu pourras tout me raconter ce soir, rien ne presse.

Sawyer baisse un instant la tête et pousse un profond soupir, avant de caresser ma joue.

– Je t'aime tant, Scarlett Weiss, souffle-t-il.

– Je sais, et je t'aime aussi.

35

Sawyer

Le chaos qui nous entoure est total. Poussés par le besoin de trouver des réponses, nous avons fouillé le bureau de notre père à l'institut sans délicatesse. Tous les tiroirs ainsi que les armoires sont ouverts, des documents, des dossiers reposent un peu partout, mais nous ne sommes pas plus avancés que lorsque nous sommes arrivés ici.

Las, Lennon croise les bras avant de se laisser tomber sur le fauteuil de notre père.

– Ça ne vous rend pas fous, cette histoire ? lâche-t-il. Ces photos qu'on a trouvées ? Cette… femme qu'on a vue ?

– Pourquoi est-ce que ça te touche ? l'interroge Cruz.

– Parce que pour la première fois en vingt-sept ans, on a vu à quoi ressemble notre mère biologique.

– C'est vrai que ça m'a fait quelque chose à moi aussi, j'interviens en croisant les bras.

– Pas à moi.

– Cruz ! réagissons-nous en même temps, Lennon et moi.

– Mais quoi ? proteste notre frère. Vous voyez une photo et ça y est, vous êtes obnubilés par cette femme ? Eh bien, ce n'est pas mon cas.

Lennon se cale contre le siège et hausse les épaules.

– Sur ces clichés, notre mère avait l'air plutôt heureuse d'être avec nous, non ? Et si elle ne nous avait pas abandonnés ?

– Et c'est reparti… râle Cruz.

– Écoute-moi, assène Lennon. Plus j'y pense, plus ça me paraît évident que quelque chose concernant la façon dont nous avons atterri chez les Westwood cloche.

Je suis d'accord. Moi-même, j'ai été déstabilisé par les photos ainsi que par les révélations de Carmen. Elles soulèvent trop de questions sans réponses. D'ailleurs, Cruz aura beau le nier autant qu'il le veut, je sais qu'il est perturbé, lui aussi.

– Bon, on fait quoi, maintenant ? je lance. À part une lettre énigmatique de papa et des images dans une boîte, on n'a rien du tout, aucune piste.

– Et la police n'est toujours pas revenue vers nous pour nous dire si des empreintes avaient pu être relevées, ajoute Cruz.

– Je sens qu'on est près du but, les gars, nous encourage Lennon. Je ne sais pas pourquoi, mais j'ai l'intuition qu'il y a quelque chose ici qui va nous aider. Si le bureau de papa au manoir était vide, c'est que ce qui se trouvait dans les compartiments secrets des tiroirs a été déplacé ici.

Nous soupirons tous les trois de concert. Cruz commence à arpenter la pièce tout en ramassant des documents pour les lire à la va-vite ; Lennon, lui, laisse son regard se perdre dans le vide, son cerveau tournant à cent à l'heure. Quant à moi, je détaille les cadres accrochés au mur. Mon père a toujours été expansif concernant ses sentiments, ceux qu'il nous portait surtout. Afficher fièrement ses enfants dans son bureau, nous appeler « fils » devant les recrues, toujours nous réserver un geste tendre lorsqu'il nous croisait… De toutes ces manières, il s'est assuré que nous sachions qu'il nous aimait, que nous n'en doutions jamais. Et selon moi, cet étalage de clichés illustrant différentes périodes de notre vie en est la preuve.

Il disait souvent que la photo de Lennon, Cruz et moi lorsque nous avions environ six ans était sa préférée. Nous avions pris la pose en souriant de toutes nos dents restantes. L'insouciance, l'innocence que nous dégageons le rendaient heureux, au point qu'il a fait agrandir et encadrer le cliché pour l'accrocher au centre de sa petite galerie personnelle.

Je ne sais pas pourquoi soudain je suis si attiré par cette photo. Je crois simplement que, parfois, notre instinct prend le dessus, qu'il *sait* et qu'il nous guide pour trouver des réponses… et c'est ce qui est en train de se passer. Pendant de longues minutes, je fixe nos visages d'enfants… avant de remarquer quelque chose.

– Cette photo, là… Elle est étrange, non ? je lâche.

Mes frères s'approchent pour l'observer eux aussi.

– Comment ça ? réagit Lennon.

– Enfin, non, ce n'est pas elle qui est étrange, plutôt son cadre, je précise. Il est différent de ceux qui l'entourent, non ?

– Il est noir alors que tous les autres sont blancs, remarque Cruz. C'est ça qui te chiffonne ?

– Pas seulement, je réponds. Ces cadres sont là depuis quoi, une quinzaine d'années au moins ? Et regardez, ils ont tous une marque sur leur pourtour. Une trace que le temps a laissée… sauf celui-ci. Et ce n'est pas logique. Cette photo est ancienne, vous savez comme moi que papa l'a accrochée à ce mur il y a un bon paquet d'années. Alors si ce cadre a été installé en même temps que les autres, pourquoi est-ce que la poussière ne s'est pas accumulée sur son contour ?

– Peut-être parce que papa l'a changé récemment, tente Cruz. Après tout, comme on l'a dit, il n'a pas la même couleur que les autres.

– Ou alors, il n'a pas pu laisser de marque parce qu'il était souvent décroché, j'avance.

– Putain, souffle Lennon.

Fébrile, je le regarde agripper le cadre et le soulever. Derrière apparaît un coffre-fort, fermé par une porte en acier et verrouillé par un code d'accès.

– Nom de Dieu, lâche Cruz.

Je déglutis, à la fois excité et terrorisé à la perspective de faire encore de nouvelles découvertes.

– Pourquoi est-ce qu'on n'a jamais su que papa avait un coffre-fort ? reprend mon frère.

– À ton avis, Cruz ? lui renvoie Lenny. Chaque jour, on découvre que notre père avait un secret de plus. À croire qu'il était un agent double… Bon, qu'est-ce que je tape ?

– Je n'en ai aucune idée… je soupire.

– On parle de papa, là, s'écrie Cruz. Il était très intelligent et prévoyant, mais aussi sentimental. Le code PIN de son téléphone, c'est la date de naissance de Billie, alors il a forcément verrouillé ce coffre avec une combinaison qui a du sens pour lui.

Sans attendre, Lennon s'empresse d'essayer les anniversaires de tous les membres de famille : le nôtre d'abord, puis celui de Billie, de Jax, de notre mère ainsi que de notre père lui-même… mais rien ne fonctionne. Jusqu'à ce qu'une autre idée nous apparaisse avec une évidence flagrante.

– Leur date de mariage, suggérons-nous en même temps.

Et enfin, le coffre s'ouvre.

La première chose que nous y trouvons, ce sont d'innombrables liasses de billets. Nous les sortons les unes après les autres sans un mot puis, tout au fond, Lennon attrape une couverture bleu ciel sur laquelle sont posés des pyjamas ainsi que des chaussons de bébé et, enfin, plusieurs feuilles de papier pliées en quatre.

Mes frères et moi restons figés devant cette découverte. Je fixe les vêtements minuscules qui me sont étrangement familiers… et soudain, je comprends pourquoi.

– J'y crois pas, je grogne en fouillant dans la poche de ma veste.

J'en sors la photo de notre mère biologique que j'ai prise au manoir et la déplie avant de la tendre à Lennon et Cruz.

– C'est nos vêtements, leur dis-je. Regardez, on les porte sur cette photo. Et la couverture… notre mère l'a sur ses genoux.

– Merde, les gars, souffle Cruz, paralysé.

Je m'empare des feuilles minutieusement pliées, redoutant d'y trouver la confirmation de nos soupçons, des aveux de nos parents qui les incrimineraient pour un acte illégal. Lentement, je les déplie et je découvre une longue lettre rédigée d'une écriture inconnue, soignée et cursive.

Mon cher Oscar,

Il est très tard au moment où je t'écris cette lettre. Je sais, tu dois te demander pourquoi tu reçois ceci, pourquoi je me tourne vers toi vu la façon dont nous nous sommes quittés il y a bientôt quatre ans. Sache que je repense souvent à notre rupture, à notre histoire aussi… Tu es sans aucun doute l'homme le plus doux et respectueux que j'aie jamais rencontré et je m'en voudrai éternellement de t'avoir abandonné.

J'ai appris que tu as refait ta vie. J'ai vu ta nouvelle compagne, elle est si jolie… J'espère qu'elle a conscience de la chance qu'elle a de t'avoir à ses côtés. Moi, je n'ai pas été assez maligne pour le réaliser tout de suite. Je me suis laissée charmer par le danger, je me suis laissée entraîner par les ténèbres.

Pourtant, tu m'avais prévenue. Je peux encore t'entendre me dire que Luke Jensen me briserait le cœur, s'il ne me brisait pas tout court… mais je n'ai pas voulu t'écouter. J'étais amoureuse ; seulement, l'amour peut parfois être une véritable malédiction.

J'aurais dû te choisir toi, Oscar. J'aurais dû partir avec toi ce jour-là, au lieu de m'enfuir avec lui.

Tu dois sûrement te dire que je suis rongée par les remords, et parfois, oui, ça arrive. Mais depuis quelques semaines, je me dis que peut-être, toute la souffrance que j'endure aux côtés de Luke en valait la peine… parce que mes trois petits garçons sont la plus belle chose qui me soit arrivée. Ils sont si beaux, Oscar, si grands déjà… et ils sont si innocents. Ils ne méritent pas de vivre sous le même toit qu'un monstre tel que leur père…

C'est pour cela que je me tourne vers toi ce soir, mon vieil ami. J'en ai assez.

Je suis arrivée au bout de ce que je peux supporter. Chaque jour, les coups pleuvent, de plus en plus violemment. Je n'ai plus d'appétit, plus d'envies, à peine la force de me lever du lit le matin. Si je le fais, c'est uniquement pour eux…

Tu sais, je ne suis pas en train de dire que j'abandonne mon rôle de mère. Non, ce que j'abandonne, c'est mon rôle d'épouse, de sac de frappe. D'objet.

Cette nuit, il y a eu un incident, comme souvent ces derniers temps. L'un des triplés n'arrêtait pas de pleurer. J'avais beau tenter de le bercer, de l'apaiser, rien n'y faisait. Et Luke ne l'a pas supporté. Il est entré dans la chambre et a essayé de m'arracher le bébé des mains. J'ai résisté, Oscar, je te le jure, je me suis battue bec et ongles. Je suis restée devant les berceaux et j'ai refusé de bouger. Cette nuit-là, c'est moi qui ai pris les coups, mais j'ai réalisé que, tôt ou tard, mon mari s'en prendrait à mes bébés. Et ça, je ne peux pas l'accepter.

J'ai pensé à m'enfuir avec les garçons, mais je n'ai nulle part où aller. Mes parents m'ont tourné le dos dès que j'ai décidé de vivre avec Luke et ils étaient ma seule famille. Seule, sans le sou, sans travail, je ne vois pas comment je pourrais m'en sortir. Qu'est-ce que mes bébés feraient d'une mère cabossée physiquement et moralement?

Ils méritent mieux, Oscar.

Ils méritent un véritable foyer, une famille aimante, un cadre de vie sain.

Et je sais que toi, tu pourras le leur offrir.

C'est pour cela que j'ai décidé de t'écrire. Dans quelques minutes, j'irai déposer mes fils sur le pas de ta porte. Ensuite, je rentrerai chez moi et je prendrai les somnifères que j'ai en ma possession depuis longtemps mais auxquels je n'avais jamais osé recourir jusque-là.

Je vais partir, Oscar. Je ne peux plus supporter ma vie. Et même si mon cœur est lourd à l'idée de laisser mes enfants, de ne plus jamais les revoir, j'ai au moins la satisfaction de savoir que je m'en vais l'esprit libre... parce qu'ils seront en sécurité avec toi.

J'ai entendu dire dans les journaux que ton épouse et toi avez du mal à concevoir. Laisse-moi te faire le cadeau de mes garçons... et en échange, s'il te plaît, cache-les. Prends-les et enfuis-toi avec eux, ne laisse pas Luke les retrouver.

Et dis-leur... S'il te plaît, un jour, dis-leur que je les ai aimés aussi fort que j'ai pu et que je ne les ai jamais abandonnés. Je leur ai simplement offert une nouvelle chance.

Je t'embrasse, mon cher Oscar. Dans une autre vie, ça aurait été toi, et ces enfants seraient notre famille. J'aime l'idée qu'aujourd'hui ils deviennent la tienne.

Tu me manqueras,

Victoria.

La lettre m'échappe des mains au moment où j'en termine la lecture. En levant les yeux vers mes frères, je vois leurs larmes, je sens les miennes. Nous sommes… stupéfaits. Ahuris. Figés.

Victoria…

– Elle ne voulait pas nous abandonner, je murmure. Elle voulait nous garder, mais…

C'est trop. Trop d'informations, trop de bouleversements, trop de révélations en même temps.

– Elle nous aimait, poursuit Lennon sur le même ton perdu que le mien.

– Et notre père biologique était un monstre, conclut Cruz.

36
Sawyer

Comme mes jambes vacillent, je m'assieds sur une chaise avant de mettre ma tête entre mes mains et de tenter de réfléchir.

– Oscar ne nous a pas kidnappés. Il nous a sauvés, énonce Lennon.

Cette certitude ôte un poids colossal de nos épaules. Notre père est bien celui que nous avons connu toute notre vie : un homme généreux, droit, aimant.

– Ils étaient ensemble, poursuit Lennon, qui semble avoir besoin de décortiquer à voix haute toutes les informations que nous avons découvertes dans la lettre. Oscar et… Victoria. Notre père a été amoureux de la femme qui nous a mis au monde.

– Et elle l'a quitté pour le salopard de service.

La colère de Cruz est compréhensible, le soulagement de Lennon aussi. Quant à mon désarroi, je crois que personne ne pourrait me le reprocher.

– Les gars, on doit aller montrer ça à la police ! je déclare.

– La police ? réagit Lennon.

– Bien sûr, j'insiste. Dans sa lettre, Victoria demande à papa de nous cacher, de ne pas laisser notre… géniteur nous approcher. Ça ne fait aucun doute, non ? C'est lui qui menaçait papa. D'une manière ou d'une autre, il a retrouvé notre trace.

– Attends, Sawyer, tu t'emballes un peu, non ? intervient Cruz. Oui, il était apparemment un connard de la pire espèce, mais pourquoi agir près de vingt-sept ans après notre disparition ?

– Je ne sais pas… j'admets. Mais je suis persuadé que ces éléments seraient utiles à la police. On a un nom maintenant : Luke Jensen.

– Et tu crois qu'ils vont immédiatement creuser cette piste ? ricane Cruz. On n'a aucune nouvelle des enquêteurs depuis des semaines… Ils se fichent de cette affaire, c'est maintenant clair.

– Tu n'as pas tort… je soupire. Alors quoi ? Si la police ne peut nous être d'aucune aide, quel autre recours avons-nous ?

– Dimitri, lâche Lennon.

Nous nous tournons vers lui alors qu'il ajoute :

– S'il y en a bien un qui peut nous aider sur ce coup-là, c'est lui… Je l'appelle tout de suite.

Il s'exécute aussitôt. Par chance, notre collègue est à l'institut en ce moment même ; Lennon lui demande de nous rejoindre dans le bureau de notre père, avec son ordinateur. À peine cinq minutes plus tard, nous entendons des coups retentir contre la porte. Cruz va ouvrir, et Dimitri s'avance à l'intérieur de la pièce.

– Qu'est-ce que… commence-t-il en voyant le chaos qui règne ici.

– Ce n'est rien, le rassure Lennon.

Dim hausse un sourcil. Malgré son job qui l'oblige à passer un temps fou assis derrière des ordinateurs, il a la carrure d'un videur de boîte de nuit. Ses cheveux blonds coupés courts, sa cicatrice à l'arcade sourcilière et ses tatouages sur chaque doigt détournent l'attention de son meilleur atout : le cerveau d'un génie.

– Écoute, Dimitri, on a besoin de tes compétences, dit Lenny sans perdre de temps. On a un suspect potentiel concernant l'agression de notre père, et on cherche à rassembler un maximum d'informations sur lui. Tu crois que tu pourrais creuser pour nous ?

– C'est comme si c'était fait, répond notre collègue.

Il s'installe sur un coin du bureau, une lueur déterminée dans les yeux. Comme tous les employés de l'agence, il a été profondément choqué par ce qui est arrivé à Oscar, et je n'ai aucun doute quant au fait qu'il fournira tous les efforts nécessaires pour nous permettre de retrouver celui qui s'en est pris à lui.

– Comment s'appelle votre suspect ? nous demande-t-il.

– Luke Jensen, lui indique Cruz.

– Je regarde ce que j'ai sur lui dans la base de données de la police.

Dimitri pianote sur son ordinateur pendant de longues minutes. Je résiste à la tentation de m'approcher pour regarder son écran par-dessus son épaule : malgré mon impatience, j'ai conscience que le mieux à ce stade est de le laisser travailler tranquillement… Enfin, il se laisse aller en arrière, pousse un petit sifflement et soupire :

– Eh bien, le moins que l'on puisse dire, c'est que ce n'est pas un enfant de chœur.

– Dis-nous ce que tu as appris, lui intime Cruz, le visage pâle.

De l'électricité crépite dans le bureau quand Dimitri commence à raconter :

– Il a passé des années en prison, il vient d'en sortir. Le soir du 1er décembre, il y a vingt-six ans, le commissariat de Rochester a reçu l'appel d'une jeune femme en larmes, Victoria Davenport. Terrorisée, elle demandait à la police de venir au plus vite parce que son mari violent avait menacé de la tuer. Le rapport d'enquête écrit qu'à leur arrivée les flics ont découvert une scène terrible. La jeune femme était étendue sur le sol de la cuisine, son mari au-dessus d'elle… Il lui rouait l'estomac de coups de pied d'une violence telle qu'elle en crachait du sang. Il a fallu que la police tire en l'air pour l'arrêter.

L'information me soulève l'estomac. Je revois le visage de Victoria, si souriant sur la photo que j'ai emportée, et j'ai mal de l'imaginer ainsi battue. Un coup d'œil à mes frères me confirme qu'ils ressentent le même dégoût…

– Jensen, puisque c'est de lui qu'il s'agit, a été immédiatement arrêté et embarqué au poste de police, poursuit Dimitri sans remarquer notre émotion. Il avait tant d'alcool dans le sang que cela relevait du miracle qu'il soit encore capable de tenir debout. Le hic, c'est qu'après une nuit en cellule de dégrisement, il a commencé à dire que ses enfants avaient disparu, qu'on les lui avait enlevés. Le rapport précise qu'il a évoqué des… triplés.

L'information fait réagir notre collègue, qui nous coule un regard interrogateur. Forcément, il fait le lien avec nous. Mais il s'abstient du moindre commentaire et continue à nous détailler les informations qu'il a découvertes.

– Les flics ont fait des recherches, et ils ont confirmé que Victoria Davenport et Luke Jensen avaient eu trois fils un mois auparavant. Pourtant, aucune trace de nouveau-nés n'a été trouvée à leur domicile.

Je m'adosse au mur le plus proche, parce que ma tête me tourne.

– Jensen a été jugé coupable du meurtre de son épouse, continue Dimitri. L'autopsie pratiquée sur le corps de cette dernière a révélé qu'elle avait ingéré une grande quantité de somnifères et d'alcool ce soir-là ; cependant, les médicaments n'avaient pas encore fait totalement effet lorsqu'elle est morte. C'est une hémorragie due à l'acharnement de Jensen qui l'a tuée.

– Seigneur, geint Cruz en passant une main dans ses cheveux.

Pauvre Victoria... Elle a vécu l'enfer et elle nous a protégés en sacrifiant sa vie.

Je n'arrive pas à intégrer que notre géniteur ait tué notre mère biologique.

– Après quelque temps, comme les enfants restaient introuvables, le juge a conclu que Jensen s'était débarrassé d'eux aussi, termine Dimitri. Il a pris pour trente ans mais a bénéficié d'une remise de peine pour bonne conduite qui lui a permis de sortir de prison il y a cinq mois. Il s'est alors installé à Cape Cod ; j'ai son adresse, si ça vous intéresse. En tout cas, depuis sa remise en liberté, il se comporte en véritable enfant de chœur, aucun incident à signaler. Il pointe toutes les semaines au commissariat et n'a encore manqué aucun rendez-vous avec son contrôleur judiciaire. J'ai sa photo ici, si vous voulez.

Dimitri tourne son écran de manière que mes frères et moi puissions le voir... et là, nous nous étranglons tous les trois.

Car le visage de cet homme, nous le connaissons. Il était devant nous il y a quelques heures à peine.

Mike Connor...

Et dire qu'on a invité cette ordure dans notre maison. Dire qu'il s'est trouvé là où il a tué Michel... Mais le pire, c'est qu'il a essayé de nous dresser contre Oscar en ne nous révélant qu'une partie de l'histoire, en nous faisant croire que nous avions été enlevés.

Quel enfoiré !

– Dim… commence Lennon d'une voix blanche. Tu te souviens de Mike Connor, le type sur lequel je t'ai demandé d'enquêter il y a quelques jours ?

– Bien sûr.

– Trouve-moi une photo de lui.

– OK. Je crois que j'en ai une dans le dossier que j'avais constitué, attends une seconde que je la retrouve… D'ailleurs, les infos sur ce type n'ont pas été faciles à dégoter. Je ne sais pas s'il est bon en tant que détective privé, mais ce qui est certain, c'est qu'il sait effacer ses traces. Ah, tiens, le voilà.

Dimitri tourne à nouveau son écran dans notre direction. Le type sur lequel il zoome nous est totalement inconnu, avec ses cheveux bruns clairsemés et sa fine moustache.

– Quel cauchemar, soupire Cruz.

Dim nous dévisage tour à tour tandis que nous restons assommés par toutes ces révélations.

– Les mecs, qu'est-ce qui se passe ? nous demande-t-il.

– Rien de bon, je réponds, vraiment rien de bon.

Dans ma tête, le brouillard se lève petit à petit et j'arrive enfin à emboîter les pièces du puzzle : notre géniteur a usurpé l'identité du détective afin d'avoir un prétexte pour se rapprocher de nous… Tout, de sa carte de visite à la voiture qu'il conduisait, appartenait à un autre.

– Merci, Dim, lui dit Lennon. Tes informations vont nous être très utiles.

– Tant mieux, répond-il. Il faut coffrer l'ordure qui a attaqué Oscar, c'est insupportable de savoir que son agression reste encore impunie.

– Tu peux nous transmettre l'adresse de Jensen, s'il te plaît ? ajoute Lenny.

– Bien sûr. Je l'envoie sur ton téléphone.

Dimitri pianote une dernière fois sur son ordinateur avant de le refermer.

– Est-ce que je peux vous aider pour autre chose ? questionne-t-il.

– Non. Merci, Dim, tu as déjà fait beaucoup, lui répond Cruz.

Je sers un mince sourire à notre collègue, qui semble hésiter à s'en aller. Mais finalement, voyant que nous ne lui dirons rien de plus sur ce qui nous tracasse, il quitte le bureau en nous saluant d'un signe de tête, nous laissant seuls. Aussitôt, toute la tension qui s'était accumulée au fil des révélations explose.

– Putain, crache Lennon. Je n'arrive pas à croire que l'agresseur de notre père était là, sous notre nez, pendant tout ce temps !

– On ne peut pas le laisser s'envoler dans la nature, je renchéris. Il faut qu'on le coince.

– Attendez, je sais que vous êtes hors de vous, et moi aussi d'ailleurs, mais il ne faut pas le sous-estimer, intervient Cruz. Il a déjà tué plusieurs personnes et il a passé plus de vingt ans de sa vie en prison. À mon avis, il ne se laissera pas facilement avoir.

– C'est de nous qu'il devrait se méfier, gronde Lennon. Ce monstre s'est attaqué à notre famille, deux fois. Il faut que quelqu'un lui fasse payer.

– Lenny… souffle Cruz.

– Je ne prendrai pas le risque que la police le laisse s'enfuir, s'écrie notre frère, dont la rage est de plus en plus visible. On doit prendre l'affaire en main nous-mêmes.

– On ne peut pas se mettre dans la merde, je rétorque. J'ai envie comme toi d'exploser la tronche de ce type, mais je n'irai pas en prison pour lui. Et toi non plus, d'ailleurs. Pense à Dovie.

Le regard de Lennon se voile à l'évocation de sa petite amie. Pour ma part, je reste étonnamment calme. Ce type de situations, où l'adrénaline prend le dessus sur tout le reste, c'est ma spécialité. Ce à quoi j'ai été formé à réagir. Et alors que mon frère semble prêt à fracasser tout ce qui se dressera sur son passage entre Jensen et lui, je prends les choses en main pour élaborer un plan d'action :

– Voilà ce que nous allons faire. Nous allons nous rendre chez cette ordure, mais avant cela, nous allons appeler Jaxon en renfort, et surtout, nous allons prévenir la police de ce que nous avons découvert. Nous devons agir maintenant pour nous assurer que Jensen ne pourra pas s'enfuir s'il sent que sa couverture est tombée, mais seuls les flics seront en mesure de le renvoyer en prison, là d'où il n'aurait jamais dû sortir. Nous ne pouvons pas nous faire justice nous-mêmes, et vous le savez. Nous devons rester dans les limites de la légalité, même si laisser parler notre colère est tentant. Est-ce que vous êtes avec moi sur ce coup-là ?

Pour une fois, Cruz approuve mes propos sans protester. Nous observons Lenny pendant de longues secondes… et il finit par acquiescer à son tour, à mon grand soulagement.

Nous sortons nos téléphones pour prévenir Jax puis, déterminés comme jamais, nous grimpons en voiture et nous élançons dans la nuit.

37
Sawyer

Lorsque nous arrivons à l'adresse que Dimitri nous a indiquée, Jaxon nous y attend déjà, en planque dans sa voiture. Il en sort quand il nous voit descendre de la nôtre, et nous nous saluons en silence. L'heure est grave, trop pour gâcher le moindre mot.

– Tu veux toujours y aller ? je demande à Lennon, dont les iris ne sont plus que deux braises incandescentes.

– Évidemment.

L'idée de nous confronter à la pourriture qui nous sert de géniteur ne m'enchante guère. Tout ce qui m'importe, c'est qu'il croupisse en prison jusqu'à la fin de ses jours. Je n'ai pas envie de parler avec lui ni de lui accorder de mon temps, mais je comprends que mon frère puisse avoir besoin de ça.

– C'est parti, dans ce cas.

Avant toute chose, Lennon sort son portable de sa poche et compose le numéro de l'inspecteur chargé de l'enquête concernant l'attaque au manoir. Dès que celui-ci décroche, il se lance dans ses explications :

– Lennon Westwood à l'appareil, le fils d'Oscar Westwood… c'est bien cela… non, pas vraiment, si je vous appelle, c'est pour vous prévenir que *nous* avons résolu l'affaire sur laquelle *vous* travaillez… c'est exact, mes frères et moi avons retrouvé l'agresseur de notre père et nous nous apprêtons à lui rendre visite. Alors si vous voulez qu'il soit encore capable de répondre à vos questions lorsque vous l'interrogerez, je vous conseille de rappliquer vite fait.

Après avoir communiqué l'adresse de Jensen à l'enquêteur, Lennon raccroche, puis nous nous mettons en marche. Nous approchons d'une petite maison de banlieue que nous encerclons par réflexe, bloquant toutes les sorties tandis que Lennon s'approche de la porte d'entrée. Veillant à rester dans la pénombre pour ne pas être repéré, il sort son Glock de l'étui à sa taille, puis il s'immobilise un instant pour se concentrer. Il vise ensuite la serrure avec son arme, tire une balle et enfonce la porte d'un coup de pied. Le boucan alerte Jensen, qui se précipite sur la sortie arrière… où je l'attends. Il se prend un violent coup de crosse dans la joue, ce qui le fait reculer, et je le force à rentrer à nouveau dans sa maison, verrouillant derrière moi. Lorsqu'il réalise que nous sommes là tous les quatre, il pâlit… avant de lui aussi sortir un flingue de son dos.

– Les gars, on a enfin trouvé celui qui a tenté d'assassiner notre père, commence Lennon. Dommage, il est plus résistant que vous ne le pensiez, Jensen.

Au regard de tout ce que nous avons appris ce soir, nous sommes plein de rancœur… de rage, même. Je sais qu'à la moindre parole de travers, tout peut dégénérer ; aussi, je m'oblige à garder la tête froide.

– Votre père ? répète Jensen. Les garçons, c'est moi, votre père.

Visiblement, il veut y croire très fort. Je suis tenté de ricaner, mais je ne dois pas oublier qu'il a un pistolet entre les mains et qu'il est assez instable pour tirer sans remords, Michel et papa en ont fait les frais.

– Oui, tonne Lennon, *notre père*. Celui qui nous a élevés, nourris, aimés, bordés le soir… Celui qui a toujours été là pour nous.

– Il a pris ma place, s'agace Luke. Il vous a volés à moi, il a volé ma vie.

– Votre vie ? je réplique. Vous l'avez sabotée tout seul. Vous aviez une famille, et c'est vous qui l'avez détruite. On est au courant de tout, d'accord ? Alors pas besoin de nous sortir vos mensonges.

– Peu importe ce que vous croyez savoir, c'est faux. Oscar m'a retiré la possibilité de veiller sur vous.

– Et comment comptiez-vous faire ça ? assène Lennon. En vous soûlant jusqu'à ne plus être capable de tenir sur vos deux jambes et en nous cognant ensuite ?

Dans la pièce, plus personne ne dit un mot. Nous avons conscience qu'énerver Jensen ne pourra rien nous apporter de positif, mais je crois que nos nerfs sont en train de lâcher. Même alors que je tente de me contrôler, je sens en moi le besoin de laisser s'exprimer ma colère et ma peine. Je ne rêve que d'une chose : avoir la possibilité de me défouler sur ce type, d'autant que des flashs de Victoria inerte et ensanglantée viennent me hanter.

– Votre mère m'a trahi, crache Jensen en bougeant son arme dans tous les sens. Elle m'a tendu un piège. Ce soir-là, elle a appelé les flics quelques minutes avant que je rentre à la maison, elle voulait que je me fasse coffrer pour vous garder rien que pour elle. Mais je l'en ai empêchée. Je n'allais certainement pas la laisser gagner.

Quel fils de pute.

– J'aurais dû me douter qu'elle se tournerait vers ce connard de Westwood, reprend-il. Vous savez qu'elle m'a trompé avec lui ? Votre mère que vous défendez tant, c'était une traînée.

– Si vous l'insultez à nouveau, vous allez le regretter, je m'écrie.

Jensen semble voir que nous sommes à bout, car il baisse d'un ton.

– Je suis désolé, je me suis laissé emporter. C'est juste que j'ai rêvé de vous retrouver pendant des années. Vous n'imaginez pas ce que j'ai vécu en prison, c'était l'horreur.

– Il ne fallait pas commettre un meurtre, rétorque Lennon.

– Victoria s'est suicidée ! éructe Luke.

– Vous l'avez rouée de coups jusqu'à ce qu'elle en meure ! hurle Cruz en s'élançant vers notre géniteur.

– Cruz, non ! le retient Lennon.

L'ambiance est si électrique qu'elle menace d'exploser à tout moment.

– Écoutez, reprend Jensen, c'est vrai que je ne suis pas le père de l'année. J'ai commis des erreurs et elles m'ont coûté cher. Mais j'ai payé ma dette, vous ne croyez pas ? J'ai passé vingt-six ans derrière les barreaux. J'ai perdu mes enfants, mon job, ma vie sociale.

– Votre femme, grogne Lennon.

Luke se contente de plisser les lèvres.

Vraiment, quel enfoiré de fils de pute.

– Je veux juste avoir la possibilité de rattraper le temps perdu, lâche-t-il. De retrouver mes fils… d'apprendre à vous connaître.

Est-ce qu'il pense vraiment que nous allons accéder à sa requête ? Parce que dans ce cas, il vit dans un monde parallèle…

– Écoutez-moi bien, espèce de psychopathe, je crache en passant devant mes frères pour les protéger des retombées de ma provocation. On ne voudra jamais rien avoir à faire avec vous, est-ce que c'est clair ? Vous n'êtes rien pour nous, vous n'avez aucune place dans nos vies. Vous êtes un meurtrier, un alcoolique, un criminel récidiviste. Alors cessez de perdre votre temps et de nous faire perdre le nôtre. Vous êtes impardonnable.

Alors que je m'attends à ce qu'il explose, notre géniteur reste étonnamment calme.

– Je ne me laisserai pas prendre une seconde fois par la police, annonce-t-il. Je ne retournerai pas en prison.

– Ah oui ? Et comment vous comptez éviter ça ? lui lance Jaxon.

– Toi, tu ne m'adresses pas la parole. Tu n'es pas mon fils, tu n'es pas leur frère, tu n'es rien, crache Jensen, fou de rage.

Cela déclenche un accès de colère chez Jax. Avec une rapidité fulgurante, il donne un coup de crosse dans le visage de Luke, le faisant s'écrouler au sol.

– Je fais partie de cette famille, que tu le veuilles ou non, assène-t-il. C'est *toi* qui n'es rien pour personne.

Notre géniteur essuie le sang qui coule de sa pommette. Je suis heureux de voir que Jaxon ne s'est pas laissé heurter par son fiel, ce qui prouve qu'il a retrouvé confiance en lui et qu'il a intégré pour de bon qu'il est l'un des nôtres.

– Pourquoi avoir tué Michel ? je demande alors à Jensen, parce que cette question me hante depuis que nous avons découvert le corps de notre majordome gisant dans l'entrée du manoir. Qu'est-ce qu'il a à voir avec cette histoire ?

– Rien. Il est resté devant Oscar, à vouloir faire bouclier de son corps, et il a eu ce qu'il méritait.

Je ferme brièvement les yeux. Michel est resté loyal et dévoué jusqu'au bout…

– Et l'agent de sécurité ? lance Cruz. C'était l'un de vos complices ?

Jensen hoche la tête.

– C'est un ancien co-détenu qui a été libéré il y a quelques années. Il m'en devait une, parce que je lui ai évité de se faire planter en taule. Je lui ai demandé de se présenter à ce poste et il l'a fait. Ensuite, il a disparu en faisant croire qu'il avait été tué lui aussi ce soir-là.

– Est-ce que vous vous rendez compte de ce que vous dites ? je gronde. Vous avez tué deux personnes, presque trois, et vous n'en éprouvez aucun remords.

– Et Oscar, alors ? Est-ce qu'il a éprouvé des remords après m'avoir tout pris ? Ah ça oui, c'est facile quand on a du fric, des femmes de ménage, un majordome… Westwood n'a jamais eu à trimer, il ignore à quel point la vie peut être dure et…

J'en ai assez. Je ne peux plus voir ni entendre ce type. Il me dégoûte, à se poser en victime. Alors j'écoute mes instincts, et je lui saute dessus. L'effet de surprise fonctionne, puisqu'il n'a pas le temps de réagir avant que je tombe sur lui et que nous nous écrasions sur la minuscule table de la cuisine. Je me souviens vaguement que je m'étais promis de garder mon sang-froid…

Trop tard.

Immédiatement, je me redresse. Cruz et Lennon en profitent pour venir me prêter main-forte. Et heureusement, car la situation devient critique : Luke a réussi à garder son flingue et il commence à tirer à vue dans la pièce.

– Au sol ! s'écrie Jaxon en plongeant pour trouver un abri.

Une balle me frôle le bras, et je réalise que Jensen n'est pas un adversaire à prendre à la légère. Mais nous sommes aussi des combattants redoutables, en atteste la façon dont Lenny grimpe sur la table pour lui enserrer la gorge, tandis que Cruz attrape sa main armée et la lui retourne dans un angle peu naturel.

– Lâchez-moi ! hurle Jensen. Je suis votre père, bon sang !

– Tu n'es rien pour nous ! lui crache Lennon en réponse.

– Vous êtes à moi ! Vous êtes mes fils, vous m'avez été enlevés…

Cruz finit de lui tordre le poignet, le lui brisant dans la foulée. Son hurlement de douleur déchire la nuit et j'en profite pour lui assener un coup de poing dans l'estomac. Penser à ce qu'il a fait à Victoria, Michel et notre père suffit à m'ôter tout remords.

Nous sommes sur le point de perdre les pédales, mais le bruit de sirènes retentit alors dans la rue. Un instant plus tard, plusieurs policiers pénètrent dans la maison et braquent leurs armes dans notre direction.

– ARRÊTEZ ! POLICE, STOP.

Mes frères et moi quittons notre bulle de fureur et quand je regarde la loque qu'est notre géniteur, je ne vois aucune ressemblance entre lui et nous. Nous ne sommes pas comme lui, nous ne le serons jamais.

– Éloignez-vous, nous ordonne un flic.

Mains en l'air, mes frères et moi reculons. Immédiatement, les agents de police se précipitent sur Jensen et le redressent, ce qui le fait crier, affolé :

– Non, non, attendez… mes garçons… MES GARÇONS ! S'il vous plaît, essayez de me comprendre. J'ai fait ça pour vous, pour qu'on puisse se retrouver, pour que vous et moi, on puisse à nouveau former une famille…

Mon Dieu, il est en plein délire. Toutes ces années à ruminer sa haine l'ont rendu fou…

Il se fait embarquer, et un policier vient alors nous voir. Je sais que nous risquons gros : après tout, à quatre contre un, et armés, nous ne pouvons pas prétendre que nous étions en situation de légitime défense. Heureusement, l'enquêteur chargé du cas de notre père semble conciliant. Même s'il nous demande de nous présenter au poste dès demain, nous comprenons que nous n'avons pas trop d'inquiétude à nous faire quant aux éventuelles retombées de notre attaque sur Jensen.

Enfin, il nous autorise à quitter la maison, et nous grimpons tous les quatre en voiture pour reprendre la route, direction le manoir.

Notre foyer.

38
Sawyer

Il est près d'une heure du matin lorsque mes frères et moi rentrons au manoir. Sans un mot, Cruz se précipite à l'étage – pour retrouver Eve, sans aucun doute –, et bien que Billie, angoissée, nous attende au salon, je ne prends pas la peine de m'arrêter près d'elle pour lui expliquer ce qui s'est passé. Là, tout ce que je veux, c'est Scarlett. Être auprès d'elle, la toucher, la respirer, l'embrasser. J'ai tellement besoin d'elle que mes mains se mettent à trembler. L'adrénaline qui redescend y est certainement pour quelque chose, mais peu importe : je ne mets pas longtemps à imiter mon frère et à grimper à l'étage à toute vitesse.

Une fois devant la porte de ma chambre, j'en tourne lentement la poignée, bien décidé à ne pas réveiller Scarlett. Ce soir, me glisser sous les draps et sentir son corps épouser le mien suffira à mon bonheur.

Le rayon lumineux qui filtre du couloir me permet de la voir, allongée dans mon grand lit, recouverte par les couvertures. Je referme la porte derrière moi, retire mes chaussures, puis, à chaque pas qui me rapproche de Scarlett, je me déleste d'un vêtement. Une fois nu, je soulève les draps et me blottis dessous. Scarlett me tourne le dos ; dès que mon corps se colle contre le sien, je sens qu'elle porte un pyjama, ce qui me donne envie de râler.

– Sawyer ? chuchote-t-elle d'une voix fatiguée.

Je peste intérieurement, attristé de l'avoir réveillée… mais en même temps, je ne peux pas nier qu'une part de moi est ravie à l'idée de pouvoir profiter de sa présence près de moi.

– Oui, c'est moi, je murmure en déposant un baiser sur son épaule.

Elle soupire… puis soudain, elle se retourne pour me faire face, le regard perdu.

– Qu'est-ce que vous avez trouvé ? Est-ce que tout va bien ? Tu semblais bouleversé en sortant du bureau de ton père, tout à l'heure, et si tu rentres si tard, c'est que vous avez découvert quelque chose à l'institut. Raconte-moi, Sawyer, je t'en pr…

– Hé, hé, du calme, chut.

Je glisse mes doigts dans ses cheveux avant d'ajouter :

– Je vais tout te dire, c'est promis… mais avant, j'aimerais que tu fasses quelque chose pour moi.

– Tout ce que tu veux, répond Scarlett sans une once d'hésitation.

Je ferme les yeux et souris, satisfait.

– Retire ton pyjama, s'il te plaît, je lui demande après avoir rouvert les paupières. J'ai besoin de sentir ta peau contre la mienne, mon amour.

Le regard de Scarlett se voile de tendresse. Sans attendre, elle se redresse, passe les mains sous son t-shirt et le jette à travers la chambre, dévoilant ses seins magnifiques. Enfin, elle se contorsionne pour retirer son short et sa culotte, et je ne peux m'empêcher de saliver lorsqu'elle se rallonge à mes côtés. Je passe un bras dans son dos et la colle tout contre moi. Dès que nos épidermes entrent en contact, tout va mieux.

– Oh oui, comme ça, c'est parfait, je souffle en enfouissant mon visage dans son cou. Tu ne peux pas imaginer comme tu m'aides à me détendre. Comme toute la merde qu'on vient de déterrer semble insignifiante quand tu es dans mes bras...

– J'en suis heureuse... mais maintenant, j'aimerais que tu me parles, Sawyer, c'est important.

Je prends le temps de la respirer encore quelques fois puis, enfin, je me lance dans mon récit des derniers événements de la soirée. Scarlett reste muette tout au long de mes explications, et c'est seulement lorsque je me tais qu'elle se permet de relâcher son souffle.

– Je n'arrive pas à le croire... réagit-elle en secouant la tête. Le détective était... votre père ? Et Oscar et votre mère biologique ont eu une histoire tous les deux ? Ça fait beaucoup d'informations à emmagasiner, là.

– Je sais...

– Tu dis que la police l'a embarqué ?

– C'est exact. Sur le chemin du retour, on a demandé à Dimitri de transmettre toutes les preuves incriminantes qu'il a découvertes à l'enquêteur. Avec ça, Jensen va retourner à l'ombre et n'en sortira plus jamais, c'est certain.

– Tant mieux. Je ne veux plus jamais que cette horrible personne t'approche... ni aucun membre de cette famille d'ailleurs.

Scarlett resserre ses bras autour de ma taille, comme si elle voulait me protéger. De quoi ? Dieu seul le sait.

– Ne t'inquiète pas, c'est fini maintenant, je la rassure.

Nous restons un long moment enlacés, l'un contre l'autre, jusqu'à ce que Scarlett me murmure :

– Tu accepterais de me la montrer ? Victoria...

J'inspire profondément avant de me retourner, d'attraper mon jean qui gît par terre et d'en extraire la photo que j'ai récupérée plus tôt dans la journée. Je m'allonge sur le dos, Scarlett allume la lampe de chevet puis pose sa joue contre mon pectoral. Après avoir passé un bras sous ma tête, je tends le cliché devant nous.

– Vous lui ressemblez, dit Scarlett après seulement quelques secondes. En ce qui concerne les yeux, surtout.

– C'est aussi ce que je pense.

Je continue à détailler la photo avant d'ajouter :

– J'aurais aimé la connaître. Étant donné le sacrifice qu'elle a fait pour nous assurer un bel avenir, à mes frères et moi, je *sais* qu'elle était quelqu'un de bien et j'aurais aimé qu'elle fasse partie de ma vie.

– Et de ta famille aussi ? hasarde Scarlett en redressant le menton.

J'y réfléchis un instant. Dans la question de ma petite amie, je perçois la même pointe d'inquiétude que dans celle de Billie, plus tôt dans la soirée. Il semblerait que les femmes de ma vie aient besoin d'être rassurées quant au fait que je n'échangerais mon existence pour rien au monde…

– Comme je l'ai dit, elle a sacrifié sa vie pour nous, alors oui, elle aurait mérité sa place à nos côtés, j'affirme. Pour autant, la famille qu'on a choisie pour moi me suffit, et plutôt mille fois qu'une. Je n'ai que deux parents, Ellen et Oscar, et ils sont, avec mes frères et Billie, la seule famille que je connaisse, la seule que je veux et la seule que j'aime. Ne leur répète jamais ce que je vais te dire, surtout pas à Cruz, mais je ferais n'importe quoi pour eux.

Scarlett sourit doucement, et je passe mon pouce sur son menton en poursuivant :

– Toi aussi, tu fais partie de ma famille, désormais ; tu *es* ma famille, Scarlett Weiss. Et je te promets qu'un jour je rendrai cela officiel et que je ferai de toi une Westwood, pour de vrai, cette fois…

Je dépose un tendre baiser sur ses paupières lorsque je vois ses iris briller d'émotion.

– J'en serais honorée, souffle-t-elle.

39
Scarlett

Plymouth, trois jours plus tard

– Trois margaritas, une bière et deux *Sex on the beach*.

– C'est parti !

Sans attendre, je m'attelle à la préparation de la commande. Je suis heureuse d'être de retour au bar : j'adore mon job, et retrouver l'endroit que j'ai connu avant qu'il ne soit détruit par une stupide bagarre me réjouit. Quelques aménagements supplémentaires ont même été ajoutés par-ci par-là pendant la rénovation, ce qui donne à l'ensemble un coup de jeune.

– Plus que dix, me glisse Sawyer, installé au comptoir.

Je souris tout en me concentrant sur les margaritas dont je suis en train de m'occuper. Depuis une demi-heure, mon bodyguard de petit ami compte les minutes avant la fin de mon service. J'ai bien une petite idée de la raison pour laquelle il est pressé que nous rentrions chez moi, et imaginer ce qui m'attend déclenche une envolée de papillons dans tout mon corps.

– Tu es belle… ajoute-t-il.

– Arrête de me déconcentrer ! je le gronde tout en remplissant une chope de bière.

– C'est toi qui me déconcentres, à te pavaner sous mon nez avec tes beaux…

– Chut ! je l'arrête avant qu'il ne se mette à disserter sur ma poitrine. Je te rappelle que je suis sur mon lieu de travail.

Je pose les boissons sur le comptoir et annonce à l'attention de l'homme qui les a commandées :

– Et voilà ! Trois margaritas, une bière et deux *Sex on the beach*.

– Y'a pas qu'*on the beach* que le sexe est prévu… intervient Sawyer.

– Bonne soirée, j'ajoute, les joues rouges, en prenant la monnaie que me tend le client.

Je me tourne ensuite vers mon petit ami pour lui lancer :

– Mais c'est pas vrai, tu es infernal, ce soir ! Le client t'a entendu !

– Et alors ? J'ai le droit d'avoir envie de faire l'amour à la femme que j'aime et de le dire.

Je lève les yeux au ciel, toujours aussi rouge, tandis qu'il me glisse avec un sourire malin :

– Plus que deux minutes…

Je salue Naomi au loin, puis Nate qui est débordé par les commandes. Ensuite, j'attrape mon sac à main sous le comptoir, alors que Sawyer me lance :

– Pile à l'heure, mademoiselle Weiss.

– J'ai un petit ami extrêmement ponctuel.

– Ça m'a tout l'air d'être le petit ami de l'année.

Je pouffe et secoue la tête. Nous traversons le bar main dans la main, mais au moment où nous passons la porte qui donne sur le parking, je réalise une chose :

– J'ai oublié ma veste au vestiaire…

– Laisse, j'y vais, m'arrête Sawyer en me voyant prête à faire demi-tour. Tiens, monte dans la voiture, j'en ai pour une minute.

Je récupère les clés qu'il me tend puis, alors qu'il pénètre à nouveau dans le bar, je traverse le parking pour rejoindre le SUV rutilant tout droit venu du parc automobile Westwood. Cependant, alors que je m'en approche, j'entends soudain derrière moi une succession de pas rapides. Un petit picotement s'éveille dans ma nuque, signe d'inconfort, de stress...

De danger.

Il y a quelques semaines, je me trouvais dans la même situation, persuadée que j'étais suivie à la sortie de mon travail. En réalité, Hassan se permettait ce soir-là de tester mes réflexes de défense... Mais cette fois, impossible que ce soit un simple entraînement.

Le bruit d'une chaussure qui frappe dans un caillou finit de mettre mes sens en alerte. Je me retourne juste à temps pour voir un bras lancé dans ma direction. Je bondis sur le côté et l'esquive, faisant grogner l'homme qui vient de se jeter sur moi. À la lumière des lampadaires, je réalise que, serré dans sa main, se trouve un couteau.

Merde.

L'inconnu, qui doit avoir entre trente et quarante ans, me dévisage avec hargne. Au loin, j'aperçois un second type qui s'approche, et au fond de moi, je *sais* qui ils sont tous les deux : Larry Graham et Bruce Duncan, les deux trafiquants de drogue récemment évadés de prison qui veulent me voir morte.

Immédiatement, je passe en mode combat, tout en espérant voir bientôt arriver Sawyer. À une contre deux, je suis forcément en position de faiblesse, d'autant que moi, je ne suis pas armée. Mais je ne compte pas me laisser faire, ni faciliter la tâche à mes agresseurs.

– Eh ben… vous avez mis le temps, les gars, je lance, lâchant mon sac à main au sol pour commencer à reculer.

– Ferme-la, on n'est pas là pour discuter ! répond l'homme qui a tenté de me planter.

– C'est dommage, parce qu'on a beaucoup de choses à se dire, je crois, je poursuis en tentant de garder un ton aussi calme que possible. Je voudrais vraiment comprendre pourquoi vous en voulez toujours à quelqu'un qui n'y est pour rien dans votre arrestation…

– SCARLETT !

Je tourne la tête en entendant le cri de Sawyer.

Grave erreur.

Profitant de ma distraction, mon assaillant bondit en avant et enroule un bras autour de mon cou, puis il pose la pointe de son couteau contre ma joue et me retourne en direction de Sawyer. Ce dernier, main dans le dos, prêt à dégainer son arme, se fige.

– Pose ton flingue ou je la plante.

Sawyer nous détaille, puis il jette un coup d'œil au complice qui s'est arrêté en bordure du parking et qui, lame en main également, attend de voir quelle sera la décision de mon petit ami.

– J'ai dit, pose ton flingue, ou je te jure que son joli minois en souffrira.

Ma respiration est laborieuse, d'abord à cause du stress et de l'adrénaline, et surtout parce que le bras de mon assaillant comprime ma gorge.

– Laissez-la partir, plaide Sawyer.

– Alors pose ton putain de pistolet, répète l'homme. C'est la dernière fois que je te le demande.

Acculé, Sawyer sort son Glock de son étui, puis il le lève en l'air pour que les deux criminels puissent le voir. Il en profite pour plonger son regard dans le mien et me dévisager avec une lueur incendiaire dans les yeux. Je comprends qu'il tente de me faire passer un message, mais j'ai l'esprit trop embrouillé pour le décrypter.

– Jette-le, lui ordonne le type resté en retrait.

À nouveau, Sawyer s'exécute. Il pose lentement son arme par terre, comme s'il espérait que quelque chose arrive, puis il la frappe d'un coup de pied.

C'est à cet instant qu'un éclair de lucidité me traverse. Et alors, toutes mes heures d'entraînement au close combat, toutes les stratégies d'attaque et de défense que l'on m'a apprises me reviennent en mémoire avec la force d'un train lancé à pleine vitesse.

« *Tu as deux solutions quand ton adversaire se trouve dans ton dos,* me souffle la voix de Sawyer, tout droit venue de mes souvenirs. *Soit tu as la possibilité d'atteindre son arme et tu tentes de la lui subtiliser, soit tu essayes de le frapper quelque part. N'importe où, pourvu que ce soit rapide et que ça fasse mal. Si tu as recours à cette tactique, tu n'auras pas droit à deux essais, tu vas donc devoir t'assurer de viser le bon endroit, celui qui obligera ton assaillant à lâcher prise. Ton pied, ton coude, la tête, réfléchis à ce qui pourra atteindre efficacement ta cible.* »

Mon cœur s'emballe. Là, alors que Sawyer est en train de se redresser, je comprends ce que je dois faire.

Tu n'auras pas droit à deux essais.

Je sens que l'attaque que je prévois va me faire mal autant qu'à mon agresseur, mais moi, au moins, j'y serai préparée…

Après avoir pris une inspiration discrète, je bande mes muscles ; puis, d'un coup, je lance ma tête en arrière, abattant l'arrière de mon crâne contre le nez de l'homme qui me retient. La pointe de son couteau m'entaille la joue, mais le cri perçant du trafiquant me fait oublier la douleur : j'ai visé juste… Sans attendre, je m'élance vers l'avant, le plus loin possible de lui. Me voyant libre, Sawyer se jette sur le complice sans attendre.

– Putain, salope ! hurle mon agresseur, habité par la rage, en se tenant le nez, dont coule du sang.

Avec horreur, je constate qu'il reprend ses esprits et fonce dans ma direction, encore plus furieux que tout à l'heure. De plus, son comparse ne semble pas être un débutant et il encaisse plutôt bien les coups de Sawyer, qui tente par tous les moyens de lui faire lâcher son couteau.

– Scarlett !

Je me tourne rapidement vers mon petit ami, qui donne un crochet du droit dans le visage de son adversaire.

– Vas-y, me dit-il simplement, et je comprends.

Bats-toi !

Aussitôt, j'écarte légèrement mes jambes pour me stabiliser sur mes appuis, puis je lève ma garde et serre les poings. Mon assaillant lance son bras en avant. Sa lame frôle mon épaule, mais je me baisse à temps pour l'esquiver. J'en profite pour frapper son tibia de la pointe de mon pied avant de reculer à nouveau et de me mettre à tourner autour de lui pour lui faire perdre ses repères.

– C'est moi que tu veux ? je crache. Allez viens, je t'attends !

– Je te jure que je vais te le faire regretter.

Il tente à nouveau de me blesser avec son couteau, mais là encore, j'évite son coup et je frappe, cette fois son estomac. À ma droite, Sawyer a pris le dessus sur le deuxième homme, mais celui-ci parvient encore à se défendre.

Bon sang, eux aussi se sont entraînés en prison ?

Enfin, Sawyer assène l'uppercut décisif à son adversaire, qui s'écroule par terre en crachant du sang. Mon garde du corps se précipite à mes côtés, et nous faisons tous les deux face à mon assaillant.

– À trois, me glisse Sawyer. Tu prends sa gauche, je prends sa droite.

Je lui réponds par un hochement de tête bref. Nous prenons tous les deux notre position, puis nous nous jetons un coup d'œil… et nous nous élançons en même temps, comptant sur notre rapidité pour prendre notre adversaire de court. Sans attendre, je lui lance un crochet du gauche avant de lui envoyer mon pied dans le flanc, puis au niveau du tibia, lui arrachant un cri. Pendant ce temps, Sawyer fait de même par la droite, avant de terminer par un coup de tête d'une violence inouïe. L'homme titube et tombe en arrière. Immédiatement, mon petit ami se précipite sur lui, lui attrape les cheveux et le redresse sans ménagement.

– Qui a ordonné qu'on s'en prenne à elle ? gronde-t-il à l'oreille du trafiquant. Qui ?

– Personne, bafouille l'agresseur.

– Je veux un nom et je le veux maintenant, insiste Sawyer.

Pendant qu'il tente de faire cracher le morceau au premier type, je surveille l'autre pour être sûre qu'il ne se relève pas. Mais il est toujours allongé à plat ventre sur le bitume.

– Je te dis que… personne… reprend l'homme.

– Tu te fous de moi ? éructe Sawyer. Ton réseau de merde a organisé l'assassinat de son père il y a quatre ans et tu vas me dire que si tu t'en prends à elle après t'être évadé de prison, ça n'a rien à voir ?

Sawyer donne un coup de poing dans la poitrine du trafiquant, lui déclenchant une violente quinte de toux. Après quelques secondes, il parvient à reprendre son souffle et explique :

– C'est nous qui avons décidé de la retrouver. On a perdu huit putains d'années en taule et on savait qu'en sortant on aurait perdu notre place au sein du réseau. Alors on s'est dit que si notre première action était de liquider la fille de celui qui nous avait affaiblis, notre boss serait impressionné et nous reprendrait.

– C'est moi ou tu essaies de m'embobiner ? crache Sawyer.

– Je jure que c'est la vérité, réplique l'homme. Quand son père est mort, ça a calmé mon boss qui avait eu sa vengeance… Il s'est dit que la fille ne valait pas la peine qu'il gaspille ses ressources.

Oh, bon sang ! Alors si ces deux pauvres types n'avaient pas essayé de faire du zèle, j'aurais pu retrouver ma liberté depuis bien longtemps ?

Sawyer me jette un rapide coup d'œil. Apparemment, il en est venu à la même conclusion…

– Appelle les flics, me dit-il.

Je m'exécute, tandis qu'il reprend à l'attention du trafiquant :

– J'espère que tu dis vrai, parce que sinon, ça me mettrait très en colère. Et juste pour être sûr, préviens ton boss que plus personne ne pourra approcher Scarlett ni lui faire du mal. Je serai toujours là pour veiller sur elle, et jamais je ne laisserai quoi que ce soit lui arriver, c'est clair ?

– Très…

– Parfait ! Ça va ? me lance Sawyer.

J'acquiesce en le dévisageant, émue, ses paroles résonnant dans mon esprit sans que j'en prenne encore la pleine mesure.

Je serai toujours là pour veiller sur elle, et jamais je ne laisserai quoi que ce soit lui arriver…

Il se passe de longues minutes pendant lesquelles seuls les gémissements des deux trafiquants se font entendre. Enfin, les sirènes de police retentissent, et Sawyer se charge lui-même de remettre les deux criminels aux représentants de la loi. Puis, son devoir accompli, il se rue dans ma direction et me soulève dans ses bras pour me serrer contre lui.

– C'est fini, murmure-t-il à mon oreille. Ça y est, ma Scarlett, c'est terminé, tu n'as plus rien à craindre.

Je me blottis un peu plus étroitement contre son corps tout en assimilant ses paroles.

– Je suis là, tu es en sécurité, mon amour, poursuit-il. Tu le seras toujours.

Et à cet instant, je suis incapable de retenir mes sanglots. Je m'accroche au cou de Sawyer et je laisse couler librement mes larmes, prenant enfin conscience de la portée de ce qui vient de se produire.

Sawyer est là.

Tout est terminé.

Je suis enfin libre.

ÉPILOGUE
Sawyer

Un mois plus tard

J'aime le bruit des vagues. Peu importe la saison, la mer m'a toujours apaisé.

Le mois de novembre vient de commencer. La période des fêtes approche, et au manoir, tout le monde est bien décidé à tenter d'oublier les péripéties de ces dernières semaines pour se laisser lentement envahir par l'euphorie de Noël.

Derrière moi, la baie vitrée s'ouvre et se referme. Emmitouflée dans l'un de mes sweats, Scarlett, au téléphone, traverse la terrasse.

– Oui, madame Lewinsky… Je sais, ça fait longtemps que je ne suis pas venue vous voir mais ne vous inquiétez pas, je… Bientôt, c'est promis. Prenez soin de vous. Madame Lewinsky ? Il faut raccrocher, maintenant.

Un sourire aux lèvres, elle range ensuite son smartphone dans sa poche et vient s'allonger contre moi, sur le bain de soleil sur lequel je suis étendu.

– Qu'est-ce que tu fais ici tout seul ? me demande-t-elle en déposant des baisers chauds dans mon cou.

– Je réfléchis.

– Et à quoi réfléchis-tu, Sawyer Westwood ?

– À la vie, à l'avenir, à toi…

Scarlett glisse ses doigts entre les miens pour les serrer doucement. Je l'attire contre moi pour lui donner un baiser, entremêlant ma langue à la sienne. Lorsqu'elle s'écarte de moi, elle reprend son souffle avant de m'interroger :

– Alors, à quoi penses-tu que l'avenir va ressembler ?

J'inspire profondément.

– Tu veux dire, maintenant que la personne qui a tenté de tuer notre père est derrière les barreaux et que tu n'as plus de menace au-dessus de la tête ? Eh bien, on va réapprendre à vivre.

– J'aime cette idée, mais…

– Mais quoi, Scarlett Weiss ?

Elle s'installe sur mes genoux et passe ses bras autour de ma taille.

– Je me suis habituée à ce que tu sois mon bodyguard de petit ami… mais puisque je n'ai désormais plus besoin de protection, est-ce que ça veut dire que tu perds ton job ? me demande-t-elle.

– J'ai déjà un job, je lui réponds. Je suis instructeur de combat pour les gardes du corps de l'agence et les recrues de l'institut, tu te souviens ? Toi, tu as été un extra…

– Alors est-ce que tu vas continuer les extras ? Je sais qu'avant d'accepter de reprendre mon dossier tu refusais de retourner en mission mais… est-ce que devoir te charger de ma sécurité t'a donné envie de recommencer ton travail de bodyguard ?

J'inspire longuement tout en passant mes doigts dans les boucles soyeuses de Scarlett.

– Non, j'affirme ensuite. C'est vrai, j'ai aimé être garde du corps, avant… mais cette pause de près de quatre ans m'a permis de m'épanouir ailleurs, d'une autre manière. J'aime vraiment enseigner, et c'est ce que je veux continuer à faire.

Scarlett ferme les yeux lorsque mes caresses quittent ses cheveux pour descendre dans son cou.

– Ça veut dire que j'aurai été ta dernière mission ? murmure-t-elle.

– N'est-ce pas romantique ?

Elle sourit, je l'imite, puis elle se penche pour déposer un baiser sur mon menton. Lorsqu'elle croise mon regard, j'y perçois une petite lueur d'inquiétude.

– Est-ce que tu m'en voudrais si je continuais d'habiter à Plymouth ? lâche-t-elle alors.

Je hausse les sourcils.

– Tu veux toujours vivre dans ta bicoque ?

– Je veux encore garder mon indépendance… pour l'instant.

Je soupire, mais elle se reprend immédiatement :

– Non, attends ! Je veux continuer d'être indépendante, mais tout de même m'endormir chaque soir dans tes bras et me réveiller chaque matin contre toi.

– Et comment veux-tu qu'on parvienne à faire ça si on ne vit pas sous le même toit ? je lui demande en mordillant sa lèvre inférieure.

Ses yeux se voilent de désir.

– J'ai une autre idée, je propose. Et si tu gardais ton propre logement, mais ici, dans cette ville ? Après tout, tu n'as plus de raisons de rester à Plymouth, tu peux te réinstaller à Cape Cod. Tu pourrais trouver un petit appartement dans le centre-ville ainsi qu'un nouvel emploi de barmaid, et on pourrait se diviser la semaine. Trois jours chez toi, quatre jours ici. Comme ça, ce serait gagnant-gagnant. Qu'est-ce que tu en penses, ma Scarlett ?

Son sourire illumine mon univers. Au fond de moi, je me jure de faire en sorte qu'il apparaisse le plus souvent possible.

– Je pense que c'est une merveilleuse idée, me souffle-t-elle.

Elle m'embrasse avant de se blottir tout contre moi, enfouissant son nez dans mon cou.

– Tu as froid ? je murmure.

– Pas quand je suis contre toi.

– Bien…

– Mais je crois qu'on va bientôt devoir rentrer. Le petit déjeuner est prêt, et Billie voudra qu'on le prenne tous ensemble.

Depuis l'incident avec Jensen, ma sœur cherche à passer le plus de temps possible avec le reste de la famille. Elle trouve de nombreuses manières de nous réunir au même endroit, et il faut bien avouer que nous n'y voyons aucune objection.

– Elle a encore dormi avec Jaxon ? je demande lorsque Scarlett et moi nous levons.

– Oui, me répond ma petite amie. Elle a du mal à encaisser, c'est normal qu'elle ait besoin de soutien.

– Hm… j'espère que ça ira pour elle. Pauvre Billie… elle subit pas mal, ces temps-ci.

– Et vous aussi, me reprend Scarlett. Je crois qu'on devrait tous prendre soin les uns des autres.

Nous refermons la baie vitrée et nous installons à table, autour de laquelle Lennon, Cruz et Eve sont déjà assis. Seuls Jax et Billie manquent à l'appel : ils doivent finir d'émerger.

La table garnie de bonnes choses me fait immédiatement penser à Michel… Nous n'avons pas encore embauché de nouveau majordome : je crois qu'inconsciemment, nous ne parvenons pas à accepter que quelqu'un prenne la place de cet homme si cher à notre cœur, qui a passé quinze ans à notre service. En attendant, nous sommes assez nombreux à vivre au manoir pour que quelqu'un se dévoue pour passer derrière les fourneaux dès qu'il le faut.

– Ça vous dirait qu'on s'organise un week-end à New York très bientôt pour passer du temps avec Dovie ? demande Lenny lorsque nous approchons. Je crois que ça nous ferait vraiment du bien de nous déconnecter pendant quelques jours.

– Seulement si notre boss est OK pour nous offrir des congés, dis-je en haussant les sourcils.

– Le boss est OK, pouffe Lennon.

– Alors parfait. Je reviens, je vais aller appeler Jaxon et Billie pour leur dire que le petit dej' est servi.

Je traverse la pièce de vie et grimpe à l'étage. Alors que je me dirige vers la porte de la chambre de ma sœur, je m'aperçois qu'elle est entrouverte. En passant la tête dans l'entrebâillement, je trouve Jaxon, les mains autour du visage de Billie, qui, quant à elle, a enroulé ses bras autour de la taille de mon ami. Ils se regardent et se sourient comme deux idiots.

Nous nous sommes habitués à la proximité entre ces deux-là, et il n'est pas rare de surprendre des gestes tendres entre eux… sauf que cette scène me dérange. Elle est différente, sans que je parvienne à déterminer pourquoi exactement. Et puisque j'ai un mauvais pressentiment, je préfère intervenir.

– Qu'est-ce que vous faites ?

En m'entendant, Jaxon et Billie s'éloignent immédiatement l'un de l'autre, comme si eux-mêmes se sentaient coupables d'avoir été découverts ainsi.

– Salut, mon frère, me lance Jax.

Je le fixe un instant avant de reporter mon attention sur Billie.

– Tout le monde vous attend pour prendre le petit déjeuner, dis-je.

– Oh, super, réagit ma petite sœur, les joues écarlates.

– Lennon propose un week-end à New York prochainement, on était en train d'en parler.

– Je descends immédiatement, décide Billie avant de se glisser hors de la chambre.

Lorsque Jaxon tente de faire de même, je lui bloque le passage.

– C'était quoi, ça ? je lâche.

– De quoi tu parles ?

– Ne me prends pas pour un con, Jax. Qu'est-ce que vous faisiez, Billie et toi ?

– Qu'est-ce que… Attends, tu insinues quoi, là ? s'exclame-t-il en croisant les bras.

– Ne pense même pas à t'indigner. Je débarque et je te trouve torse nu, les bras de ma sœur autour de ta taille, et toi qui lui agrippes le visage comme si tu étais prêt à le lui dévorer.

– Sawyer, tu délires. Billie et moi, on était simplement en train de se dire bonjour.

Je plisse les yeux.

– Elle a passé une très mauvaise nuit, ajoute Jax, l'angoisse l'a tenue éveillée jusqu'à ce qu'elle tombe de fatigue vers quatre heures du matin. Alors là, tu vois, je m'assurais juste qu'elle allait bien et j'en profitais pour lui souhaiter une bonne journée… Enfin, qu'est-ce que tu vas t'imaginer ?

Je détaille Jaxon. Après tout, peut-être que je m'emballe pour rien. C'est vrai que c'est dans leurs habitudes de se saluer longuement le matin… Peut-être que je débloque et que je vois le mal partout.

– Excuse-moi, mon frère, dis-je à Jax. Je sais que jamais tu ne tenterais quoi que ce soit avec Billie, tu nous l'as promis et on te fait confiance là-dessus.

Je donne une tape amicale sur son biceps en ajoutant :

– Allez viens, le petit déjeuner nous attend.

Je passe un bras autour de son épaule et nous rejoignons la pièce de vie. En voyant Jaxon s'asseoir loin de Billie, je retrouve mon calme. Notre clan a subi assez de bouleversements comme ça. Aujourd'hui, nous avons besoin de rester soudés pour nous reconstruire.

Nous sommes une famille et nous devons le rester.

À SUIVRE

N'HÉSITEZ PAS À SUIVRE LAURA S. WILD SUR SES RÉSEAUX SOCIAUX OU À LUI ÉCRIRE PAR MAIL POUR LUI PARTAGER VOTRE AVIS SUR SES ROMANS !

Instagram : laurawild10

TikTok : laurawild10

Facebook : Laura S. Wild

Mail : mywildworldlsr@gmail.com

RETROUVEZ L'ACTUALITÉ DE NOS SÉRIES NEW ROMANCE® SUR :

Instagram : @hugonewromance

TikTok : @hugonewromance

Facebook : @hugonewromance

Twitter : @hugonewromance

www.hugopublishing.fr

REJOIGNEZ-NOUS SUR :

www.festivalnewromance.fr
www.hugopublishing.fr